# 中国古代小说变迁

徐 潜\主编

张 克 崔博华\副主编

孔祥伟 丁明秀\编著

吉林文史出版社

图书在版编目（CIP）数据

中国古代小学变迁 / 徐潜主编 . —长春：吉林文史
出版社，2013.4
ISBN 978-7-5472-1522-7

Ⅰ.①中… Ⅱ.①徐… Ⅲ.①古典小说-小说
史-中国-通俗读物 Ⅳ.①I207-49

中国版本图书馆 CIP 数据核字（2013）第 063653 号

# 中国古代小说变迁
ZHONGGUO GUDAI XIAOSHUO BIANQIAN

出 版 人　孙建军
主　　编　徐　潜
副 主 编　张　克　崔博华
责任编辑　崔博华　董　芳
装帧设计　昌信图文
出版发行　吉林文史出版社有限责任公司（长春市人民大街 4646 号）
　　　　　www. jlws. com. cn
印　　刷　三河市燕春印务有限公司
版　　次　2014 年 2 月第 1 版　2021 年 3 月第 3 次印刷
开　　本　720mm×1000mm　1/16
印　　张　13
字　　数　250 千
书　　号　ISBN 978-7-5472-1522-7
定　　价　33.80 元

# 序　言

民族的复兴离不开文化的繁荣,文化的繁荣离不开对既有文化传统的继承和普及。这套《中国文化知识文库》就是基于对中国文化传统的继承和普及而策划的。我们想通过这套图书把具有悠久历史和灿烂辉煌的中国文化展示出来,让具有初中以上文化水平的读者能够全面深入地了解中国的历史和文化,为我们今天振兴民族文化,创新当代文明树立自信心和责任感。

其实,中国文化与世界其他各民族的文化一样,都是一个庞大而复杂的"综合体",是一种长期积淀的文明结晶。就像手心和手背一样,我们今天想要的和不想要的都交融在一起。我们想通过这套书,把那些文化中的闪光点凸现出来,为今天的社会主义精神文明建设提供有价值的营养。做好对传统文化的扬弃是每一个发展中的民族首先要正视的一个课题,我们希望这套文库能在这方面有所作为。

在这套以知识点为话题的图书中,我们力争做到图文并茂,介绍全面,语言通俗,雅俗共赏。让它可读、可赏、可藏、可赠。吉林文史出版社做书的准则是"使人崇高,使人聪明",这也是我们做这套书所遵循的。做得不足之处,也请读者批评指正。

编　者

2012 年 12 月

# 目 录

# 唐代传奇小说

　　唐朝为中华民族留下了十分宝贵而又辉煌的文化遗产。提到唐诗，很多人都能背上几首，但提到唐代传奇小说，就很少有人知道了。唐代传奇小说，简称为"唐传奇"。唐传奇是指唐代流行于世的文言短篇小说，它是在六朝志怪小说的基础上，融合历史传记小说、辞赋、诗歌和民间说唱艺术而形成的一种新的文体，唐传奇具备很多文学样式的特点，是一种集大成的文学体裁。

# 一、大唐盛世铸传奇，人生百态尽其中

## （一）唐传奇产生的社会历史背景

"传奇"这一名称大概是因当时的小说多展示奇特行为而得来，最早见于中晚唐著名作家裴铏的小说集。晚唐著名诗人元稹也将自己的一部短篇小说定名为"传奇"，后人将其更名为《莺莺传》。唐传奇的影响力和知名度虽不及唐

诗，但它的思想内容和艺术特色足以令后世拍案叫绝。它的产生与兴盛是唐朝经济、政治、文化共同繁荣的结果。

首先，唐传奇的发展缘于唐代经济的空前繁荣。唐代的城市经济发展在当时已经达到了相当高的水平，以首都长安为中心，形成了规模宏大的城市群。当时，各大城市中均聚集着各个阶层的人士，其中聚集人数最多的当属市民阶层，这一阶层的广泛扩大，增加了社会阶层的复杂性。这就需要文化领域中出现大量描写和反映市民阶层现实生活的文艺作品，来揭露这种复杂性，反映复杂的社会矛盾，以表达市民阶层的思想感情与愿望。后来，这些感情和愿望往往就演绎成了各色各样的故事和传说。人们在街头巷尾、茶余饭后议论和关注的社会热点新闻，都成了唐传奇创作的素材。同时，唐传奇所记述的奇闻，也恰恰迎合了文人和市民阶层嗜奇猎艳的口味和需求。

其次，唐传奇的发达又缘于唐王朝政治的开明。唐代科举取士，有很多寒门弟子都梦想"鲤鱼跳龙门"，应试前常常将自己所写的诗文投献给当时的考官来"毛遂自荐"。这类似于现代人在求职之前都要写一封自荐信，有时还要拿出自己的研究成果，请对方鉴赏，以求得到对方的赏识和推荐，这种自荐信在当时被称为"行卷"。如果投出的"自荐信"数日之内石沉大海，便过些天再投，这就是"温卷"。传奇小说在当时常常被当作"行卷"和"温卷"来投献，可见传奇在当时受欢迎的程度。这种投卷风气反过来又刺激了传奇的发展。另一方

面，唐朝统治者比较重视文人。唐朝实行科举取士，皇帝希望通过科举考试将天下人才都网罗在自己的身边。曾有传说，唐玄宗看到科举报名时人们争先恐后的样子，非常得意地自言自语："天下文人，朕尽收囊中！"

再次，唐传奇的发展和繁荣与唐代文化艺术的繁荣是分不开的。据史料记载，当时的都城长安，常有成群结对的文人墨客会聚在一起，轻歌曼舞，好不热闹。李白、杜甫、高适、岑参、王勃等人均参与过这类集会。这些文人相聚在一起，少不了吟诗作赋。这在一定程度上又促进了唐代文化艺术的繁荣。而这种繁荣表现在文学形式上，就是唐诗和散文的繁荣。唐诗的写作主要以李白、杜甫为首，唐散文的写作则主要以韩愈、柳宗元为首。众多名家的亲历加盟，令唐朝文学的发展走向了一个高峰，也令中国古代文学的烈焰熊熊燃烧。文学是相通的，一种文体的繁荣会带动其他文体的发展。唐代诗歌和散文的高度繁荣，令唐朝文学处在高度亢奋状态，这种状态对唐传奇的创作影响深远。唐代文人的现实主义、浪漫主义情怀，以及丰富多彩的表现方法，对传奇小说的写作起到了良好的启蒙作用。正是因为之前有了诗歌和散文的成功写作，才使得唐传奇在情节构思和人物设计上有了很大的突破和创新。唐传奇小说经过民间说唱文学的演绎和重塑后变得更加精彩，在一定程度上又促进了这种文学形式的发展。

### （二）唐传奇发展的三个时期

科学地认定唐传奇的发展阶段，对我们更好地认识和了解唐传奇，具有重要的意义。关于唐传奇的分期，学术界众说纷纭。其中，京派（以北京为代表的北方文艺理论流派）和海派（以上海为代表的南方文艺理论流派）的说法历来就不一致。但在这个问题上，京派的观点比较可信。京派认为唐传奇的发展共经历了三个阶段，分别为初期、兴盛期和衰退期。

京派认为初唐、盛唐时代是唐传奇发展的初期。这一时期唐传奇的数量较少，艺术表现也不尽成熟，属于唐传奇发展的萌芽阶段。代表作有王度的《古镜记》、无名氏的《补江总白猿传》、张 的《游仙窟》。

这一阶段的作品少，内容近于志怪，艺术上也不够成熟，不能代表唐传奇的最高成就。

中唐时代是唐传奇发展的兴盛期。从代宗到宣宗这近一百年间，名家名作层出不穷。很多后来大家耳熟能详的传奇作品，都出现在中唐时代。中唐可谓是唐传奇发展的高峰期。这种高峰的形成，一方面是小说本身由低级向高级不断演进的结果，另一方面也得益于蓬勃昌盛的各体文学的发展。在这个阶段，唐诗日臻成熟，唐散文也日益完善，二者在思想内容的深度和广度上都比前代有所拓展。很多唐传奇作家的身份本来就是诗人，他们的鼎力加盟，更增添了唐传奇的诗情画意。元稹、白居易等人都参与了唐传奇的创作。这些大师级人物的介入和参与，令唐传奇从初期的发轫，逐渐走向了中期的繁荣。此时期的代表作主要有陈玄佑的《离魂记》、沈既济的《枕中记》、李朝威的《柳毅传》、元稹的《莺莺传》、白行简的《李娃传》、蒋防的《霍小玉传》、陈鸿的《长恨歌传》等。

唐传奇在经历了初期的稚嫩，兴盛期的火爆之后，于晚唐时代步入了衰退期。虽然这一时期传奇在创作的数量上可以取胜，但在思想和艺术成就上却失去了往日的光泽。而且晚唐传奇大多篇幅短小，内容单一。但值得一提的是，这一时期的豪侠传奇得到了很大的发展，使唐传奇的创作领域里又新增了一个题材。杀富济贫，除暴安良，江湖儿女，快意恩仇的传奇作品层出不穷，突出了当时人们坚韧不拔、放荡不羁的行为个性。代表作为杜光庭作的《虬髯客传》。

**（三）唐传奇体现的四大主题**

唐传奇所反映的社会内容是十分丰富的，后人将其主题定为四个方面：爱情、志怪、豪侠和历史，由此可将唐传奇分为四种，即爱情传奇、志怪传奇、豪侠传奇和历史传奇。

爱情传奇，主要是以爱情为主题的传奇小说，通过对一些爱情喜剧和悲剧的描述，来阐述人生无常、应珍惜真情的道理。不论是思想深度，还是艺术魅力，爱情传奇都代表了唐传奇的最高成就。爱情传奇也是当时最脍炙人口的作品。这其中有爱情喜剧，也有爱情悲剧。爱情喜剧的代表作品有白行简的《李娃传》、李朝威的《柳毅传》，爱情悲剧有元稹的《莺莺传》、蒋防的《霍小玉传》。

志怪传奇，是在六朝志怪小说创作的基础上，通过离奇的构思和令人难以置信的想象，来警戒人们不要追名逐利。志怪小说在描绘人生百态的同时，又对官场的黑暗加以抨击，具有一定的现实意义。其中的故事情节往往令人匪夷所思，不能用常理推断，透露着一种神秘感和神怪色彩，因此后人将这类小说定义为志怪传奇，又称神怪传奇。代表作品有沈既济的《枕中记》、李公佐的《南柯太守传》。

豪侠传奇，是以豪侠为主题的传奇小说。这部分小说出现在社会动荡的唐朝末年，通过对豪侠行侠仗义的描写，来反映人性的高尚和权势的卑微，高度赞扬了为民请命者，深刻讽刺了穷奢极欲之徒。因其出现在唐朝末年，揭露了当时的一些社会现实，具有一定的时代意义。代表作品为杜光庭的《虬髯客传》。

历史传奇，是以历史故事为主题的传奇小说，以陈鸿的《长恨歌传》和《东城父老传》最为著名。这类小说通过描写历史故事，来警策今日，借古喻今，借古讽今，以此来达到教育后人的目的。《长恨歌传》这篇传奇的情节安排和白居易的长诗《长恨歌》差不多，但《长恨歌传》批判性更强。因此，在文学史上具有很高的地位。

现存的大部分唐传奇作品都收录在宋初李昉、扈蒙等人编的《太平广记》一书里。关于具体作品的具体内容，笔者会在后面的论述中逐一分析。

唐代传奇小说

## 二、香消玉殒薄命女，背信弃义负心郎

爱情历来是中国文人津津乐道的创作主题，从古至今，一直如此。在文学史上，上自先秦，下至明清，诗词歌赋，骈散妙文，各种体裁中都不乏描写爱情的力作。《诗经》、《楚辞》、汉乐府、汉赋、唐诗、宋词、元曲、明清小说等诸多体裁都在这一领域有所尝试，并取得了丰硕的成果。

两情相依、如胶似漆是恋爱中的人最美好的愿望，但人世间的离恨别愁也同样令人刻骨铭心。唐传奇在表现这两大爱情主题上建立了不朽的功勋。

### （一）爱情喜剧传奇

以爱情喜剧为主题的传奇小说，大多出现在中唐时期。这一时期的唐传奇，在思想深度和艺术魅力上，都代表了唐传奇的最高水平。这些经典的爱情喜剧传奇，铸就了中唐传奇的黄金时代，也为唐传奇向纵深方向发展奠定了坚实的基础。这类作品主要揭露了当时封建婚姻制度的残酷，表达了对下层妇女悲惨命运和不幸遭遇的同情，歌颂了她们为争取幸福而进行的反抗和斗争，最终以大团圆结尾。爱情喜剧的代表作有《李娃传》《柳毅传》等。

以爱情喜剧主题正式进入文学史视野的传奇作品是陈玄佑的《离魂记》。这部传奇也是唐传奇步入兴盛期的标志性作品。它脱胎于南朝刘义庆所编《幽明录》中的《石氏女》，篇幅较《石氏女》约长出一倍。《离魂记》主要描写了民女张倩娘与表兄王宙从小相爱，而倩娘的父亲张镒也常说将来要将倩娘嫁与王宙。但二人长大成人后，张镒却又将倩娘另许他人。倩娘因此抑郁成病，王宙也借故离开了家乡，与倩娘诀别，赶赴长安。不料倩娘半夜追到王宙出行的船上，并和他一起来到了蜀地，同居了五年，并生有两个儿子。后来倩娘思念父母，与王宙一起回家探望。王宙等人先赶到张镒家中，说起倩娘私奔之事，才知道倩娘一直卧病在家，从未出门！这时，王宙才恍然大悟，原来出奔的是倩

娘的离魂。最后两个倩娘相会，合为一体。故事以大团圆结局。本篇以离奇怪诞的情节，反映了当时青年男女要求婚姻自由的愿望，歌颂了他们反抗封建礼教的斗争，具有典型意义。

《离魂记》虽仍属于短小的志怪之作，但却突出了对爱情主题的描写，文法和修辞也非常优美。它的出现预示着唐传奇突出重围，杀出了一条爱情之路，预示着大量爱情小说即将出现。《离魂记》的故事内容被后世的很多作家效仿，元代郑光祖的《倩女离魂》杂剧即由此而来，明代大剧作家汤显祖的《牡丹亭》也脱胎于此。

《离魂记》出现之后，唐传奇的情爱之作便大肆地发展起来，其中最引人注目的当属白行简的《李娃传》和李朝威的《柳毅传》。

1. 白行简与《李娃传》

白行简（775-826年），字知退，小字阿怜，下邽（今陕西渭南东北）人。祖籍太原，生于新郑（今隶属河南）。他是唐代大诗人白居易的弟弟。元和二年（807年）进士及第，被授予秘书省校书郎一职，其兄白居易也曾担任此职。元和十五年（820年），入朝为官，官拜左拾遗，和大诗人杜甫是同一官职。之后的几年中，他曾先后担任司门员外郎、主客员外郎、代韦词判度支案、主客郎中等职务。白行简于宝历二年（826年）冬病逝。他病逝后，白居易特意写了一篇《祭郎中弟文》，诉说了兄弟二人的手足深情，感人肺腑，催人泪下。《旧唐书》中有对白行简这样评价："行简文笔有兄风，辞赋尤称精密，文士皆师法之。"白行简一生当中尤其擅长撰写传奇，其作品除《李娃传》外，还有《三梦记》，也是唐传奇中的名篇。

《李娃传》取材于当时的一种"说话"（一种讲故事的艺术）《一枝花》。因女主人公李娃后被封为"汧国夫人"，所以《李娃传》又名《汧国夫人传》。这是一个十分动人的爱情故事。

故事的情节是：常州刺史荥阳公之子郑生实年二十上下，恰是风度翩翩的年龄。其父荥阳公对自己这位俊朗而

又多才的儿子格外器重，指望其兴家兴业，大有作为，常称之为"家里的千里驹"。就在这一年，郑生进京赶考，父亲为其准备了充足的盘缠，郑生也踌躇满志地来到了京城。在京城的某一天，郑生在访友途中，偶遇身为青楼女子的李娃。风姿绰约的李娃顿时令青年才俊郑生一见钟情。自从相遇之日起，郑生就怅然若失，对李娃日思夜想。数日之后，郑生终于按捺不住内心的渴望，自报家门与李娃相见，没想到李娃对他也是一见难忘。二人感情迅速升温，很快便在青楼开始了同居生活。然而，青楼毕竟是个永远也填不满的无底洞，没过多久，郑生便将钱财全部挥霍。甚至连随行车驾和家童也变卖一空。不到一年，郑生就沦落成一文不名的穷书生。渐渐地，鸨母对他的态度越来越冷淡。虽然李娃对郑生情深意重，但迫于无奈，只好委曲求全地听从鸨母的安排，用计策将郑生扫地出门。自幼家境优越的郑生从未受过此种侮辱，他陷入了深深的痛苦之中，并渐渐表现出一种惶惑疯狂的状态，疾病也随之而来。在生命危在旦夕之时，他不得不委身于凶肆（古代殡仪馆），从事殡葬礼仪的工作，以唱挽歌作为谋生手段。郑生本来就聪明绝顶，才华横溢，再加之他经历了人生中的大喜大悲，因而将哀婉之歌唱得十分动人，很快就红遍长安。但不幸的是，他唱挽歌的身份不久便被其父荥阳公发觉。荥阳公万万没想到自己寄予厚望的儿子竟沦落到如此地步，真是有辱家门。在盛怒之下，他竟然将儿子鞭打得昏死过去，幸亏郑生在殡葬馆的朋友及时将他救活。身上鞭伤深重的郑生惨不忍睹。最终衣衫褴褛的他只好靠乞讨为生。从荣华富贵到沿街乞讨，从富家公子到路边乞丐，郑生真正经历了人生的大起大落，其境遇相当悲惨。

又一个冬天来临的时候，郑生冒雪乞食，凄苦的求告声催人泪下。他不知不觉竟来到了李娃的门前。昔日旧情人相见，郑生想到自己的苦楚，百感交集，一时气往上涌，差点昏厥过去。李娃将其救起，想到是自己过去对郑生的欺骗才害得郑生如此悲惨，她失声恸哭。哭声惊动了鸨母，她又想将郑生赶走。李娃坚决不允，并自赎其身。她要和郑生另觅他处，照顾郑生的生活，以此来赎罪。从此，二人琴瑟和鸣，恩爱有加。一年后，郑生的身体已完全康复。他排除一切杂念，夜以继日地读书准备科考。李娃常常伴读到深夜。红烛为伴，红袖添香是所有中国文人的理想之事，郑生在这一刻得到了莫大的幸福。功夫不负有心人，郑生历尽千辛万苦，终于高中状元，后来李娃也被封为汧国夫人。在这漫长的求学道路上，郑生终于实现了自己多年的夙愿，这一切都与李娃对他的扶助息息相关。

李娃全心全意爱着郑生，爱情的力量令这位出身并不光彩的女人有着超然的力量和气度。因为爱，她拯救奄奄一息的郑生，并照顾他的生活，帮助他成就学业；因为爱，她在郑生高中之后，却主动提出与他分手，请他另娶名门闺秀，不让自己的身份妨碍他的前途。但患难见真情，郑生最终还是选择了她。郑生父子也得以相认，在郑父的支持下，两人最终结为夫妻。婚后的李娃治家严谨，孝顺公婆。郑生父母去世后，李娃的孝道令天地为之动容。在李娃守孝的草房上，长出了一穗罕见的三花灵芝草，并有几十只吉祥的白燕在草房上筑巢。皇帝得知此事后，更加重视郑生。他连任高官，其四个儿子最终也做了大官，一门显贵，无人能及。从娼女到汧国夫人，从流落街头的书生到朝廷高官，李娃和郑生的爱情最终得到了完满的结局。

作为传奇小说，《李娃传》在唐传奇的发展史上，留下了光辉的一页。《李娃传》中对善良人性的歌颂和对丑恶人性的揭露，都达到了相当高的程度。李娃的迷途知返，郑生的苦尽甘来都给人留下了深刻的印象，千百年来，《李娃传》为世人传颂。

### 2. 李朝威与《柳毅传》

李朝威（约766-820年），陇西（今陕西陇西）人，李朝威生前的事迹已不可考。他的作品仅存《柳毅传》和《柳参军传》两篇。鲁迅在其《中国小说史略》中说："唐人传奇留遗不少，而后来煊赫如是者，唯《莺莺传》及李朝威的《柳毅传书》而已。"其中《莺莺传》是元稹的作品，《柳毅传书》就是我们通常所说的《柳毅传》。鲁迅先生把《柳毅传》与元稹的《莺莺传》相提并论，可见《柳毅传》艺术成就之高，影响之深远。也正因如此，李朝威被后人誉为传奇小说的开山鼻祖，且与当时的李公

佐、李复言并称为中国文学史上的"陇西三李"，在当时颇负盛名。

《柳毅传》给我们讲述了一个完美的爱情故事。鲁迅在《中国小说史略》中对其给予了高度的评价。作品描述了一位见义勇为的书生与落难的龙女之间的传奇爱情。作者通过生动的人物语言、精湛的奇思妙想将读者带入仙境，颇具浪漫色彩，足可称之为一部色彩斑斓的浪漫主义小说。

故事的情节是：唐代仪凤年间，书生柳毅参加科举考试未中，在返乡途中，路过泾阳，结识了一位美丽女子。该女子向其透露她原本是洞庭龙王的小女儿，由父母作主将其许配给了泾川龙王之子为妻，但她婚后竟受到丈夫的百般厌弃和公婆的虐待，甚至到了被罚牧羊的地步。她想请柳毅替她捎信给父母来解救自己。龙女伤心的哭诉令柳毅顿生怜惜之情，他慨然应允龙女的请求，并保证一定帮她脱离苦海。

柳毅回到家乡后，马上去洞庭湖拜访。他按照龙女教他的方法叩开了龙宫的大门。在此处，作者对龙宫的环境加以描写：柱子由白玉铸成，台阶用青玉铺砌，帘子上布满水晶，翠玉的门槛上还镶嵌着琉璃，屋梁用琥珀装饰。人世间的奇珍异宝尽在龙宫，让柳毅大开了眼界。不多时，龙女的父亲洞庭君出来见他，柳毅便将龙女托付之事说与他听，并将书信奉上。顿时，宫内宫外的人都为龙女的悲惨遭遇流下了眼泪。这时，龙女的叔父钱塘君出现了，他身长千余尺。钱塘君的威猛吓得柳毅扑倒在地。随后，洞庭君大摆宴席，答谢柳毅。饮酒期间，钱塘君便将龙女救了回来。此刻的龙女真是国色天香、风姿绰约。钱塘君十分感谢柳毅的仗义相助，挽留他在龙宫居住，并提议要将龙女许配给柳毅做妻子。但由于钱塘君言语傲慢，柳毅严词拒绝了他的提议，毅然离开了龙宫。柳毅回到家中后，变卖了龙宫送给他的珍宝，很快便成为了当地的富翁。他先后娶了两任妻子，但两任妻子都不幸病故了。后来，经人介绍认识了贤良淑德的卢氏，他觉得卢氏长得很像龙女，便和她谈起从前之事，但卢氏一直否认。直到一年后，卢氏为柳毅顺利地生下一个儿子。在孩子满月后，卢氏才告诉柳毅自己的真实身份，其实，她就是龙女。原来，柳毅在龙宫里拒绝亲事之后，龙女的父亲又想将其嫁给濯锦江龙王的小儿子，但龙女坚决不从，剪掉头

中国古代小说变迁

发闭门不出，以表决心。此时的柳毅刚刚经历了丧妻之痛，龙女便化身为卢氏，与柳毅成亲。她告诉柳毅，只要能和他在一起，相亲相爱一辈子，她死而无憾。从此，他们开始了幸福美满的生活。后来，柳毅在龙女的帮助下也位列仙班。

这篇充满了奇异幻想的传奇故事，是作者丰富的想象力和创造力的浓缩。曲折的故事情节恰恰契合了中唐时期的社会现实和人们的情感需要，它那无穷的艺术魅力深深地吸引着我们。

首先，作者塑造了一系列个性鲜明、栩栩如生的人物形象：仗义相助，正直勇敢的柳毅；美丽善良，真诚多情的龙女；刚勇暴烈、粗犷鲁莽的钱塘君；和蔼可亲、仁厚持重的洞庭君等等，每一个人物形象都血肉丰满，充满着生命力。

其次，作者对故事情节的安排独具匠心，极尽曲折而又不乏巧妙，神奇但不荒诞，出人意料之外，却又在情理之中。小说开篇就写柳毅路过泾阳，偶遇牧羊的龙女。龙女托他捎信，并告诉他进入龙宫的方法，这已带有神奇的色彩。等到钱塘君出场之时，更是风驰电掣。钱塘君傲慢逼婚，又令柳毅觉得受到了人格上的侮辱，因此他选择严词拒绝，这是本故事一个重大的转折点。尽管柳毅与龙女分别之时，已见龙女有依依不舍的神色，自己也萌生遗憾之意。但他还是不畏权贵，宁愿舍弃美丽的龙女，也要坚守自己的人格，这是非常值得称道之处，也是本故事的一个亮点。试问多少人能禁得住金钱的诱惑，又有多少人能为了人格舍弃爱情和富贵，柳毅在这里给我们作出了惊人的回答。故事结尾处，安排了柳毅和龙女大团圆的结局，体现了作者对美好生活的渴望。

再次，作者运用了独特的表现手法，首尾呼应，引人入胜，制造悬念，契合了读者的阅读心理，激发了读者的阅读欲望；而且还通过细节描写来突出人物形象，表现人物性格，营造了一种情景结合的氛围，产生了巨大的艺术感染力。

千百年来，《柳毅传》这个故事被改编成了各种杂曲话本。这个诞生于中唐时期的传奇小说，代表了我国唐代小说的最高成就。

## （二）爱情悲剧传奇

柳永有词云："多情自古伤离别，更哪

堪冷落清秋节。"元稹有诗云："问世间情为何物，直教人生死相许。"美满爱情和大团圆结局固然是人们心目中美好的愿望，但造化弄人，爱情在现实生活中常常伴随着感伤。这种悲剧的爱情往往更能令人刻骨铭心，乃至使人为其付出青春甚至生命。这样的题材在唐传奇中也不乏名篇力作，至今仍能给世人以警醒。

### 1. 元稹与《莺莺传》

元稹（779－831年），唐代著名文学家，字微之，别字威明。河南（今河南洛阳）人。贞元九年（793年）及第，后暴疾卒于武昌军节度使任所。元稹的创作，以诗的成就为最大。他与白居易齐名，并称"元白"，二人同为新乐府运动的倡导者。元稹才华横溢，文学成就斐然。他写的《离思》一诗名垂青史，道出了爱情的真谛，为世代传诵：

曾经沧海难为水，除却巫山不是云。取次花丛懒回顾，半缘修道半缘君。

元稹的诗感情充沛，感人肺腑。尤其是"曾经沧海难为水，除却巫山不是云"一句，更是成为痴男怨女们相爱相守的誓言。但他的才华不单体现在诗歌创作上，也体现在传奇创作上。真是"满腹才华关不住，一代传奇呼啸来"。他创作的《莺莺传》不但在当时享誉盛名，而且还成为后世作家模仿的佳作。金代董解元《西厢记诸宫调》和元代王实甫《西厢记》杂剧的素材均来源于此，只是改变了结局。

根据卞孝萱教授《元稹年谱》的考证，《莺莺传》的创作时间应当是贞元二十年（804年）。此时的唐朝经历了安史之乱的罹难，国势日渐衰微。

《莺莺传》讲述的是张生始乱终弃的故事。崔莺莺与其母郑氏在一次兵乱当中，为张生所救。郑氏与张生本就有亲戚关系，因此郑氏决定设宴答谢张生的救命之恩。怎想张生见到如花似玉的莺莺小姐后，一见钟情，不能自持，便想通过莺莺的丫鬟红娘，与莺莺私通。小丫鬟一心想让他明媒正娶自己家的小姐，张生却说自己爱得太深，已无法忍受长时间的等待。后来，莺莺果然与他幽会，幽会之时，张生便向她打听其母的态度。莺莺坦诚相告，郑氏并未坚决反对。随后，郑氏打算让二人完婚，但张生却迟迟不肯遣人说媒，最后竟然将莺莺抛弃。可见，张生本来就是贪图莺莺的美貌，意图玩弄，甚至霸占。当红娘提出明媒正娶的建议时，他说，如再过"三数月"就要"索我于枯鱼之肆"，其言语表达了他当时是多么的迫切，但当莺莺与他欢爱之后，他却迟迟不肯遣人说亲。对此，莺莺一忍再忍。张生前后的言行不一和莺莺之后的种种表现，体现了当时唐代门阀制度的残酷和妇女地位的低下。孤儿寡母寄人篱下，只能任人宰割，无法反抗。寒门女子无法与士族通婚，这反映了唐代社会不平等的婚姻制度和对妇女的摧残。

此故事的经典之处在于对女主人公崔莺莺的描写，她第一次与张生见面是迫于母命。文中是这样表现她当时的情态的：

久之乃至，常服悴容，不加新饰，垂鬟接黛，双脸销红而已。颜色艳异，光辉动人。

作者将莺莺的美丽与羞愧之态结合得天衣无缝，语言生动，异彩纷呈。而在张生将要遗弃她时，文中又是这样写的：

崔已因之将决矣，恭貌怡声，徐谓张曰："始乱之，终弃之，固其宜矣。愚不敢恨。必也君乱之，君终之，君之惠也。则没身之誓，其有终矣，又何必深感于此行？然而君既不怿，无以奉宁。君常谓我善鼓琴，向时羞颜，所不能及；今且往矣，既君此诚。"因命抚琴。鼓《霓裳羽衣》序，不数声，哀音怨乱。不复知其是曲也。左右皆欷歔，崔亦遽止之，投琴，泣下流连，趋归郑所，遂不复至。

这一段文字深切地表现了莺莺的痛苦。在她柔弱的外表下掩藏着无比伤痛，同时文章也显现出她对张生的挚爱与不舍。如果进一步地挖掘语言，我们不难发现，在莺莺的柔顺里，隐藏着当时社会对家庭中地位卑微女子的压迫和不公。

故事的后半部分还附着了一封莺莺写给张生的书信，显示了莺莺过人的才华：

倘仁人用心，俯遂幽眇；虽死之日，犹生之年。如或达士略情，舍小从大，以先配为丑行，以要盟为可欺。则当骨化形销，丹诚不泯；因风委露，犹托清尘。存没之诚，言尽于此；临纸呜咽，情不能申。千万珍重！珍重千万！玉环一枚，是儿婴年所弄，寄充君子下体所佩。玉取其坚润不渝，环取其终使不绝。兼乱丝一绚，文竹茶碾子一枚。此数物不足见珍，意者欲君子如玉之真，弊志如环不解，泪痕在竹，愁绪

唐代传奇小说

13

萦丝，因物达情，永以为好耳。心迩身遐，拜会无期，幽愤所钟，千里神合。千万珍重！春风多厉，强饭为嘉。慎言自保，无以鄙为深念……

此段文字优美，感情充沛。据很多作家分析，莺莺的原型便是元稹爱恋过的一位才女，而这封信就是出自那位才女的手笔。莺莺追求爱情的失败，也反映了那一时期知识女性在追求爱情的道路上所经历的坎坷和艰辛。《莺莺传》之所以能感动我们，正是由于文中出现了这样一位敢爱敢恨、敢于承担责任、才华横溢而又命运多艰的女子。

### 2. 蒋防与《霍小玉传》

蒋防（约792年-?），字子微，义兴（今贵州义兴）人。曾任右拾遗，翰林学士，中书舍人。《霍小玉传》是其代表作，创作于宝历、太和年间（825-827年）。故事情节是这样的：

大历年间，陇西有个叫李益的书生，20岁，考中了进士。他常常夸耀自己文采风流，希望得到佳偶。他四处寻求名妓，很久未能如愿。终有一日经长安一姓鲍的媒婆介绍，认识了年轻貌美的霍小玉。两人一见如故，彼此对对方都很满意。

但霍小玉深知自己本是娼妓出身，不能与李益相配。只怕一旦年老色衰，就会像秋天的扇子一样被抛弃。李益为打消她的念头，对小玉发誓：即使粉身碎骨，也绝不丢开她，并拿出白绢，写下了终身相守的誓言。李益一向富有才思，提笔就能写出文章，他引用山河作比喻，表示了诚心，句句恳切。看了这些话，霍小玉非常感动。就这样，他们在一起生活了两年，在这两年当中，二人日夜相随。后来，李益因为科举考试成绩好，被授予郑县主簿的官职。到了四月，将要去上任，顺便到东都洛阳探亲报喜。霍小玉已料到他此去长安，多有变故。但李益一直表示，一定与小玉终身相守，至死不渝。

回到家中，一切都改变了。李益不得不听从母命而迎娶了一位卢姓的小姐。此时的小玉还在望穿秋水，等待着情郎。李益因自己背弃盟约，便拖延回去的期限，并且远托亲戚朋友，不让泄露此事。小玉屡次打听李益的音信均没有结果。从此，小玉的生活逐渐穷困潦倒，变卖了家财也难以维持生计。最后她染病在床，痛苦不堪。

李益自知拖延归期违背了誓言，又得知小玉病重，惭愧不已，索性狠心割爱，始终不肯前去与她相见。小玉日夜哭泣，茶饭不思，一心想见李益一面，竟没有任何机会。冤苦悲愤越来越深，她困顿地病倒在床上。长安城中逐渐有人知道了李益与霍小玉之间的这段情事。风流人士与豪杰侠客，无不感叹霍小玉的多情，愤恨李益的薄幸。终有一日，一位豪侠用计策将李益骗到小玉的家中。霍小玉缠绵病榻日久，突然听说李益来了，飞快地起床，换好了衣服走出去，好像有神助似的。她控诉了李益一番话：

> 玉沈绵日久，转侧须人。忽闻生来，欻然自起，更衣而出，恍若有神。遂与生相见，含怒凝视，不复有言。羸质娇姿，如不胜致，时负掩袂，返顾李生。感物伤人，坐皆欷歔……

这段文字充分地体现了小玉的悲愤和刚烈，亦刚亦柔，感天动地。她悲痛欲绝，但内心却掩饰不住对李益的深情。虽病入膏肓，见到李益后还能强打精神，起身相见。她不愿将自己的柔弱暴露于负心人面前，所以一面流泪，一面转过头去拭泪。真个凄凄惨惨戚戚！绝情郎在前，最难将息。等到坐定之后，她又说道：

> 我为女子，薄命如斯；君是丈夫，负心若此。……徽痛黄泉，皆君所致。李君李君，今当永诀。我死之后，必为厉鬼，使君妻妾，终日不安……

说完这番话之后，她左手握住李益的手臂，将杯子摔于地上，恸哭数声而死。这一系列的动作发泄了小玉无比的愤怒。临终前的她毫不掩饰自己的悲痛。这种长恸号哭充溢着小玉的刚烈之气。在这里，我们可以较明显地感觉到小玉与莺莺之间的区别。小玉在面对负心人的抛弃时，宁为玉碎不为瓦全，用死亡来结束一段错误的恋情。

小玉死后，李益的精神受到了沉重的打击，他开始精神恍惚，行为怪异，娶妻三次，但他的婚姻却都因他的猜忌而不得善终。

李益的行为固然可恨，但如果不是受其母的威逼利诱，也许他和小玉也会善始善终。他本意不想辜负小玉，但客观上，他给小玉造成了致命的伤害和打击。订亲后一味逃避的态度给小玉增加了无限的痛苦，以致稚年早逝。所以，李益的罪责不

唐代传奇小说

容宽恕。但在小玉不幸亡故之后，李益也悲痛不已，日夜哭泣。这也绝非是虚伪的表现，体现出了人物性格的复杂性。这种对人性的剖析超越了时代，超越了作品，具有非常重要的文化内涵。

直到今天，我们在分析一部作品的时候，不能单纯地把人物分成好人和坏人、善良的人和丑恶的人，而要把具体的人和事放在具体的历史背景之下去分析，这才是具有人性化的解读。李益的背叛绝不仅是他个人的原因，而是那个时代制造的悲剧。封建社会的残酷不仅在于阶级之间的压迫，更在于对人性的压迫，很多人没有追求爱情和婚姻的权利，甚至没有生存的权利，这是何等的惨烈。

痴心女子、仗义男子和薄命女子、负心郎君共同构筑了中唐传奇史上的一道长城，也为我们留下了宝贵的文化遗产，使我们在津津乐道唐诗之时，也会想起那一个个让我们感动、回味的爱情故事。

# 三、谁人一梦犹未醒，何处功名了无踪

中国最早的志怪小说出现在汉魏六朝时期，而"小说"一词则最早出现在《庄子》一书中。前文所提到的都是爱情主题的传奇小说。下面要谈的是唐传奇中的又一大主题：志怪。

所谓志怪，就是记载奇闻怪事。这类文字，早在先秦两汉时就已经产生。那时候，出现了一系列关于这方面的著作，比如《山海经》《神异记》《十洲记》《神仙传》等都出现于先秦两汉时期。一提到先秦文学，就会想到先秦散文，一提到两汉文学，就会想到汉赋和汉乐府。事实上，那一时期已经出现了小说的萌芽。但在当时还没有形成一定的规模。从事这方面写作的人数量有限，影响也有限。魏晋六朝以后，这类著作徒然增加，四百年间，出现了数十部值得称道的作品。志怪传奇的作者也多是饱学之士，因而作品质量较之前代有很大提高。志怪传奇的主要代表作品有《幽明录》《冤魂志》《拾遗记》《初学记》《搜神记》等等。

唐传奇中涉及志怪的作品多是受了六朝志怪小说的影响而发展，而又在唐朝特定的历史条件下，有自己的创新。代表作品是沈既济的《枕中记》和李朝威的《南柯太守传》。

## 1. 沈既济与《枕中记》

沈既济（750-800年），苏州吴（今江苏吴县）人。他自幼喜好读书，精通经史子集，擅长写作小说。大历年间被委任为协律郎。曾上书改革选举制度，建议皇帝选拨德才兼备、具有真才实学的人才为官。德宗初年，受宰相杨炎的大力举荐，担任左拾遗一职，并负责史书的修订。他充分地发挥了自己在史学方面的才能，为唐王朝的历史修订工作付出了坚实的努力，并对史学的发展起到了推动作用。后来沈既济因杨炎被贬而受到牵连，被贬异地。不久，他又被调入长安，官至礼部员外郎。历尽官场沉浮，他对世态炎凉早已看破。他所经历的时代，刚刚经历了安史之乱的洗礼，官场黑

暗，党争此起彼伏，社会上一些人更加疯狂地热衷于追名逐利。"中进士、通过迎娶名门之女而跻身上流社会"成为很多人梦寐以求的理想，怎奈宦海明争暗斗、暗礁横生，又有几人能够处乱不惊；人生百转千回、雾里看花，又有几人能够柳暗花明，到头来恐怕只是一场梦。沈既济就是根据这种社会现实，创作了志怪传奇《枕中记》。当然，文中有很大一部分是借鉴了干宝的《搜神记》和刘义庆的《世说新语》。很多唐传奇中的内容都是借鉴了汉魏六朝的文学成果才得以成书。《枕中记》就是其中之一。

《枕中记》寥寥千余字，却为我们讲述了一个发人深省的志怪故事。

出身寒门、但却向往功名的落迫书生卢生，在客栈偶遇一道士，唤名吕翁。二人一见如故，卢生很快向其袒露了自己欲求功名而不得的苦闷和怀才不遇的悲苦。道士随即给了他一个青瓷枕头，卢生躺在上面，很快便昏昏睡去了。他进入了神奇的梦境。先是娶了富家女为妻，又考中了进士，入朝为官，最后官至宰相，真乃一人之下，万人之上，人间的荣华富贵享用不尽。一生荣华，颇受皇帝器重的他死在皇帝允许他告老还乡的那个夜里，一切都尘归尘、土归土。梦中的卢生历尽波折，三起三落，大富大贵，生活奢侈到极点，最终却也免不了一死，只剩下身后的一抔黄土与他日夜相伴。而现实中的卢生只是打了一个盹儿。醒来后，他伸了一个懒腰，发现自己还躺在客栈里。他向店家讨要的黄米饭还在锅里没有煮熟。他疑惑地自言自语："难道刚才只是一场梦？"道士在他身旁感慨地说："人生不过如此啊！"一语道破天机，功名利禄只是身外之物，求其何用。卢生恍然大悟，拜谢吕翁说："宠辱之道，穷达之运，得丧之理，死生之情，尽知之矣。此先生所以窒吾欲也。敢不受教！"是道士吕翁让他打消了对"建功树名，出将入相"的渴求，让他明白了"此而不适，而何为适"的道理。对于这种"适"的肯定，以及与此相关的对于荣华富贵的鄙弃，在后来的元曲中得到了进一步的发挥。由于这场美梦只在一饭之间完成，因此，后人又常把这个故事叫做《黄粱一梦》。

作者以现实为依托，用一种非常手段揭示了唐朝的社会生活，深刻而尖锐。作者体察了读书人的苦楚和社会上大多数人追求功名利禄的迫切心理，用一种怪诞的语气分析了这种追求的无意义性。在行文过程中，作者运用了巧妙的构思和奇特的想象，同时又有一些对现实的描写，因此，文章显得血肉丰满，有张有弛，同时也揭示了统治阶级生活的腐朽，批评了他们骄奢淫逸的状态。作者指出：海市蜃楼只是一时美景，转瞬即逝，瞬间的得失永远代替不了永恒，梦幻永远不能成为现实。梦中的名与利只是过眼云烟，不值得为之付出一生。卢生的黄粱一梦，讽刺了那些舍弃本性而热衷于追名逐利的人们。

后人对这部传奇的评价极高，鲁迅先生认为："如是意想，在歆慕功名之唐代，虽诡幻动人，而亦非出于独创。……既济文笔简练，文多规诲之意，故事虽不经，尚为当时所推重。"（《中国小说史略·唐之传奇文上》）沈既济在当时封建社会的统治秩序之下，能对人生的得失悲欢有如此高的见地，实属不易。他本身是读书人，但却能跳出功名看人生，展开批评与自我批评，这是非常具有独创性的，具有跨时代意义。从这个角度来看，《枕中记》也不愧为唐传奇中的名篇佳作。

2. 李公佐与《南柯太守传》

中唐时期是唐传奇小说发展的高峰期，这一时期的传奇故事既有丰富的社会生活内容，又有扑朔迷离之美。这些传奇作家笔耕不辍，用他们的才情为我们创作了一部又一部发人深省的作品。李公佐就是其中一位非常著名的传奇作家，他创作的《南柯太守传》家喻户晓，奠定了他在小说史上不可忽视的地位。

李公佐（770－850年），字颛蒙，因其自称陇西李公佐，所以后人考证他的家乡在郡望陇西（今陕西一带）。但他的出生地是否就在于此，已不可考。他曾考取进士，在大历年间步入仕途。元和年间曾担任江西判官，并曾担任过从事、参军等职。后因牛李党争受牵连而被削职。唐朝后期的社会陷入了党争和宦官专权的黑暗当中，党争害了很多人。著名诗人李商隐就因党争而一生不得志，郁郁而终。这是中国历史上一种非常残酷的政治现象，牵涉过很多文人，造成了很多悲剧。李公佐也是受害者之一。仕途上不得意的他喜好征集民间的奇闻怪事，感慨于安史之乱、藩镇割据、朋党之争、官场黑暗的他怀揣着满腔的义愤，用心血著成了这部千古流传的唐传奇——《南柯太守传》。

《南柯太守传》为我们讲述的故事是这样的：扬州城内有一名唤淳于棼的游侠，因嗜酒如命冒犯了上司而被罢了官，赋闲家中。此后，他更是肆无忌惮地与友人豪饮于城中一棵日久年深的古槐树下。一天，他酒醉致疾，友人将其扶入家中休息。昏昏沉沉当中，他被两位紫衣使者邀请到了大槐安国。途中所见所闻均非日常见闻，景色秀美可谓世外桃源。淳于棼来到大槐安国后，立即得到了国王的热情接见，并告诉他国王与其父早有过媒妁之约，国王请他来的目的就是履行诺言。于是，这位老兄顺理成章就成为了大槐安国的驸马，国王的乘龙快婿。后来，他被派到南柯郡一带担任太守的职务。公主为其生下五男二女，他可谓家门兴旺，仕途得意，荣华富贵享用不尽，身份地位显赫一时。但怎奈天有不测风云，人有旦夕祸福，公主在战乱的动荡中丧生，于是逸言四起，国王渐渐地对他失去了信任。淳于棼被遣送还乡，陪同者恰是当年带领他来到此地的两位紫衣使者之一。淳于棼看到家乡旧景，不禁潸然泪下。此刻他看见自己的身体还在东厢房躺着，因此而万分惊恐，不知所以然。紫衣使者连喊数声他的名字后，他才大梦初醒。睡眼惺忪的他看见家仆正在屋内打扫，夕阳西下，一抹斜阳残留在墙头，喝剩的酒依然放在原处，梦中的景色消失得无影无踪。梦醒后的他将自己刚才梦到的情形向两位朋友和盘托出，朋友也觉得颇为神奇。三人一同来到大古槐树下想探个究竟。看见洞穴内宽敞明亮，洞底有十几只蚂蚁守卫着两只大蚂蚁，其他蚂蚁不敢向前，这恐怕就是梦中大槐安国的都城了！他们又挖出另一个洞穴，也有土城小楼，这便是梦中的"南柯郡"吧！他们又看见了一个洞穴，中间有很高的小土坡，这便是梦中槐安国二公主的葬身之处。淳于棼触景生情，在梦中他毕竟来过此地。这里曾有他甜蜜的姻缘，显赫的地位……这一切亦梦亦真，让他感慨万千。面对这凹凸不平的坑坑洼洼，他不忍心让友人破坏，于是又将其掩埋了起来。怎知到了夜里突来暴风骤雨，一切毁于一旦。淳于棼回忆起梦中经历的混乱，果真在梦醒后应验。朦胧中，他又回忆起曾与大槐安国有过战事之乱的檀梦国。于是他与友人经多方探寻，终于找到了一棵大檀树，情形可推测至梦中。区区蚂蚁都有如此神怪之事，何况人世间的一切，难道都在冥冥之中？淳于棼陷入了深深的思考。他感慨万千，蚂蚁之事不也就是人世之事吗？宦官专权、藩镇割据、战事不断，内忧外患令百姓流离失所，痛苦不堪。而一旦小人得势，便鱼肉百姓，横行乡里，官场上明争暗斗，尔虞我诈，欺上瞒下，这些梦境中的情景实际就存在于现实当中。他忽又想起梦中那两位紫衣使者，他们不就是自己两位朋友的化身吗？而后来，现实生活中的二人，一人暴病而亡，一人卧病在床。淳于梦得知这两个朋友不幸的遭遇后更加感慨人生苦短，于是他在修度中度过了短暂的余生，亡故时年仅47岁。

《南柯太守传》虽与《枕中记》一样都写梦中之事，但作者的思想更加深刻，语言更加细腻。鲁迅先生对其评价也很高，尤其对结尾处大加赞赏，他说："篇末命仆发穴，以究根源，乃见蚁聚，悉符前梦，则假实证幻，余韵悠然。"（《中国小说史略》）

这两篇作品都是借梦境讽刺了唐代士人迫切追求功名的社会现实，又借梦境的破灭来预示功名利禄的虚幻，由此对那些热衷于此的人进行了辛辣的嘲讽和鞭挞，并揭露了当时官场的黑暗和社会的动荡。整个主旨类似于老庄哲学当中的"无为"思想，但作品所反映的思想内容十分深刻，也非常真实地披露了唐朝的社会现实。

唐代传奇小说

## 四、豪侠谈笑千钧力，江湖结伴三人行

　　以豪侠为主题的唐传奇，出现于社会动荡的唐朝末世，内容多表现扶贫济弱，除暴安良、快意恩仇、安邦定国，刻画出了豪侠坚韧刚毅的性格、出神入化的武功修为和惊世骇俗的功业。晚唐的传奇，与中唐相比，传奇集增加了很多，如戴孚的《广异记》和薛用弱的《集异记》都是当时有名的传奇集。但那一时期传奇的单篇名作却很罕见。关于以豪侠为主题的唐传奇的起源及成就，

钱锺钟书先生曾在他的名作《管锥篇》中有所论述。这一主题的代表作有裴铏的《昆仑奴》和杜光庭的《虬髯客传》。

　　**1. 裴铏与《昆仑奴》**

　　裴铏，唐朝人，生卒年均不详，约在唐懿宗咸通初前后在世。著有《传奇》三卷，但很多作品没有流传下来，只有《太平广记》中所录的四则，得传至今。他是唐末著名的文学家，一生以文学成就闻名于世，为唐代小说的繁荣和发展作出过巨大贡献。唐代小说之所以称为传奇，便是从他的名著《传奇》一书得名的。裴铏的作品很多，题材也不拘一格，非常广泛。《昆仑奴》是裴铏的代表作。

　　《昆仑奴》写一位武艺高强的老奴，帮助崔生成就了一段姻缘的故事。崔生偶遇一红衣妓者，遂害了相思之苦。家中昆仑奴帮他解释了红衣伎为崔生留下的暗语。崔生冲破了重重阻碍，最终和红衣伎相会。二人一起回到崔生家中，意图成婚。但此事很快被红衣伎的主人、当时朝廷一品官员郭子仪发现，他派兵包围了崔生的宅院。千钧一发之际，又是昆仑奴帮他们成功逃脱魔爪。作品中对昆仑奴的勇气给予了高度赞扬。昆仑奴敢作敢为的英雄气概恰恰是那个时代缺少的，作者对这种英雄行为给予了高度的评价。通过对比来反映人物性格，体现了传奇在人物描写上的进展和突破，使人物形象更加鲜明了。这种比较写法是中国文学批评中比较传统的方法，在刘勰的《文心雕龙》中早有论述，但运用到传奇当中还是首创，因此具有划时代的意义。

中国古代小说变迁

另外，裴铏还写了一些含有教育意义的神话小说，如《韦自东》，写义烈之士韦自东被道士聘去护丹抗妖。妖魔化作巨蛇、美女，都被他一一识破，最后被一个变幻作"道士之师"的妖魔所欺骗，前功尽弃。作品教育人们要善于识破伪装，不能以貌取人。总之，在晚唐，裴铏是一个多产作家，他以自己的创作实践推动了中国小说的迅猛发展。

　　2. 杜光庭与《虬髯客传》

　　晚唐传奇中，杜光庭的《虬髯客传》是为数不多的一部佳作。这篇小说以司空杨素的宠妓红拂女大胆与李靖私奔的爱情故事为线索，描写了隋末有志图王的虬髯客在"真命天子"李世民面前折服，出海自立的故事。

　　杜光庭（850－933年），字宾圣（一作宾至），号东瀛子，别号华顶羽人，京兆杜陵（今陕西西安）人，侨居处州缙云（今属浙江）。咸通年间（860－873年），参加过九次科举考试均名落孙山，于是到了天台山当道士。中和（881－884年）年间，住长安太清宫。光启年间（885－887年），僖宗赐其紫衣，赐号广成先生。之后不久来到四川腹地，居住在成都玉局观。917年，被任命为户部侍郎，并被赐封为蔡国公。官至公卿，地位已经相当显赫。921年，又被封为传真天师，拜传真馆大学士。不久辞官，隐居在青城山白云溪，过着闲云野鹤的恬淡生活。这里有一点需要说明：杜光庭历经两个朝代，即晚唐和五代。907年，节度使朱温废掉唐朝最后一个皇帝，自立为帝，从此中国又出现了地方割据政权并立的局面，也就是历史上所说的五代十国时期。五代十国并立时期，契丹在北方异军突起，也建立了政权。中国结束了长达三百多年的大一统局面，进入了多方政权并立的时代，这种局面一直到1279年蒙古大汗忽必烈统一中国才结束。五代十国时期是中华民族大融合、文化大融合、文明大融合时期，杜光庭的后半生就是在这种历史背景中度过的。他在晚年时选择隐居山林，处江湖之远来了却余生，想是看破了人世间的种种离愁和江山代有才人出的历史发展规律。他一生博学多才，著有《广成集》三十卷，今存十七卷。《全唐诗》存其诗一卷，《全唐文》中存其文十六卷。由于他中年以后多在道观居住，向道观念由来已久，因而他还著述了一些跟道教有关的作品。收入正统《道藏》中的作品便有二十多种。其小说之作，内容多为神怪异闻传说，非常可惜的是，很多作品已亡逸。《虬髯客传》是晚唐传奇作品中非常著名的一篇，传奇中的主人公虬髯客最终选择海外隐逸，寄托了作者自身的政治理想和人生理想，很多内容神妙又深邃，非常值得我们深思。

《虬髯客传》为我们讲述了隋末一个侠义感人的故事。隋炀帝之重臣司空杨素向来生活骄奢淫欲，门客无数，日夜饮酒作乐，不理朝政。一日，素有开国之功、官拜刑部尚书并被封为卫国公的李靖向杨素进谏，尽陈忠义之言，字字关注国计民生。李靖的进言令杨素非常高兴，同时也博得了杨素府中的歌伎红拂的青睐。红拂女本是杨素的宠妓，能歌善舞，才貌双全，智勇过人。她一直深居府中，平日里都是和些凡夫俗子应酬，从未见过李靖这样有胆有识的大英雄。李靖的出现让她沉睡已久的心又苏醒了过来。

入夜，红拂女再也控制不住自己对李靖的崇拜，只身来到李靖住处，表达了对他的敬仰和爱慕之意。同为江湖儿女，二人一见钟情，商议出奔事宜，不久二人出奔太原。途遇一猛汉，器宇轩昂，唤名张三郎，也就是传奇中的主人公虬髯客。红拂女本姓张，二人一见如故，遂结为兄妹。李靖见到虬髯客后也是钦佩不已，三人决定结伴同行、除暴安良。虬髯客向李靖传授兵法和战法，三人亲如一家。正在那时，隋末农民起义风起云涌，各路豪侠纷纷揭竿而起，渴望明主的呼声日渐高涨。虬髯客有勇有谋，本想自立为王。后来，一次偶然的机会，他结识了太原留守李渊之子李世民。李世民仁爱宽厚、文武双全，颇得民心。张三郎折服于他的才学和人品，决定助其成就霸业后，归隐海外。贞观十年，也就是太宗即位后十年，有人上奏皇帝，海外出现了战船千艘、甲兵十万的扶馀国，皇帝迅速得知其国主就是虬髯客。

《虬髯客传》的名称最早出现于《太平广记》，其中的故事多为虚构。虬髯客智慧、勇猛、仗义，是作者心目中大英雄，作者将这些个性赋予这个人物，体现了他的政治理想。唐朝末年，政治黑暗，皇帝昏庸，宦官专权，奸臣当道，排除异己，忠臣不得重用，很多有学之士都郁郁而终，虬髯客得遇明主，李世民的英明神武令众多英雄折服，这反映了作者渴望明主的政治理想。这部传奇语言丰富精彩，情节动人，体现了作者精湛的写作功底和扎实的文字功夫，在思想和内容上对后世都产生了很大的影响。

《虬髯客传》中描写了三个重要人物：张三郎，红拂女，李靖。他们三位都是响当当的、具有英雄气概的人物。他们不像一般侠士那样只关心个人恩怨，也不以非凡的武功见长，却能居乱世而观天下，审时度势。他们清醒地认识到未来的路，这表现了他们大智大勇的大侠气概。

在作品中，作者通过人物之间的对话、行动和精彩的细节描写，对他们的性格作了突出的刻画。李靖的沉着冷静和才智过人，红拂女的慧眼识英雄和为了爱情敢于私奔的胆识与魄力，特别是虬髯客的雄大气魄，鲜活生动，光彩照人。后世将他们誉为"风尘三侠"，实在是很贴切。

## 五、江州司马歌长恨，陈鸿妙笔和知音

以历史故事为题材的传奇小说，出现在晚唐时期，以陈鸿的《长恨歌传》最为著名。这篇小说的情节安排与白居易的《长恨歌》基本相同，但批判意识更为明显。用作者的话说，就是要"惩尤物、窒乱阶，垂于将来"。但在具体描

述中，作者依然沿袭了《长恨歌》的思路，把重心放在唐玄宗与杨贵妃死别之后的相思之苦上，时常以抒情性的笔墨，来勾勒场景，渲染气氛，如"每至春之日，冬之夜，池莲夏开，冬槐秋落，梨园弟子，玉琯发音，闻《霓裳羽衣》一声，则天颜不怡，左右歔欷。于是云海沉沉，洞天日晓，琼户重阖，悄然无声"，这些描写，都简洁而富有情韵。陈鸿还有一篇《东城老父传》，其历史批

判性更强。作品先写神鸡童贾昌的发迹，很富有讽刺意味，对唐玄宗的荒淫生活是一种批判。后写贾昌沦为和尚，则又表达了一种盛衰荣辱变幻无常的感慨。作品以贾昌作为历史见证人，评论唐玄宗前后期政治的得失，有较强的历史批判意义，这类作品还有郭湜的《高力士外传》、姚汝能的《安禄山事述》等。

1. 陈鸿与《长恨歌传》

陈鸿，生卒年不详，字大亮，唐贞元二十一年（805 年）进士，登太常第。曾任太常博士、虞部员外郎、主客郎中等职。长庆元年（821 年），太和公主远嫁回鹘，他曾充赴回鹘婚礼使判官。唐文宗大和初，陈鸿还健在。他常常自称"少学乎史氏，志在编年"（《大统记序》），曾以七年之力，撰编年史《大统记》三十卷，可惜没有流传下来。《全唐文》中存录了他三篇文章。

元和元年白居易为盩厔尉时，与陈鸿、王质夫游仙游寺，作《长恨歌》，又让陈鸿与之唱和，于是陈鸿作《长恨歌传》。

《长恨歌》是白居易运用乐府旧题创作的一部千古流传的佳作。白居易在创作当中，充满了矛盾，他一方面批判统治者的骄奢淫逸，另一方面又怜悯于唐玄宗和杨贵妃之间的爱情，所以在整篇当中，他的言辞忽而激动，忽而浪漫。现实与浪漫并重，个人与历史相容是《长恨歌》最大的特点。这种创作手法是

由作者自身的经历和政治历程决定的。《长恨歌》全文如下：

汉皇重色思倾国，御宇多年求不得。杨家有女初长成，养在深闺人未识。
天生丽质难自弃，一朝选在君王侧。回眸一笑百媚生，六宫粉黛无颜色。
春寒赐浴华清池，温泉水滑洗凝脂。侍儿扶起娇无力，始是新承恩泽时。
云鬓花颜金步摇，芙蓉帐暖度春宵。春宵苦短日高起，从此君王不早朝。
承欢侍宴无闲暇，春从春游夜专夜。后宫佳丽三千人，三千宠爱在一身。
金屋妆成娇侍夜，玉楼宴罢醉和春。姊妹弟兄皆列土，可怜光彩生门户。
遂令天下父母心，不重生男重生女。骊宫高处入青云，仙乐风飘处处闻。
缓歌曼舞凝丝竹，尽日君王看不足。渔阳鼙鼓动地来，惊破霓裳羽衣曲。
九重城阙烟尘生，千乘万骑西南行。翠华摇摇行复止，西出都门百余里。
六军不发无奈何，宛转蛾眉马前死。花钿委地无人收，翠翘金雀玉搔头。
君王掩面救不得，回看血泪相和流。黄埃散漫风萧索，云栈萦纡登剑阁。
峨嵋山下少人行，旌旗无光日色薄。蜀江水碧蜀山青，圣主朝朝暮暮情。
行宫见月伤心色，夜雨闻铃肠断声。天旋日转回龙驭，到此踌躇不能去。
马嵬坡下泥土中，不见玉颜空死处。君臣相顾尽沾衣，东望都门信马归。
归来池苑皆依旧，太液芙蓉未央柳。芙蓉如面柳如眉，对此如何不泪垂。
春风桃李花开夜，秋雨梧桐叶落时。西宫南内多秋草，落叶满阶红不扫。
梨园弟子白发新，椒房阿监青娥老。夕殿萤飞思悄然，孤灯挑尽未成眠。
迟迟钟鼓初长夜，耿耿星河欲曙天。鸳鸯瓦冷霜华重，翡翠衾寒谁与共。
悠悠生死别经年，魂魄不曾来入梦。临邛道士鸿都客，能以精诚致魂魄。
为感君王辗转思，遂教方士殷勤觅。排空驭气奔如电，升天入地求之遍。
上穷碧落下黄泉，两处茫茫皆不见。忽闻海上有仙山，山在虚无缥缈间。
楼阁玲珑五云起，其中绰约多仙子。中有一人字太真，雪肤花貌参差是。

金阙西厢叩玉扃，转教小玉报双成。闻到汉家天子使，九华帐里梦魂惊。

揽衣推枕起徘徊，珠箔银屏迤逦开。云鬓半偏新睡觉，花冠不整下堂来。

风吹仙袂飘飘举，犹似霓裳羽衣舞。玉容寂寞泪阑干，梨花一枝春带雨。

含情凝睇谢君王，一别音容两渺茫。昭阳殿里恩爱绝，蓬莱宫中日月长。

　　回头下望人寰处，不见长安见尘雾。唯将旧物表深情，钿合金钗寄将去。

　　钗留一股合一扇，钗擘黄金合分钿。但教心似金钿坚，天上人间会相见。

　　临别殷勤重寄词，词中有誓两心知。七月七日长生殿，夜半无人私语时。

　　在天愿作比翼鸟，在地愿为连理枝。天长地久有时尽，此恨绵绵无绝期。

　　陈鸿《长恨歌传》的故事情节虽依托于《长恨歌》，但却一反《长恨歌》的创作手法，彰显其批判的意图，而没有了白居易《长恨歌》中的同情意味，这就增加了该部作品的含金量，令它成为了同类作品中的佼佼者。此传先述开元时杨妃入宫、迄天宝末缢死于马嵬坡的始末；后写玄宗自蜀还京，思念不已，方士为玄宗求索贵妃的魂魄，终于在海上仙山找到了，贵妃对道士说了自己与玄宗七夕之夜盟誓之事，道士返还宫中后，将贵妃所言告知了玄宗。玄宗再次悲痛不已，发出了"天长地久有时尽，此恨绵绵无绝期"的感叹。《长恨歌传》后段的描写是民间传说，并无史实考证，但描写得非常细致。篇中对玄宗晚年的纵情声色、政治腐败有所揭露。全文节选如下：

　　开元中，泰阶平，四海无事。玄宗在位岁久，倦于旰食宵衣，政无大小，始委于右丞相，稍深居游宴，以声色自娱。先是元献皇后、武淑妃皆有宠，相次即世。宫中虽良家子千数，无可悦目者。上心忽忽不乐。时每岁十月，驾幸华清宫，内外命妇，熠耀景从。浴日余波，赐以汤沐。春风灵液，澹荡其间。上心油然，若有所遇，顾左右前后，粉色如土。诏高力士潜搜外宫，得弘农杨玄琰女于寿邸，既笄矣。鬒发腻理，纤秾中度，举止闲冶，如汉武帝李夫人。别疏汤泉，诏赐藻莹，既出水，体弱力微，若不任罗绮。光彩焕发，转动照人。上甚悦，进见之日，奏《霓裳羽衣曲》以导之；定情之夕，授金钗钿合以固之。又命戴步摇，垂金珰，明年，册为贵妃，半后服用。由是冶其容，敏其词，婉娈万态，以中上意，上益嬖焉。时省风九州，泥金五岳，骊山雪夜，上阳春朝，与上行同辇，止同室，宴专席，寝专房。虽有三夫人、九嫔、二十七世妇、八十一御妻，暨后宫才人、乐府妓女，使天子无顾盼意。自是六宫无复进幸者。非徒殊艳尤态致是，益才智明慧，善巧便佞，先意希旨，有不可形容者。叔父昆弟皆列位清贵，爵为通侯。姊妹封国夫人，富埒王宫，车服邸第，与大长公主侔矣。而恩泽势力，则又过之，世入禁门不问，京师长吏为之侧目。故当时谣谚有云："生女勿悲酸，生男勿喜欢。"又曰："男不封侯女作妃，看女却为门上楣。"其为人心羡慕如此。

天宝末，兄国忠盗丞相位，愚弄国柄。及安禄山引兵向阙，以讨杨氏为词。潼关不守，翠华南幸，出咸阳，道次马嵬亭。六军徘徊，持戟不进。从官郎吏伏上马前，请诛晁错以谢天下。国忠奉牦缨盘水，死于道周。左右之意未快。上问之。当时敢言者，请以贵妃塞天下怨。上知不免，而不忍见其死，反袂掩面，使牵之而去。仓皇展转，竟就死于尺组之下。既而玄宗狩成都，肃宗受禅灵武。明年大赦改元，大驾还都。尊玄宗为太上皇，就养南宫，自南宫迁于西内，时移事去，乐尽悲来。每至春之日，冬之夜，池莲夏开，宫槐秋落。梨园弟子，玉琯发音，闻《霓裳羽衣》一声，则天颜不怡，左右欷歔。三载一意，其念不衰。求之梦魂，杳不能得。

适有道士自蜀来，知上心念杨妃如是，自言有李少君之术。玄宗大喜，命致其神。方士乃竭其术以索之，不至。又能游神驭气，出天界，没地府以求之，不见。又旁求四虚上下，东极天海，跨蓬壶。见最高仙山，上多楼阙，西厢下有洞户，东向，阖其门，署曰"玉妃太真院"。方士抽簪扣扉，有双鬟童女，出应其门。方士造次未及言，而双鬟复入。俄有碧衣侍女又至。诘其所从。方士因称唐天子使者，且致其命。碧衣云："玉妃方寝，请少待之。"于时云海沈沈，洞天日晓，琼户重阖，悄然无声。方士屏息敛足，拱手门下。久之，而碧衣延入，且曰："玉妃出。"见一人冠金莲，披紫绡，佩红玉，曳凤舄，左右侍者七八人，揖方士，问皇帝安否，次问天宝十四载以还事。言讫，悯然。指碧衣女取金钗钿合，各析其半，授使者曰："为我谢太上皇，谨献是物，寻旧好也。"方士受辞与信，将行，色有不足。玉妃固征其意。复前跪致词："请当时一事，不为他人闻者，验于太上皇，恐钿合金钗，负新垣平之诈也。"玉妃茫然退立，若有所思，徐而言曰："昔天宝十载，侍辇避暑于骊山宫。秋七月，牵牛织女相见之夕，秦人风俗，是夜张锦绣，陈饮食，树瓜华，焚香于庭，号为乞巧。宫掖间尤尚之。时夜殆半，休侍卫于东西厢，独侍上。上凭肩而立，因仰天感牛女事，密相誓心，

唐代传奇小说

愿世世为夫妇。言毕，执手各呜咽。此独君王知之耳。"因自悲曰："由此一念，又不得居此。复堕下界，且结后缘。或为天，或为人，决再相见，好合如旧。"因言："太上皇亦不久人间，幸惟自安，无自苦耳。"使者还奏太上皇，皇心震悼，日日不豫。其年夏四月，南宫宴驾。

《长恨歌传》与《长恨歌》相辅而行，流传颇广。北宋时乐史撰长篇传奇《杨太真外传》，曾取材于此传。后世还有很多作家将此传演绎成了戏曲，其中以元代白朴《唐明皇秋夜梧桐雨》杂剧及清代洪昇《长生殿》传奇最为著名。

2. 陈鸿与《东城父老传》

陈鸿还有一篇流传于世的传奇《东城老父传》，也属于历史题材，在唐传奇的历史上也很有地位。

《东城老父传》是一部批判性很强的作品。故事情节是这样的：

由于玄宗皇帝喜欢斗鸡，所以很多父母为讨好皇帝，不惜一切代价，拉关系，走后门，想方设法将自己的孩子送入宫中，取悦皇帝，以达到光宗耀祖的目的。贾昌7岁时就学会了见风使舵，并且精通鸟语，这跟他擅长斗鸡有很大的关系。由于家境贫寒，他买不起昂贵的鸡和鸡笼，只能雕刻木鸡玩。由于精于此道，他竟将木鸡玩得有了灵气，像真鸡一样。贾昌的父亲是宫中卫士，所以贾昌的斗鸡天分很快被玄宗发现。他天生聪明，动作敏捷，见什么人说什么话，可谓八面玲珑，因此颇得玄宗喜爱。玄宗惊叹于他的技艺，将其招致麾下，成为"鸡主"。贾昌"治鸡有方"，能让鸡听从他的号令。众鸡自动排好队，胜者在前，败者在后，一行数鸡，浩浩荡荡地在皇宫里列队让玄宗检阅。贾昌的神奇令玄宗龙颜大悦，年纪轻轻便成功跻身于上流社会，真可谓光宗耀祖。他由此而得名"神鸡童"，那一年，他刚满13岁。在封建社会中，得到皇帝的赏识就等于成功地完成了"鲤鱼跃龙门"的全过程。但故事的后半部分，贾昌被迫沦为和尚，地位发生了翻天覆地的变化，也表现了人生的无常。

本文作者通过对神鸡童贾昌的发迹史讽刺了玄宗不理政事，疲于玩乐的晚年生活，对封建统治者的腐朽给予了深刻的鞭挞。本文语言幽默、思想内容十分深刻。对后世的很多文学作品都产生了深刻的影响。蒲松龄的《聊斋志异》中有一篇《促织》，写的是蟋蟀引发的一个离奇的故事，跟本文就有相似之处。

## 六 情到浓时方恨少，人生何处不相逢

### （一）唐传奇的艺术成就

　　毫无疑问，唐传奇是中国文学史上盛开的一朵奇葩。它开辟了唐朝文学的又一个空间，为中国文学增添了一个新的体裁，是唐朝文人对前人文学成就的继承与发展。它的艺术成就是斐然可观的。与六朝小说相比，唐传奇的作者更注重作品的审美价值，注重小说愉悦性情的功用，使得中国的小说进入了一个崭新的阶段。唐人作传奇的写作动机，或是访友、或是唱和、或不平则鸣，或著文章之美。作者可以驰骋想象，任思想的野马飞奔万里，其目的就在于将奇异的故事流传于世间。从总体上看，唐传奇主要还是以愉悦性情为主，多是享乐之作，因此在当时颇受欢迎。唐传奇多角度地展示了个体生命的张力和个体情感的追求，作品大多寄予了作者独特的情感体验和人生理想。诚如鲁迅先生在《中国小说史略》中说的："传奇流者，源盖出于志怪，然施之藻绘，扩其波澜，故所成就乃特异。其间虽亦托讽喻以纾牢愁，谈祸福以寓惩功，而大归则究在文采与意想，与昔之传鬼神明因果而外五他意者，甚异其趣矣。"

　　现存唐传奇的篇幅都不长，短的只有几百字，长的也没有超过一万字的，但在艺术构思上却都奇异新颖，富于变化。唐传奇以有限的文字生发出无限的波澜，以曲折委婉的情节打动人心、引人入胜。具体地说，唐传奇小说在艺术上取得了十分喜人的成就，表现为以下三个方面：

　　第一，塑造了许多性格鲜明的人物形象。同六朝小说相比，唐传奇已不只是对人物言行的简单叙述和对人物性格的粗线条勾勒。作家注意对人物性格的刻画和典型形象的塑造，一系列血肉丰满、个性鲜明的人物形象涌现了出来。如霍小玉的多情刚强，李娃的热情练达，李益的自私无情，柳毅的侠义正直，张生的虚伪狡诈，虬髯客的豪放豁达等等，这一系列人物个个栩栩如生，给我们留下了深刻的印象。在

人物的刻画上，作者善用细节描写来刻画人物，如《李娃传》中，写到李娃听见荥阳公子郑生的疾呼声时，是这样描述的：

> 娃自阁中闻之，谓侍儿曰："此必生矣，我辨其音矣。"连步而出。见生枯瘠疥厉，殆非人状，娃意感焉，乃谓曰："岂非某郎也？"生愤懑绝倒，口不能言，颔颐而已。娃前抱其颈。以绣襦拥而归于西厢，失声长恸曰："令子一朝及此，我之罪也！"绝而复苏。

这段人物语言、动作的细节描写，把李娃悲喜交加、悔恨自责的心情表现得逼真感人。

作者还通过对比的手法来刻画人物，如《霍小玉传》中李益前后言行的对比，《莺莺传》中莺莺前后态度的对比，这些对比手法都产生了很好的艺术效果。再如《李娃传》写常州刺史荥阳公对待儿子前后不同的态度，突出反映了封建统治阶级的虚伪、冷酷和残忍。这有点像《红楼梦》中贾政对宝玉的态度。在"宝玉挨打"一回中，贾政道出了对宝玉长时间不满的真实原因：害怕他杀父弑君。他暴怒的原因也就是宝玉让他丢了脸，这和荥阳公有何不同？所以说，唐传奇对后世小说的创作产生了非常深远的影响。

第二，结构完整，情节曲折。在结构上，唐传奇小说都是先对人物进行简介，然后展开故事情节，最后是作者简要的评论，首尾呼应，构成了完整的结构。情节上，传奇小说充分发挥了"奇"的特点，作家以丰富的艺术想象为读者安排了若干离奇虚幻、变化多端，而又曲折动人的故事情节。如《柳毅传》中写到柳毅去洞庭湖传书，完成了搭救龙女的使命，故事似乎可以结束了，不想又节外生枝，插入钱塘君逼婚一段，引起轩然大波；等到柳毅与卢氏成婚并育有一子后，忽然又揭出卢氏就是龙女这一富有喜剧色彩的谜底，给我们一个大团圆的结局。整个情节曲折多变。而《李娃传》情节跌宕起伏，充满戏剧性的变化，大团圆的结局虽有世俗气息，但体现了当时人们渴望团圆的心愿和渴望爱情有始有终的人生理想。《莺莺传》则以"始乱终弃"为线索，叙述描写中不时杂以短小精悍的诗作，穿针引线，醒目提神，强化了作品的抒情性和悲剧效果。

唐传奇中的作者，多是诗人或散文家，都是写作的好手，高屋建瓴，高瞻远瞩是他们传奇创作的基点，这就决定了他们作品的高度。

　　第三，语言凝练流畅，生动传神。在语言、辞采等修辞手法的使用中，唐传奇也取得了突出的成就：叙述事件简洁明快，人物对话生动传神，词汇丰富，句式多变。一些佳作更是善用诗歌化的语言营造含蓄优美的情景，在描写景物和渲染气氛上，浓墨重染，极富艺术表现力和感染力，让人有身临其境之感。

### （二）唐传奇的地位及影响

　　唐传奇的产生与发展，标志着我国小说的发展已逐渐趋于成熟，唐传奇突破了六朝小说的桎梏，从此，小说正式形成了自己的规模和写作特点，成为一种独立的文学样式，和诗歌、散文一样屹立于中国文学之林。而且，在唐朝出现了一些专门从事传奇创作的作家，这在一定程度上促进了中国小说艺术的丰富和发展。毫不夸张地说，唐传奇揭开了我国现实主义小说的序幕，反映了城市生活的繁荣复杂，把反对封建门阀制度和礼教压迫作为自己的基本主题，为中国批判现实主义小说的创作开辟了先河。六朝志怪如《搜神记》中的"韩凭夫妇""紫玉韩重"，《搜神后记》中的"白水素女"都是反封建的作品，但讴歌的都是一般的平民。而在唐传奇中，霍小玉、李娃、红拂女等人的身份都是娼妓婢女，作者却在作品中大胆地歌颂她们的反抗精神，这种对人物反抗精神的歌颂对后世的文学创作产生了深远的影响。

　　在宋元话本《碾玉观音》中的秀秀和"三言"中的杜十娘、花魁娘子等人的身上，我们可以看到霍小玉、李娃的影子；而蒲松龄的《聊斋志异》中不少作品则显然是对唐传奇的继承和发展，其中有大量的对人神狐鬼爱情故事的描写，在思想内容上，对唐传奇既有继承，又有超越。唐传奇在写史方面，比较全面地采用了史传文学的手法，形象地揭露了社会矛盾。唐传奇中出现的大量惊奇情节以及对生活细节的刻画，对后世的戏曲小说创作产生了很大的借鉴作用。唐传奇还以简洁、准确、丰富、优美的语言，把古代散文的巨大表现力，发挥到了极致。唐传奇中的不少人物故事成为了后世诗文常用的典故，这绝非偶然。

唐传奇虽然取得了很大的成就，但我们也必须看到，唐传奇还存在很多局限性，唐传奇中并没有深刻地反映民生疾苦和阶级斗争的社会现实，也没有一

个劳动人民的形象。从这一点上，它既赶不上前代的诗文，又不及后代的小说。当然，这是由社会历史背景决定的，唐传奇的受众多是市井乡民，而且多是娱乐之作，所以对很多深刻的社会内容未有涉及也不足为奇。但唐传奇在中国文学史上书写的光辉一笔会永存史册！

### （三）唐传奇中体现的女性价值观对当代的启示

唐传奇是中国文学史上一道亮丽的风景，其中对女性形象的刻画和描写，更是精彩绚烂，让人百读不厌。

有学者认为中华民族之所以在历史的长河中生存发展了下来，而没有像其他一些民族一样被淘汰出历史舞台，其中很重要的一个原因就是我们有着一种核心的价值观。

因为我们有着一种经久不衰的文化作支撑，而这种文化的核心就是儒家思想，所以中华民族的核心价值观就是我们通常所说的仁、义、礼、智、信。我国古代先秦时期曾经出现过百家争鸣的思想大解放、文化大繁荣的局面，儒家、道家、法家纷纷粉墨登场，应该说这些思想家们都有着一种不同寻常的超前意识，这种超前意识的时间跨度可以逾越千年，众多思想融为一体、取长补短，于是便渐渐形成了我们现实意义上的核心价值观，这种价值观缔造了中国几千年的文明，中华文化也是在这种核心价值观的指引下产生和发展的。可以毫不夸张地说，中国几千年来的文化，包括文学就是这种核心价值观的体现，唐传奇也不例外。前文我们提到，唐传奇的出现和发展虽有很重要的历史意义和文学价值，但终因其受众的文化层次决定了唐传奇还存在一定的局限性，比如没有反映民生疾苦，没有涉及统治阶级和被统治阶级之间的矛盾，没有对美好的婚姻和爱情该如何演绎作出科学的指正，没有一个劳动人民的形象等等。

中国古代小说变迁

但是，无论从历史角度，还是从文学角度，唐传奇划时代的意义都是不可抹杀的。唐传奇不仅在内容上涉及广泛，而且从某种意义上讲，它体现出的女性价值观对后世文学创作都产生了深远的影响。

第一，敢爱敢恨的情爱观。

在唐传奇当中出现了很多敢爱敢恨的妇女形象，为唐传奇的辉煌增添了亮丽的一笔。这些女子的出身都很复杂。有出身娼妓的李娃、霍小玉，出身龙庭的龙女，出身深宫的杨贵妃，有大家闺秀崔莺莺，也有出身歌伎的红拂女。这些妇女形象涉及了社会的各个阶层，虽然她们的出身千差万别，但都有一个共同的性格特征，那就是敢爱敢恨。敢爱敢恨素来就是中国广大劳动妇女的性格特点，我国第一部诗歌总集《诗经》中就有对此的记载，如《诗经·静女》及《国风·关雎》篇：

> 静女其姝，俟我于城隅。爱而不见，搔首踟蹰。
>
> 静女其娈，贻我彤管。彤管有炜，说怿女美。
>
> 自牧归荑，洵美且异。匪女之为美，美人之贻。
>
> ——《诗经·静女》

> 关关雎鸠，在河之洲。窈窕淑女，君子好逑。参差荇菜，左右流之。
>
> 窈窕淑女，寤寐求之。求之不得，寤寐思服。悠哉悠哉，辗转反侧。
>
> 参差荇菜，左右采之。窈窕淑女，琴瑟友之。参差荇菜，左右芼之。
>
> 窈窕淑女，钟鼓乐之。
>
> ——《国风·关雎》

这是中国古代最原始的爱情主题的文学作品，反映了先秦时期女子对爱情的执著追求，《诗经》中还有一些反映男子始乱终弃，女子最终苦不堪言的作品，比如《氓》：

> 氓之蚩蚩，抱布贸丝。匪来贸丝，来即我谋。送子涉淇，至于顿丘。匪我愆期，子无良媒。
>
> 将子无怒，秋以为期。乘彼垝垣，以望复关。不见复关，泣涕涟涟。既见复关，载笑载言。尔卜尔筮，体无咎言。以尔车来，以我贿迁。桑之未落，其叶沃若。于嗟鸠兮，无食桑葚；于嗟女兮，无与士耽。士之耽兮，犹可说也；女之耽兮，不可说也。桑之落矣，其黄而陨。自我徂

尔，三岁食贫。淇水汤汤，渐车帷裳。女也不爽，士贰其行。士也罔极，二三其德。三岁为妇，靡室劳矣；夙兴夜寐，靡有朝矣。言既遂矣，至于暴矣。兄弟不知，咥其笑矣。静言思之，躬自悼矣。及尔偕老，老使我怨。淇则有岸，隰则有泮。总角之宴，言笑晏晏。信誓旦旦，不思其反。反是不思，亦已焉哉！

——《氓》

这类作品反映了妇女受压迫又无力反抗的悲惨命运。由于受时代、历史和题材的限制，诗歌反映社会生活的内容是有限的，虽然从《诗经》当中我们能够看出先秦时期的妇女面对爱情和婚姻的态度，但作者却没有对他们的悲惨命运给予科学的指引。虽然写了大量反映女性在封建社会中受压迫、受迫害的作品，但却没有提出好的解决方案。因而这些妇女形象也就随之变得软弱而缺乏个性，虽然《诗经》把妇女面对压迫时的态度写得很精彩，但总让人有意犹未尽之感。

唐传奇则不然，它赋予女性特有的韧性和魅力，在大是大非面前，她们显得尤为勇敢和开明。她们敢于去爱自己深爱之人，而且在面对遗弃或是外界压力之时，还表现出了智勇双全的品格。中国古代的女性形象一直是中国文学歌咏的焦点，但在唐传奇出现以前还没有出现过一部作品，能如此全面地反映中国古代劳动妇女的高贵品格。毫不夸张地说，唐传奇的出现为全面塑造中国古代女性形象树立了一座丰碑。使得中国古代女性的形象更加突出，爱恨分明的个性更加鲜明。唐传奇抛弃了以往文学作品中女性形象的软弱性和妥协性，这不但在唐朝文学史上书写了亮丽的一笔，而且对后世中国的小说文学也产生了深远的影响。元曲中的《莺莺传》便直接取材于唐传奇而成书。

《唐传奇》中的女性形象对《红楼梦》中女性形象的塑造，也有非常深刻的影响。《红楼梦》的作者曹雪芹在书中刻画了大量的女性形象，金陵十二钗，贾府上下的各色女性人物，主子、丫鬟，倔强的、坚强的、刚正不阿的、逆来顺受的、寻死的、觅活的、枉生的、枉死的等诸多女性形象在《红楼梦》中均有体现。世人常把《红楼梦》比作是中国封建社会的百科全书，更准确地说，应该把《红楼梦》定位为中国最完整的一部巾帼英雄传。曹雪芹总是说女人是水做的，纯洁得晶莹剔透，因此他在书中用大量的笔墨描写了众多女性形象。曹雪芹深谙中国传统文化精髓，他呕心沥血写成的《红楼梦》既是封建社会的写照，又是封建制度逐渐衰落的缩影。正因其思想境界高远、艺术成就突出，《红楼梦》才高居中国古典小说的榜首，数百年来为万人敬仰。

唐传奇中塑造的女性形象是中国小说中女性形象的雏形。她们敢爱敢恨的做为对后世文学产生了深远的影响。而后，中国小说中的女性形象无不有唐传奇的影子。可以说，唐传奇中对女性形象的塑造是中国文学史上的一大壮举，其中对女性性格的刻画和塑造非常全面地反映了中国古代女性对待婚姻、对待爱情、对待人生的态度。她们所表现出来的敢爱敢恨的大无畏精神，至今仍让我们惊叹不已。

当下都市文学盛行于世，早在 20 世纪 80 年代，女性文学研究已经进入文学批评家的视野。时至今日，仍然是文学领域不可或缺的一支力量。众多的女性形象出现在小说、电影和电视剧中，他们面对生存困境表现出来的从容，面对生存压力表现出来的镇定，面对爱情表现出来的执著、面对背叛表现出来的大度，有时令男子都自愧弗如。这是一种品格，也是一种传统，既是一种文学传统，又是一种生活传统。这种传统就是中国上千年核心价值观的浓缩。唐传奇中的女性形象让我们看到了那个时代的女性豁达的精神和超凡的气度。可以说，唐传奇中女性形象的塑造是中国最早对女性核心价值观的诠释。

第二，　敢于反抗的侠义观。

侠义精神是中国的传统文化精神。侠义小说历来也是中国文学中一个非常重要的部分。唐传奇中歌咏的人物形象大多是女性，偶有男性，如《柳毅传》中的柳毅。但这些女性却如男性一样，有着侠骨柔肠。她们在面临大是大非时表现出来的正义感，着实令人钦佩。比如她们敢于与恶势力作斗争，有着强烈的反抗精神。在面对恶势力压迫的时候，她们不是表现得唯唯诺诺，而是敢于用语言抨击那些道貌岸然的伪君子，封建社会的妇女受三从四德的影响，她们的权利很多时候都要受到压抑，所以她们只能运用语言来反抗。她们虽没有造成反抗的事实，也没有给封建恶势力以沉重的打击。但她们的精神却动摇

了封建正统中"男尊女卑"的思想，大大提高了妇女在封建社会中的地位。这种创作思维影响了后世很多作家的创作，我们前文提到的《红楼梦》中就塑造了很多敢于反抗的女性形象，如探春、晴雯以及跳井的金钏。要知道在封建社会，死亡也是一种无言的反抗。再如《红楼梦》第四十回，王熙凤等人抄检大观园之时，探春精彩的怒斥，是对封建恶势力的有力回应，因此也掀起了《红楼梦》故事情节的第一个高潮。倔强的晴雯虽死于非命，但却给我们留下了深刻的印象。她们或死、或远走他乡，都没有一个好的结局。这也预示着封建社会的妇女即使敢于反抗，也难逃厄运。即便如此，在中国小说文学的宝库中，她们栩栩如生的形象却令世人赞不绝口。显然，《红楼梦》中众多女性的侠义精神是受到了《唐传奇》中女性精神的影响。

这种妇女的反抗精神也常见于现代文学作品。在金庸先生的十四部武侠小说中，这样的女性形象也有不少，在这里就不一一列举了。在当代文学作品、包括很多影视作品中，妇女的这种反抗精神被大书特书。有很多部影视剧都反映了这一主题。这是对中国传统文化精神的一种继承和发展。当代的文学作品，虽换了时代背景，但人物最本质的精神特质并没有改变，中国传统文化的精髓被人们世代传承着，延续着……

# 章回小说与古典四大名著

　　章回小说来源于宋元时代"说话"中的讲史。宋元时期，各种民间技艺蓬勃发展起来，其中"说话"就是最受欢迎的一种。到元末明初，相继出现了文人作家根据话本加工和再创作的长篇小说，例如《三国志通俗演义》《水浒传》等讲史小说，以及《西游记》等神魔小说，此时章回小说已初具规模。明末清初之后，章回小说逐渐定型。《红楼梦》的出现，标志着章回小说已发展到高峰。

# 一、中国古代长篇小说的民族形式——章回小说

章回小说是我国古代长篇小说的主要形式，来源于宋元时代"说话"中的讲史。宋元时期，在商品经济发展和市民阶层扩大的基础上，适应于市民群众

的文化娱乐要求，各种民间技艺蓬勃发展起来，其中"说话"是最受欢迎的一种。据史籍记载，南宋时的"说话"分为四个门类，关于四家的名目，各家的记载不完全一样，今天的学者也有不同的认识。按鲁迅先生在《中国小说史略》中的说法，四家是指：小说，又名银字儿，有说有唱，演唱时用银字笙伴奏，专门说唱短篇故事，内容一般是现实生活的反映，一次或两次就可以讲完；说经，由唐代的俗讲演变而来，主要讲宗教故事；讲史，只说不唱，专讲长篇历史故事；合生，是一种比较特殊的形式，可能是两人演出，一人指物为题，另一人以题成咏，有时还伴以歌舞。讲史演说历史故事，一次不能说完，要连续讲说多次，每说一次就是一回。说书人为了吸引听众下次再来听讲，就有意在每一次结束时留下悬念，或在紧张之处戛然而止，让听众很想知道后面情节的发展，这就是后来的章回小说在每一回的末尾，总有"欲知后事如何，且听下回分解"的来历。

## （一）什么是章回小说

章回小说是分章回叙事的白话小说，分回标目、段落整齐、首尾完整是它的主要特点。宋元时期的长篇讲史话本已经具备了章回小说的基本雏形。长篇讲史话本由于篇幅较大，为了讲述方便，而实行分卷分目，每节标明题目、顺序，这是小说最早的分回形式。经过长期的演变和发展，到了明朝末期，章回小说的体例正式形成。在这个时期创作的小说中，采用工整的偶句（也有用单句的）作回目，概括这一章回的基本内容。到了明清至近代，中国的中长篇小说普遍采用章回体作为其创作的主要形式。现当代的一些通俗小说也仍在沿用

此种体例。

## （二）章回小说的基本特征

章回小说普遍采用回目的体式，而回目最初是话本艺人向听众概括当日所讲故事的主要内容。章回小说以第三人称叙述故事，且故事完整、连贯，多线单线进行表述，不使用倒叙的手法。通常为散韵结合的方式，以散为主、以韵为修饰，如在章回的开篇与结尾往往会有诗作，这便是韵文。其通常以插科打诨的小故事作为"楔子"（即"入话"），这种结构形式，成为后来白话短篇小说的普遍形式。成熟的章回小说也往往保留早期的讲史话本的风格，多用"且说""话说"等形式，在章回的末尾也以"且听下回分解"作结。

## （三）章回小说的起源与发展

章回小说是在宋元讲史话本（话本是一种口头文学艺术。"话"就是故事，"说话"就是讲故事，话本就是在说话艺人讲说的基础上，记录和整理出来的故事文本）的基础上发展起来的。宋元"讲史"开始是以口头讲述为主，分节讲述，连续讲若干次，每节用题目的形式向听众揭示主要内容，这就是章回小说分章叙事、标明回目的形式起源，对章回小说形式的产生都有直接影响。

宋元说话人演说的长篇故事，并非一天一场就能了结，每场讲演一个章节，为了吸引观众，每当讲到紧要关头，就宣称"欲知后事如何，且听下回分解"。下回，也就是下一次。因为每场讲演的时间大致相同，所以每回故事的长短也大致相等。所以，宋元时期的说话人所依据的讲唱的底本，也就是长篇话本，已经具有章回小说的某些特征。长篇讲史话本由于故事内容较复杂，篇幅较长，为了讲述的便利，就有了分卷分目的必要。

到了元末明初，相继出现了一批文人作家根据话本加工和再创作的长篇小说，例如《三国志通俗演义》《水浒

传》《残唐五代史演义》等讲史小说，此时章回小说初具规模。在内容上虽然仍以讲史为主，但七分实事，三分虚构，作家加强了对人物和情节的艺术创造；形式上，这些小说分卷分节，每节都有单句标题。这时小说的回目虽没有正式创立，但章回小说的体制已大致形成。

至明嘉靖、万历年间，章回小说更加成熟。内容上，开始表现广泛的社会生活内容，如《金瓶梅》等，故事情节更加复杂，描写上更细腻，人物形象更加丰满；形式上，不是分卷分节，而是明确地分成多少回，回目也由单句发展成双句，通常一般每回开头有"话说"，结尾有"且听下回分解"等固定的形式。清代以后，章回小说在体例上进一步完善，章回小说的回目采用工整的对偶句，逐渐成为固定的形式。如《红楼梦》最终确立了八言回目的完整体例，回目也更讲究对仗和创意。

## （四）章回小说的代表作品

章回小说的代表作品有宋元时期粗具雏形的《金相平话五种》《五代史平话》《宣和遗事》等。再到元末明初的基本具备章回小说基本特征的《三国志通俗演义》《水浒传》《西游记》《金瓶梅》等。最后到体制完备的清代的《红楼梦》等，可以说章回小说经历了一个比较长的历史时期，同时也让我们看到了章回小说在中华民族悠久的文学文化历史中所占的位置有多高，它的底蕴有多厚重。在现代人的评价标准中，被誉为古典四大名著的小说都是其中的重要一员。

## 二、波澜壮阔、气势恢弘的历史画卷——《三国演义》

"演义"意思就是根据史实，敷演大义，在叙事中加进作者的政治和道德评价。清朝刘廷玑说："演义者，本有其事，而添设敷演，非无中生有者比也。""演义"一词很好地概括了历史演义小说的特点，既有史实的依据，又进行了艺术的创造和加工，既有历史上实际发生的事，又有艺术的想象和虚构。《三国演义》就是以三国时期的历史为内容的一部长篇历史小说。

### （一）《三国演义》的成书与作者

从晋代起三国的人物和故事便在史学家和文学家的笔下得到再现，在民间众口流传。西晋初年陈寿写了《三国志》，南朝人裴松之又为陈寿的《三国志》作注，补充了许多陈寿在《三国志》中没有收录的有关三国时期人物的故事和逸闻。例如在《蜀书·先主传》中，裴松之就引用了《九州春秋》中所记载的关于刘备的一段故事，说刘备在荆州依附刘表，一次到厕所里去，发现自己髀里生肉，慨然流涕，刘表问他为何流涕，刘备回答说："吾常身不离鞍，髀肉皆消。今不复骑，髀里肉生。日月若驰，老将至矣，而功业不建，是以悲耳。"又引《世语》中的记载说，刘表曾经宴请刘备，其手下将领蔡瑁等人想趁机杀刘备，被刘备发现，刘备假装到厕所去，偷偷逃了出来。他骑的马叫"的卢"马，因走得急，落在檀溪水中出不来，刘备急了，忙说："的卢，今日厄矣！可努力！"的卢马于是一跃三丈，跃过檀溪，使刘备得救。这类故事，后来被罗贯中写进了《三国志通俗演义》中。南朝时期的文人刘义庆在《世说新语》中，也曾收集记载了不少有关三国的人物和故事。如在《文学》篇中记录了曹植受曹丕逼迫写七步诗的故事，在《捷悟》

篇中记载了曹操与杨修比思维敏捷而输给杨修的故事，在《假谲》篇中写了曹操使奸计骗人，说自己临危心动，故意杀近侍小人的故事等。这些说明在晋代和南北朝时期，三国故事已经为人们所津津乐道。这些记载都为文学艺术的创作提供了丰富的素材。

隋唐时期，三国故事在社会上进一步流传开来。据《大业拾遗记》记载，隋炀帝在水上看杂戏，就有曹操谯水击蛟、刘备檀溪越马的故事。唐代的很多诗人也通过诗歌吟诵三国的人物和故事，最著名的如大诗人杜甫的《蜀相》诗赞美诸葛亮："三顾频烦天下计，两朝开济老臣心。出师未捷身先死，长使英雄泪满襟。"杜牧咏史诗如："折戟沉沙铁未销，自将磨洗认前朝。东风不与周郎便，铜雀春深锁二乔。"写的是周瑜和赤壁之战，发出怀古之思与历史之感。晚唐大诗人李商隐在《娇儿诗》中写道："或谑张飞胡，或笑邓艾吃。"说明在当时民间已经在演述三国故事，三国人物已达到妇孺皆知的地步，只是因为缺乏文献记载，我们今天已经无从知道当时演说三国故事的具体情况。

到了宋代，随着市井间"说话"艺术的盛行，三国故事流传更广，甚至出现了专说"三分"的著名艺人霍四究。宋人张耒在《明道杂志》中记载说："京师有富家子，少孤专财……而此子甚好看弄影戏，每弄至斩关羽，辄为泣下，嘱弄者且缓之。"从这段记载可以知道，宋代的影戏已演出三国故事，而且还相当感人。据苏轼的《东坡志林》中记载："涂巷中小儿薄劣，其家所厌苦，辄与钱，令聚坐听说古话。至说三国事，闻刘玄德败，颦蹙有出涕者；闻曹操败，即喜唱快。"这说的是街坊上的小孩子特别顽皮，家长对他们颇为厌烦，就给他们钱，让他们去听说话人讲古代故事。每当说话人讲三国故事时，讲到刘备失败，这些孩子就愁眉苦脸，有的甚至流出眼泪。当讲到曹操失败时，孩子们就高兴地拍手叫喊，非常痛快。这说明当时说话人讲述三国故事不仅生动，而且其中拥护刘备、反对曹操的情感倾向也已经很明显。

到了金元时代，三国故事被大量搬上舞台，故事流传的形式主要是三国戏和《三国志平话》。据钟嗣成的《录鬼簿》与贾仲名的《录鬼簿续篇》记载，仅元代有关三国的剧目就多达四十余种。例如元代大戏剧家关汉卿就写有《关大王单刀赴会》与《关张双赴西蜀梦》两本杂剧。值得注意的是，这些剧不但有鲜明的拥刘反曹的倾向，而且确立了蜀汉人物的中心地位。

在元代至治年间，新安虞氏刊刻了《全相平话五种》，其中有一种为《全相三国志平话》，这部平话很可能就是当时说书人讲说三国故事所留下来的底本。它基本奠定了《三国演义》的故事框架。《平话》共有三卷，每卷又分为上下两栏，上栏是图像，下栏为正文，图文相配。第一卷从黄巾起义到董卓被杀；第二卷是汉献帝拜刘皇叔到赤壁之战；第三卷是刘孙争荆州到三国归晋。从它的内容看，三国的人物和故事已初具规模，主要人物的性格也基本定型，尤其是张飞的形象刻画得最为生动，占的篇幅也较多，具有草莽英雄的气息。另外，诸葛亮的形象也比较突出。只是书中多附会民间传说，如司马邈断狱的故事，带有明显的因果报应色彩，文字描写也较为粗糙浅陋，显然没有经过文人的润色和加工。从晋代到元代，三国的故事在民间的流传越来越广泛，情节越来越丰富，人物的性格也越来越明显。到了元代后期，成书的条件已经成熟，只等待着一个伟大的作家去发现它、完成它。

罗贯中以其独特的眼光，发现了蕴藏在三国故事中的历史文化内涵和审美价值，并以其卓越的才华，以流传在社会上的三国故事和戏曲平话为基础，博采正史《三国志》《三国志注》和《资治通鉴》，再加上个人生活经验和艺术才能，删去了《全相三国志平话》中荒诞离奇的传说，增加了许多史实，扩充了篇幅，将八万字的评话写成了七十五万字的长篇小说，并创造中国古代长篇小说唯一的艺术形式。

遗憾的是，在中国古代，人们视诗文为文学创作的正统，小说则被视为末技小道，受到轻视。小说家的社会地位也很低，他们的生平创作很少有人关注，正史中没有他们的位置，就是野史对他们的记载也是零篇断章，少得可怜。所以，每当人们要去研究古代小说家的生平与创作情况时，面对零星的材料，常会发出感叹。罗贯中

章回小说与古典四大名著

的情况也不例外，有关他的生平材料现存很少，只是在明初贾仲名的《录鬼簿续篇》中有简单而较为可靠的记载。

除了《三国志通俗演义》之外，罗贯中还写了杂剧《宋太祖龙虎风云会》，歌颂了宋代开国皇帝赵匡胤的业绩；写了《隋唐志传》，歌颂了隋末唐初开基创业的帝王英雄；他还写了《残唐五代史演义》《三遂平妖传》等小说。

《三国志通俗演义》全书分为二十四卷，每卷十则，共二百四十则，每则用一句七言单句为题。这部书版本很多，现存的最早刊本是明嘉靖本，全书二十四卷，二百四十则，题为"晋平阳侯陈寿史传，后学罗本贯中编次"。它集中了宋元讲史话本和戏曲中的精彩部分，将元代的《全相三国志平话》全部加以改写（删去了荒诞的故事，增加了史实，扩充了篇幅），成为一部长篇巨著。此后，新刊本大量出现，但它们都只是在嘉靖本的基础上，作了一些增删、整理的工作，没有大的改变。到了清初，毛纶、毛宗岗父子对罗贯中的《三国志通俗演义》进行了改评，将原书的二百四十回改为一百二十回，回目也改为七言对句。另外，他们还对正文中的文字进行了某些改动，写有评语。书约成于康熙初年，比嘉靖本更加紧凑完整。现在人民文学出版社的版本即根据这个本子重印，删去了评点，这就是我们通常所说的《三国演义》。

## （二）"七实三虚"的历史重塑

《三国演义》从东汉灵帝中平元年（184 年）黄巾起义写起，到西晋武帝太康元年（280 年）全国统一为止，前后共 97 年。它描述了三国时期纷繁的事件和众多的人物，广泛地反映了当时的社会生活。它通过对三国之间军事、政治、外交事件的描述，形象生动地反映了当时各种斗争的经验和智慧。它揭露了当时社会矛盾重重、动乱不安的局面。这些内容帮助我们认识了当时社会的黑暗和封建统治阶级的反动本性。小说在一定程度上反映了动乱年代里人民群众的苦难生活与盼望和平统一的愿望，也描述了封建军阀屠杀人民，劫掠百姓，以致田园荒芜，生产凋敝，白骨如山，饿殍遍野的历史事实。作者对坚持分裂割据的军阀进行了鞭挞和嘲讽；对于曹操，虽不赞成由他来统一天下，但在写他同北方军阀进行斗争时，却如实地描述了他的雄才大略；作者本来寄希望于蜀汉，把刘备、孔明作为仁君贤相的典型来塑造，希望他们君臣际会，可以做出一番功业，统一中国，使百姓安居乐业。这种反对分裂、主张统一的思想，反映了广大人民的愿望，符合历史发展的趋势，具有进步意义。同时，作品"尊刘贬曹"的思想倾向也十分鲜明。尊曹或尊刘，是历史学家长期的争论，这不过是封建正统观念在不同历史条件下的不同表现。《三国演义》"尊刘贬曹"的倾向，既继承了晚唐以来三国故事至《平话》一贯"尊刘"的文学传统，又继承了东晋和南宋"尊刘"的史学传统，表现了为东晋、南宋偏安的汉族王朝争正统，反对入侵的外族统治的思想倾向，反映了元明之际汉族人民的民族意识。此外，《三国演义》还大力宣扬了刘、关、张的"义气"。所谓义气，内容十分复杂，既渗透了封建统治阶级的道德观念，也包含了当时人民的道德理想。有的在当时具有积极意义和鼓舞人民的力量，如人民用义气互相团结，互相救援。但是由于义气不是从阶级观点出发，而往往是从个人恩怨出发的，所以常常被封建统治阶级所利用。

　　《三国演义》虽以历史为题材，但它毕竟不是史书，而是文学作品。因为它经过了艺术加工，有不少虚构。按照传统的文学理论，前者称为历史的真实，或称为"实"，后者称为艺术的真实，或称为"虚"。一部成功的历史小说应该达到历史真实和艺术真实两个方面，亦即"实"和"虚"的有机统一。《三国志通俗演义》之所以取得了那么高的成就，关键在于罗贯中能够恰当地处理好"实"与"虚"的关系。

　　至于《三国演义》的创作中有几分实，几分虚，是实多虚少，还是虚多实少，历来的论说者有不同的看法。明代文学家谢肇淛就认为它太实，实多虚少；清代史学家章学诚则说它是七分历史三分虚构，即"七实三虚"，批评它不合历史，这种说法得到了普遍的认可。

章回小说与古典四大名著

作为历史小说，《三国演义》是符合历史小说的要求的。其中有许多创作都是由陈寿的《三国志》而来。这就使这部小说基本上展示了一百多年三国时期的真实历史风貌，描绘出历史的发展轨迹，揭示了历史的发展规律，也合理地解释了历史现象，塑造了一大批历史人物，还原了历史，表达了民众的朴素愿望，正因为如此，它一直成为下层民众了解三国历史的好教材。

作品深刻地揭示了统治阶级残忍和奢侈、功利和虚伪的本质。这是历代统治者的共同特征，是贬曹倾向形成的主要原因。

作品中董卓和曹操以残忍奢侈著称。董卓说："吾为天下计，岂为小民哉。"他杀百姓以充战功；杀洛阳富豪数千人以占有其财富；他建眉坞别墅，役民二十五万，其规模有如长安城，囤积粮食可用二十余年，选民间少女八百余人充实其中，金玉、彩帛、珍珠不计其数。曹操的人生格言是"宁教我负天下人，休教天下人负我"。他疑杀吕伯奢一家就充分说明了这个人物的残忍。他的父亲死于徐州，他便要杀徐州人以报父仇。曹操修建铜雀台费时三年，耗费巨资，为的是以娱晚年。与此相补充的是大开杀戒的战争，到处充满了血腥和恐怖，到处是千里无人烟，出门见白骨。老百姓流离失所，饿殍遍地。

统治阶级廉耻的缺失和道德的沦丧，政治上的功利性和道德上的虚伪性，在作品中也表现得淋漓尽致。在一个社会动乱、权力欲膨胀的时代，传统的道德观、价值观完全失去了约束力，对功利的追逐取代了一切。《三国演义》中，上层社会的统治者早已丢弃了温文尔雅的外衣，暴露出赤裸裸的狰狞面目。在他们之间，崇高、友谊、善良、真诚等传统道德都出现了危机。取而代之的是尔虞我诈、勾心斗角、你死我活。君臣父子、夫妻兄弟、朋友关系等一切，都被残酷的政治斗争和利益争夺所取代。甚至连神圣的爱情和婚姻，也成了斗争的卑贱奴婢和手段，一切美的东西，都在面对蜕变。王允献貂蝉，就是用貂蝉的婀娜多姿和甜言蜜语离间对手吕布和董卓，进而除掉董卓，达到清除奸臣的政治目的；袁术同意儿子娶董卓的女儿，是为了借吕布之手杀刘备，以消除自己的威胁；曹操嫁女儿给献帝，是为了进一步控制皇帝，达到"挟天子以令诸侯"的目的；刘备东吴招亲，也是孙权为了控制刘备，索回荆州。

面对这样的残酷现实，作者也用自己的独特方式歌颂了理想的政治和健全的人格。反映出当时的社会心理和人民的愿望，尊刘贬曹倾向十分明显。在作品中，这一点主要体现在蜀刘政权上。作者把一切美好的、理想的东西都集中到刘备集团上，三国之争中曹操得天时、孙权得地利，刘备得人和。

在《三国演义》中所有人物形象的塑造都是遵循着"人格上重忠义，才能上尚智勇"的原则进行的。

### (三) 叙事与写人的完美结合

此外，在具体的故事叙述和人物描写中，罗贯中在没有违背历史精神的原则下，对三国时期的历史和人物进行了特殊的艺术再现，进行了合理的改造和虚构。全书所写人物共有四百多人，成功的有十几人，其中性格最鲜明、特征最突出的是"三绝"。

#### 1. "奸绝"曹操

曹操是书中刻画得最成功的人物，具有深广的内涵和鲜明的特征。是一个在价值和道德判断上被彻底否定的人物，也是美学评判上不朽的典型，被称为古今第一奸雄。

他是一个典型的阴谋家和野心家，身上集中了人类社会的一切丑恶和罪孽。年轻时许邵为其看相，预言说他是"治世之能臣，乱世之奸雄"。曹操听了之后，激动不已，每天盼望动乱的到来。最能体现其残暴本性的是大量杀人。他中风诬叔，初尝奸诈的甜头，获得了自由空间。他的杀人方式繁多，富有创意。例如，他借谋反杀人；除掉政治对手，扫清夺权障碍，展示出无中生有、造谣的力量。仅一次就杀掉了伏皇后、董贵妃、马腾、伏完、吉平等七十余个强劲对手和

七百余个无辜者，连怀孕五个月的妇女也不放过。他疑而杀人，例如华佗、吕伯奢一家、蔡瑁、张允水军都督。他借刀杀人，例如杀祢衡就是为了泄私愤。他梦中杀人，例如杀侍从是为了保护他自己。他酒后杀人，例如他杀刘馥就是为了警告别人。他因忌而杀人，其中最典型的例子就是杨修。

曹操的狡诈善变不仅体现在他对自己的部下，就连朋友他也不放过。他谋划刺杀董卓，由刺杀到献刀，由凶相到媚态，在瞬间完成角色的转变，不露声色，入情入理，非常人所能做到，既免去了一场杀身之祸，又获得了英雄的美名。他释放张辽，张辽被擒归来，他先是拔剑在手，定要亲自杀掉张辽，此时，刘备挽住他手，张飞跪求于他面前，他立即明白了杀张辽弊大于利，瞬息之间，电击雷轰的脸上变得春风荡漾，掷剑在地"亲释其缚，解衣衣之，延之上座"。这一招效果显著，既收买了人心，又延揽了大将。

但是，说曹操是一世枭雄，也是肯定他英雄的一面。毛泽东就评价说，曹操是一个英雄，他有头脑、有眼光、有胆略、有气魄、有自信，文才武略，样样超人。青梅煮酒，以英雄自诩；横槊赋诗，以周公自比。他目光远大、识才重才。例如，识关公于弓马手之时，说服袁绍让关公出战，斩华雄前斟酒壮行；始终与关公交好，最后终于在华容道被关公义释。他识刘备，在青梅煮酒论英雄之时，就曾经说："天下之英雄，唯使君与操耳。"他还曾说："生子当如孙仲谋。"毛宗岗说："操爱才如此，焉有不得天下。"

在三国的人物中，无论在政治上，还是在军事上，曹操都算得上是一位出色的智者。他一生打过许多漂亮的仗，最能体现其智慧的是一些败中取胜的战斗，败中取胜的濮阳之战与以少胜多的官渡之战等等。

总之，曹操是奸和雄的结合体，同时又是刘备的衬托者。他虽奸犹雄、以奸显雄、奸得可爱、奸得有趣。唯有他的奸，才更能显示出刘备的仁。

2. "忠绝"关公

关羽是按照社会理想塑造出来的典型，因此得到了社会各阶层的喜爱和尊重，官方和民间都修关帝庙，各行各业的人都敬奉关公。关公是一个超时代、超阶级的艺术典型。

他神勇无敌。他战胜敌人不是靠力量、武艺、技巧、战术，而是凭一种磅礴的气势，任何强大的敌人在他的面前只有引颈就戮的份，华雄、颜良无不如此。斩颜良，刀起头落，干净利落，死后还能显灵，使曹操落下了头痛的毛病。他坚持大义，他有信用、待人忠诚，一生履行着自己的诺言追随刘备，过五关斩六将投奔哥哥，死后化为神还在为蜀刘出力。他超越了集团和阶级的利益，义释曹操，这也使他得到了各阶层和各类人的崇敬。官方的、民间的、正义的、邪恶的，甚至连小偷、强盗也敬之如神。

但是这样一个人物身上也有弱点，致命的一点是他的傲气。因为他听不进意见，导致了自己败走麦城而丢失荆州，因此，关公的悲剧是性格的悲剧。

3.　"智绝"诸葛亮

诸葛亮是《三国演义》的第一主角，小说中有七十回以他为核心。

他有智慧。他集中华民族的智慧于一身，天文地理、人文历史、国计民生无所不知无所不晓。他的智集中了中国传统文化的精华，是一种融会贯通的大智慧。隆中对策中充满了辩证法和老子的思想和智慧。他谈到的两可两不可和曹操由弱而强、袁绍由强而亡的想法充满了辩证法。他告诉刘备什么该为，什么不该为。聪明是一般的智慧，我们的生活中并不缺乏聪明者。具有大智慧的人，一个时代不会很多，这主要指有战略眼光的人。大智如"隆中对策"，未出茅庐而尽知天下；中智如赤壁之战、七擒孟获，都是最能体现孔明智慧的章节。如果说"隆中对策"只是一种设想，那么赤壁之战则是具体实施；小智如借东风、缩地法、祭水、木牛流马、八卦阵等。

诸葛亮的智慧有两个来源，一是丰富的知识储备，二是将已有的知识融会贯通。这样，当作者把那些子虚乌有的东西加在他的身上时，显得那样自然可信。

诸葛亮是忠诚和道德的化身。作为两朝元老，他一片忠诚，一旦选定明君，终身追随。白帝城托孤后，竭尽全力辅助幼主，从未生篡位之心；六出祁山，明知不可为而

为之，最后病逝沙场，履行了"鞠躬尽瘁，死而后已"的诺言。他又是道德的楷模，在他的身上体现了中国的传统美德。不居功、不争功、不记恨，任劳任怨。误用马谡，自贬三级，还能重用马谡儿子；西取成都，让庞统建功；尽管妻子丑陋，却忠于爱情。

总之，三国演义塑造人物形象的特点主要是突出人物的主要性格，即特质型性格（单一化、类型化、定型化、终极化），性格特征比较单纯、稳定，犹如雕塑，给人以强烈而深刻的印象，但是也有程式化、脸谱化、简单化的不足。

人物一出场就已定型。曹操之奸，关羽之忠，诸葛之智。这些性格的形成不需要理由，也不需铺垫，他描写人物用反复渲染的方法，用同一性质的事不断堆积，造成放大效应，也起到了突出效果的作用。在描写的细节上也注意加强，例如关公斩华雄归来"其酒尚温"的细节，表现了其神勇的性格；张飞在长坂坡桥上的三声大喊，夏侯霸跌下马来，肝胆俱裂，百万曹军，人如潮退，马如山崩的细节，大大地突出了张飞勇猛的性格特征。如此刻画人物与故事的流传经历了说书和话本的阶段有很大的关系，因为，只有这样才能加深听众的印象，留下记忆。

除此之外，《三国演义》描写了大大小小的战争，构思宏伟，手法多样，使我们清楚地看到了一场场刀光剑影的战争场面。其中官渡之战、赤壁之战等战争的描写波澜起伏、跌宕跳跃，读来惊心动魄。全书的语言文不甚深，言不甚俗，简洁明快，气势充沛，生动活泼。

### （四）《三国演义》催生的历史演义繁荣

《三国演义》的成功创作掀起了我国历史小说创作的热潮，它所塑造的一系列人物形象在我国已家喻户晓、妇孺皆知。从明清一直到今天，它的故事不断被改编成戏剧在舞台上上演，甚至搬上银幕和屏幕。除了它的社会影响，

《三国演义》在文学上的影响也是不容忽视的。

一方面是章回小说的形式，经《三国演义》的演变和广泛传播，章回小说成为我国古代长篇小说的一种为群众喜闻乐见的民族形式，不仅是古典小说作家，在现代作家中也还有人运用这种形式来进行写作。另一方面，从小说类型来看，由于《三国演义》的成就和影响，其后产生了不少历史演义小说，因而成为一个重要的小说类型系列。明末的可观道人在《新列国志叙》中说："自罗贯中氏《三国志》一书，以国史演为通俗演义，汪洋百余回，为世所尚。"在明代，较有成就的历史演义小说有：余邵鱼编写的《列国志传》，讲述了从商亡到秦并六国八百多年的历史，但艺术上比较粗糙；后来经过冯梦龙的扩大、增补和加工，成为一百零八回的《新列国志》，内容则集中写春秋战国时期的故事，在语言和艺术上都有很大的提高。到清代，又经人删改，最后成为流传很广的蔡元放的《东周列国志》。另外还有《唐书志传通俗演义》《隋唐两朝志传》《隋炀帝艳史》《隋史遗文》等，到清代康熙年间褚人获又将后三种剪裁改写为《隋唐演义》一书，在群众中产生了较大的影响。

章回小说与古典四大名著

# 三、官逼民反与替天行道的忠义悲歌——《水浒传》

《水浒传》这一类小说通常被称为英雄传奇，有别于《三国演义》之类的历史演义。这两类小说有共同点，即主要人物和题材都有一定的历史根据。两者又有相异点：前者一般是从宋元小说话本中的"说公案""朴刀、杆棒，及发迹变泰之事"或"说铁骑儿"之类发展而来，而后者是由"讲史"话本演化而成；前者以塑造一个或几个传奇式的英雄人物为重点，而后者则着眼于全面地描写一代兴废或几朝历史；前者的故事虚多于实，甚至主要出于虚构，后者比较注重依傍史实。这些不同也就使前者有可能突破历史事实的制约，跳出帝王将相、军国大事的圈子，将目光移向民间的日常生活和普通的人。在明代的英雄传奇小说中，继《水浒传》之后，还有《杨家府演义》《大宋中兴通俗演义》等比较有名。

## （一）《水浒传》的成书过程与作者

《水浒传》所写宋江起义的故事源于真实历史。据史料记载，宋江确有其人，他在北宋宣和年间领导了一次规模不大的起义，持续约三年，只有36人，主要活动于河北、山东、苏北一带，其后在海州（今连云港一带）被知州张叔夜打败，投降后参加了征方腊之役。这些在《宋史》中的《徽宗本纪》《侯蒙传》《张叔夜传》以及其他一些史料中都有记载。

从南宋到水浒成书的元末明初，大约250年，这期间宋江故事在民间以各种方式进行传播。无数田夫野老、市民胥吏、说书艺人、杂剧作家参与了宋江故事的创作，形式多样，有口传故事，有说书话本，也有戏曲，其中大部分已经不复存在，只有少量作品在文献中留下了痕迹，这痕迹如同巨大冰山的一角，例如：南宋罗烨《醉翁谈录·小说开辟》话本的书目有：《青面兽》《花和尚》《武行者》《石头孙立》《徐京落草》。南宋龚开《宋江三十六赞》中提到：龚开，字圣与，是位画家。他喜好听宋江故事，为宋江等36人画像、题诗、写序。这里好汉人数仍为 36 人，没提到梁山泊，反而五次提到太行山。元初话本《大宋宣和遗事》是一部史话本，专门讲述北宋衰亡的经过。其中有一部分讲述宋江故事，大约有四千字，其中写到杨志卖刀、智取生辰纲、宋江杀阎婆惜、玄女授天书、受招安、征方腊等回目。这里好汉名单仍为 36 人，同时第一次出现了地名梁山泊，但与太行山连在了一起，称"太行山梁山泊"，有的学者分析，这说明《大宋宣和遗事》是流行于南方的"水浒"故事版本。南宋时，由于宋金对峙，山川阻隔，南方说书人对北方地理不熟悉，只知道梁山泊、太行山是好汉出没的地方，于是想当然将这两处合为一处了。水浒的故事那时可能在南方流传得较广并成熟起来的。

以元杂剧为主要表演形式的"水浒戏"，保存下来的有几十种，属于水浒故事的有三四种，如高文秀的《黑旋风双献功》、康进之的《黑旋风负荆》、李文蔚的《燕青博鱼》、李致远的《还牢末》等。其他一些剧目作者不详，年代也不能断定。还有一些失传的水浒戏，只有名目保存了下来，因而作者和年代更难以确定。

元末明初，施耐庵、罗贯中两人把流传于民间、水平参差、层次不高的原始传说及早期作品进行了整合加工和编纂创作，这才使一部民间作品升华为不朽的文学巨著。没有施耐庵和罗贯中两位大作家创造性的劳动，就不可能有《水浒传》。

关于《水浒传》的作者，明代有四种说法，现存古本中提到《水浒》的作者，大都是这样写的："钱塘施耐庵本、罗贯中编次。"稍后有"罗贯中作说"和"施耐庵作说"。明末清初金圣叹的《第五才子书水浒传》又提出了"前七十回为施耐庵所写，后五十回为罗贯中续作"的说法，这或许说明施耐庵是确有其人的。古本《水浒》上说"钱塘施耐庵"，钱塘是今天的杭州。那么，施耐庵就应该是浙江杭州人，还有人认为他是江苏大丰县人。正因为缺乏确凿的证据，因此作者的籍贯众说纷纭，难以确立。

然而在民间，特别是在江苏苏州、兴化一带，有关施耐庵的传说特别多。有人说施耐庵是苏州人，是孔子弟子施之常的后裔，生于元成宗元贞二年（1296 年），自幼聪明好学、才气过人，36 岁进京应试，得中辛未榜进士，并结识了同榜

章回小说与古典四大名著

得中的刘伯温，两人相处投契。后施耐庵调任钱塘县尹，由于不愿意昧心侍奉权贵，两年后愤然辞官，回到故里开学馆教书，并开始创作梁山故事。刘伯温当了朱元璋的军师后，多次邀请施耐庵出来协助朱元璋，为了避开朱元璋的纠缠，完成自己写书的夙愿，施耐庵又搬到地方偏僻、交通不便的兴化隐居著书。元至正二十八年，施耐庵写完《江湖豪客传》（即《水浒》），很快被传抄到社会上。明洪武元年（1368 年）冬，抄本传到朱元璋手中，朱元璋因多次邀请施耐庵出山不成，看了《江湖豪客传》后很生气，当即批示："此倡乱之书也。是人胸中定有逆谋，不除之贻患。"施耐庵因而被捕入狱。由于刘伯温多方周旋，施耐庵才免于一死。但一年多的牢狱生活，使他在精神上、肉体上都受到了很大的摧残，归途中又染上了疾病，只得暂住淮安，明洪武三年春病逝于淮安，终年 75 岁。施耐庵死后，其弟子罗贯中将施耐庵的遗作加以整理、增删成书出版，故后人曰：《水浒》是施耐庵本、罗贯中编次。

《水浒传》的版本相当复杂，今知有 7 种不同回数的版本，而从文字的详略、描写的细密来分，又有繁本与简本之别。繁本有 71 回本、100 回本、120 回本 3 种，简本则有 102 回本、110 回本、115 回本、124 回本等。另外，简本中也有 120 回本和不分卷本。

## （二）传奇英雄的忠肝义胆

《水浒传》最早的名字叫《忠义水浒传》，这就很明显地表现了施耐庵创作这部小说的意图——他是推崇忠义的。小说描写了一批"大力大贤有忠有义之人"，未能"酷吏赃官都杀尽，忠心报答赵官家"，却被奸臣贪官逼上梁山，沦为"盗寇"，接受招安后，这批"共存忠义于心，同著功勋于国"的英雄，仍被误国之臣、无道之君一个个逼向了绝路。"煞曜罡星今已矣，谗臣贼相尚依然！"作者为这样的现实深感不平，发愤而谱写了这样一曲忠义的悲歌。

《水浒传》在表现梁山众英雄身上的"忠"和"义"时，前后的侧重点是不同的。它大致以第六十回"公孙胜芒砀山降魔，晁天王曾头市中箭"为分界线，前半部重在写"义"，而后半部的重心则已开始移向"忠"了。梁山泊主是众英雄的首领，是他们的旗帜。书中对"忠义"描写侧重点的改变，也正体现在梁山泊主位置的更替上。

在作品的前六十回中，梁山寨中以晁盖为尊，他是尚义的，这是符合他的身份和性格的。晁盖原本是位草莽英雄，爱的是舞枪弄棒，好的是结交天下英雄好汉。他仗义疏财，名声远播江湖，英雄好汉多慕名来投奔。刘唐、公孙胜敢于冒着生命危险到晁盖庄上报信，共商劫取生辰纲的事情，也正是由于晁盖的重"义"。这同时也说明江湖好汉信任"义"的程度，信任到可以把生命交付给对方。阮氏三兄弟和吴用、刘唐、公孙胜等人因为耳闻晁盖是仗义之人，所以才与他共商劫取生辰纲的大计。在他们做这件事的风声走漏之后，幸亏宋江偷着来告密，才使他们免去杀身之祸，得以聚义梁山山寨逍遥快活，这正是江湖义气的好处。

应该说明的是，众英雄好汉身上所体现的"义"的形式并不是单一的，而是几种形式互相交融的。除了兄弟之义、行侠仗义、江湖之义外，还有朋友之义。但江湖好汉所推崇的"义"，大多是和官府的律条相悖逆的，即"义"的行为和封建王朝的统治是一对不可调和的矛盾，它们具有明显的对立性。众英雄施展侠义行为，就难免触犯官府的律条，受到官府的缉拿和惩罚，比如鲁智深三拳打死镇关西，本是为民除害，却被官府悬赏通缉追捕。他为了不吃官司，只得流落江湖，最后被迫做了和尚。到了这个地步，江湖好汉终于认识到了个人力量的渺小，为了保护自己，为了更好地行侠仗义，他们走上了联合的道路，汇集梁山，公开与官府对抗。英雄好汉闻风而来，梁山寨中的议事大厅成了名副其实的"聚义厅"，梁山事业一片红火。

但是在晁盖中箭身亡、宋江做了梁山泊主以后，梁山寨的行为宗旨发生了变化，"聚义厅"被更名为"忠义堂"，"忠"成了梁山的旗帜，而"义"则退居到了次要地位。在这里，施耐庵塑造了一个具有多重性格的人物——宋江。他疏财仗义、济弱扶贫、孝亲敬反，这是他性格敦厚温柔的一面；他效忠皇帝、讲义气，这是他性格中正统思想的一面；他明处为大家办事，暗处结交江湖大盗，这是他性格中虚伪狡诈

的一面；他聚众反国、题诗言志，这是他性格中反叛的一面，施耐庵通过描写宋江充满矛盾的行为，向我们展示了一个多重性格的人物。作品中用了相当多的笔墨塑造宋江的忠义，让他的性格在既矛盾又统一的忠和义的主导下曲折地发展。他牢记"替天行道为主，全仗忠义为臣，辅国安民，去邪归正"的"法旨"，一再宣称："小可宋江怎敢背负朝廷？盖为官吏污滥，威逼得紧，误犯大罪；因此权借水泊里避难，只待朝廷赦罪招安。"因此，当他坐上第一把交椅后，即把"聚义厅"改成"忠义堂"，进一步明确了梁山队伍"同心合意，同气相从，共为股肱，一同替天行道"的基本路线。盖棺定论，宋江就是一个忠义双全的人。又因为宋江是梁山头领、英雄代表，故梁山好汉乃一批忠义之士，这就是作品所盛赞的人生理想和价值观——忠义。

### （三）白话小说的典范之作

《水浒传》是我国古典小说白话语体成熟的标志。

唐宋以来，建筑在口头叙事文学基础上的变文、话本之类，是中国白话小说的发轫，但多数写得文白相杂、简陋不畅，就算是《三国志通俗演义》，虽以"通俗"标榜，但由于受到"演义"历史的制约，仍显得半文不白，以致有人说它"是白描浅说的文言，不是白话"。而《水浒传》则能娴熟地运用白话来写景、叙事、传神，比如第十回"林教头风雪山神庙"中的"那雪正下得紧"一句，鲁迅就称赞它"比'大雪纷飞'多两个字，但那'神韵'却好得远了"。因为"紧"字不但写出了风雪之大，而且也隐含了人物的心理感受，烘托了气氛。特别是在人物语言个性化方面，《水浒传》能"一样人，便还他一样说话"，从对话中能看出不同人物的性格。

《水浒传》作为一部英雄传奇小说的典范，成功地塑造了一系列超伦绝群而又神态各异的典型人物。这些人物个性鲜明、真实，《三国》中人物的性格虽然也是鲜明的，但是却是雕塑式的，缺少生活的真实，给人一种高高在上的感觉。金圣叹《读第五才子书法》中说："独有《水浒传》，只是看不厌，无非为他把一百八个人性格都写出来。"《水浒》所叙，叙一百八人，人有其性情，

中国古代小说变迁

人有其气质，人有其形状，人有其声口"。"天下文章，无有出《水浒》右者"。

叶昼《忠义水浒传小引》中说："《水浒传》文字妙绝千古，全在同而不同处有辨（同类人物）。渠形容刻画来，各有派头、各有光景、各有家数、各有身份，一丝不差，半些不混，读去自有分辨，不必见其姓名。"

人物性格形成的环境和过程，不同于《三国演义》的终极的、静止的、不变的、天生的、完全舍弃环境和过程写法，而是写的有层次、有流动性和因果关系，大大增加了人物的真实度。性格形成的环境。突出"逼"字，既显示出人物的阶级共性，又有个性特征，又增加了人物的真实度。《水浒传》写人物，不但写了性格形成的环境，还特别注重性格形成的过程。不同环境的人，性格形成的过程也大不一样。这与《三国演义》的定型化、固定化的写法更真实，也更能说明梁山好汉并不是天生反骨，而是无路可走，被逼上梁山的，突出了一个"逼"字。

小说用对比衬托的方式塑造人物，这点是与《三国演义》相同的，是我国小说最重要的方法。这种方法由《三国演义》开创，《水浒传》定型下来，成了中国小说的特色。

而人物塑造的现实化、平凡化、质朴化，则是对《三国演义》刻画人物方法的突破。《三国演义》刻画人物追求的是神奇化、理想化、崇高化，给人以光辉伟大、神采飞扬、高不可攀、可敬不可亲的印象。关公之义，孔明之智，张飞之猛皆如此。但是《水浒传》开始有意地把人从神的位置拉回到人的位置，写人的力量，特别是写集体的力量。《水浒传》虽然写了个人的超凡力量，如倒拔杨柳、三打镇关西、武松打虎，但无论个人如何了得，最后都无法摆脱走投无路、四处逃命的厄运，他们的本领只有在梁山这个集体中才能体现出来，使强大的对手闻之丧胆。所以，《水浒传》更多的是强调团队、整体的力量。如"智取生辰纲"，表现的就是集体的力量。首先，刘唐报信、公孙胜打听押送路线，白胜处落脚，八人缺一不可。再如其他的军事行动，靠的都是集体的智慧和力量。在"劫法场石秀跳楼"救卢俊义一回中，只有石秀一人在场，却大喊："梁山泊好汉全伙在此！"是集体的声威，吓得蔡福、蔡庆撇下卢俊义便走。而《三国演义》中

章回小说与古典四大名著

突出的却是个人的力量，如：赤壁之战、安居平五路、七擒孟获、六出祁山完全靠的是诸葛亮个人的神机妙算，其他的人形同虚设。张飞阻拦曹军，大声叫喊："吾乃燕人张翼德在此，谁敢与吾决一死战！"这些与水浒的写法大不一样。

《三国演义》对人物刻画大都是单色的、凝固的，即写好人全好，写坏人全坏。《水浒传》基本上避免了这种写法，如梁山的三位领袖，各有优劣，而不是像刘备那样，成了仁政的化身。

王伦作为梁山的第一位领袖，富有造反精神。队伍的规模虽然不大，却名气不小。他们"不怕天、不怕地、不怕官司，论称分金银，异样穿绸锦，成瓮吃酒，大块吃肉"，令阮氏三雄羡慕不已。但其弱点是，心胸狭隘、嫉贤妒能，限制了梁山事业的发展，最后被林冲火并。

第二任领袖晁盖，仗义疏财，为人豪爽，有图王霸业之志，极有号召力和凝聚力，但有些刚愎自用，终因听不进宋江、吴用、林冲等人的劝告，在曾头市被乱箭射死。

第三任领袖是宋江。他是一位难得的农民起义领袖，身上有许多优秀的品质。因为他，梁山由小到大、由弱到强，建立了一个令宋王朝害怕的农民根据地，但他也有致命的弱点，妥协、招安导致了起义军的彻底毁灭。

**（四）　《水浒传》的地位及影响**

衡量一部作品的价值，一个重要的指标就是看它的影响力。《水浒传》的影响力表现在多个方面。

首先，它表现在对社会生活的影响上。它激起了人们对不合理社会的叛逆精神和扫尽天下不平事的理想主义的民族精神。正如英国的评论家杰克逊所说："《水浒传》又一次证明了人类灵魂是不可征服的……向上的不朽精神，这种精神贯穿着世界各地的人类历史。"同时，以农民起义为题材的内容，对明清农民起义产生了深远的影响，这种影响有正反两个方面。起义军常打出梁山的旗帜，号召民众，非常有鼓动性。李自成自称"奉天倡义"；太平天国的旗帜是"顺天行道"；义和团的旗帜是"替天行道"。还有许多起义军直接袭用梁山英雄的人名和绰号，有的义军以《水浒传》作为教科书，"少不看《水浒》，老不看《三国》"的熟语，也说明了小说影响的存在。因为影响太大，明清两朝曾多次销毁《水浒》，罪名是"诲盗""贼书"，并对作者大肆进行人身攻击，说施耐庵子孙三代皆哑。还说"世之多盗，弊全坐此，皆《水浒》一书之崇也"。招安受抚者，也以水浒为借口，如张献忠招安时说："戮力王室，效宋江水浒故事耳。"（《纪事略》）

其次表现在对后世文学的影响上。小说确立了俗文学不可动摇的地位，李贽称其为天下"五部大文章"之一。如果说《三国演义》只是俗文学的开创，那么《水浒传》则奠定了白话小说的地位，并成为了其他文学的题材宝库。大量明清戏曲都以《水浒传》故事为题材，传奇有三十三种，地方戏和京剧有六十七种，同时它还开创了英雄传奇小说系列的先河。

最后是小说的国际影响。这部著作是流传最广、评价最高的古代小说之一，有十几种文字的译本，法译本曾获法兰西1978年文学奖；美国女作家、诺贝尔文学奖获得者赛珍珠把七十回本《水浒传》译为《四海之内》，并介绍说："《水浒》这部著作始终是最伟大的，并且饱含了全人类的意义。尽管它问世以来，已经过了几个世纪。"因而使此书成了世界上最流行的英译本；《大英百科全书》评价说："元末明初的小说《水浒》，因以通俗的口语形式出现于历史杰作的行列而获得普遍喝彩，它被认为是最有意义的一部文学作品。"

# 四、出于游戏、幻妄无当的神魔小说——《西游记》

在中国小说史上，《西游记》是一部很奇特的小说，它讲述的故事不是发生在现实生活中，而是产生在幻想的世界里的。自它产生以来，不知有多少人被它所描写的奇异故事和人物所吸引。《西游记》的成书虽然经历了数百年的历程，但它的最后成书仍然要归功于吴承恩。

## （一）《西游记》的题材与作者

吴承恩（1501-1582），字汝忠，号射阳山人，淮安山阳（今江苏淮安）人。他出身于一个从"两世相继为学官"，最终没落为商人的家庭。他的父亲是个不

善经营的小商人，但他爱读书，常为其中忠臣义士的不幸遭遇痛哭流涕，且好谈论时政，"意有所不平，辄抚几愤惋，意气郁郁"。在这种家庭环境中长大的吴承恩，自然会感受世态炎凉，也会从父辈那里吸收到"不平则鸣"的气质。

吴承恩"性敏多慧，博极群书，为诗文下笔立成"（《天启淮安府志》），但在科场上他却并不得意，连个举人都未能捞

到，嘉靖二十三年，才补贡生，做过短期的长兴县丞，一生清苦，心中自然愤懑。而他又是"善谐谑"，极喜欢那些奇闻轶事，他自己说："余幼年好奇闻，在童子社学时，每偷市野言稗史，惧为父师呵夺，私求隐处读之。"吴承恩不仅爱看这类书，而且还动手写过志怪小说《禹鼎志》，这本书至今已失传，但序文犹存。序云："虽然吾书名为志怪，盖不专明鬼，时记人间变异，亦微有鉴戒寓焉。"他的诗如《瑞龙歌》《二郎搜山图歌》等，也都表现了借神话传说，寄托扫荡邪魔、安民保国的愿望。所谓"坐观宋室用五鬼，不见虞廷诛四凶；野夫有怀多感激，抚事临风三叹息；胸中磨损斩邪刀，欲起平之恨无力；救月有

中国古代小说变迁

矢救日弓，世间岂谓无英雄"，正是通过歌颂二郎神的搜山除妖来寄寓自己的理想的。它的浪漫主义风格，不仅可以和小说《西游记》互相印证，而且也流露了他创作《西游记》的旨趣。吴承恩虽处在前后七子"驰骛天下"的时代，但他的诗文创作却能独出胸臆，不入藩篱。这种追求艺术独创的精神，在小说《西游记》中，得到了最充分的发挥。他的著作除《西游记》外，还有后人辑录的《射阳先生存稿》现行于世。

吴承恩创作《西游记》主要是依据玄奘西游的故事，但是也凝聚了无数民间艺人和无名作者付出的艰辛劳动。这部作品是继《三国演义》和《水浒传》后出现的又一群众创作和文人创作相结合的作品。它的成书，酝酿了七百多年。

唐太宗贞观三年（注：《广弘明集》卷二十五载玄奘《请御制三藏圣序表》称贞观元年开始西行，今从《大唐大慈恩寺三藏法师传》，定在贞观三年），由于当时的佛卷经书不够完善，玄奘和尚不顾朝廷禁令，偷越国境，费时十七年，经历大大小小百余个国家，前往天竺国取回佛经六百五十七部，在当时震惊中外。归国后，玄奘奉诏口述所见，由门徒辩机将他的经历见闻辑录成《大唐西域记》。书中记载了玄奘和尚亲身经历的一百一十个、听闻过的二十八个西域国家和地区的地理环境、风土习俗、物产气候、文化政治等多方面情况，使人开了眼界。玄奘死后，他的门徒慧立、彦琮还撰写了《大唐大慈恩寺三藏法师传》，他们为了神化玄奘，在描绘他历尽艰险、一意西行的同时，还穿插了一些神话传说，如狮子王劫女产子，西女国生男不举，迦弥湿罗国"灭坏佛法"等传说故事。它们虽然游离于取经故事之外，却启发后来作者创作出更多有关取经的神话。

西游故事随着时代的变迁继续向前发展。当发展到南宋的说经话本《大唐三藏取经诗话》的时候，取经故事已经和各种神话故事串联起来，形式与寺院的"俗讲"很相似。书中已经出现了孙悟空的形象——猴行者。他原是"花果山紫云洞八万四千铜头铁额猕猴王"，化身为白衣秀士，主动来保护唐三藏西行取经。他神通广大，足智多谋，一路上伏妖降魔，杀白虎精、伏九馗龙、降深沙神，使取经事业得以"功德圆满"，这是取经故事的中心人物由玄奘逐渐变为猴王的开

端。我国古代的稗史、志怪小说如《吴越春秋》《搜神记》《补江总白猿传》等，都写过白猿成精作怪的故事。而《古岳渎经》中的淮涡水怪无支祁，他的"神变奋迅"和叛逆特色同取经传说中的猴王尤为相近。《取经诗话》虽然粗糙简单，某些细节如蟠桃变幻、虎精破腹等都不近情理，但已比较清楚地显现了取经故事的轮廓。从深沙神、鬼子母国、女人国的描写上，也多少可以看出《西游记》某些章回的雏形。

取经故事发展到元代就已经定型了。元时磁州窑的唐僧取经枕上已有唐僧、孙悟空、猪八戒和沙僧师徒四人的取经形象。《永乐大典》一三一三九卷"送"韵"梦"条，引有一千二百余字的"梦斩泾河龙"，标题作《西游记》，内容和世德堂本《西游记》第九回"袁守诚妙算无私曲，老龙王拙计犯天条"基本相同。由此我们可以想到，最晚到了元末明初，就曾有过一部类似平话的《西游记》。

但是，任何一部名著单靠借鉴是远远不够的，还要加上作者的再创作。吴承恩集历代《西游记》故事之大成，并加以自己的艺术创造，使西游故事变得更丰富、更生动，人物形象也更丰满。从唐宋到明代，西游故事经历了数百年的流传，不少人都对它做了不同程度的丰满和加工，但唯有经过吴承恩进行了大量的艺术创造后，才使之成为一部不朽的名著，其功劳可谓大矣。

《西游记》的版本较为复杂。现存最早的《西游记》刊本是明万历二十年金陵世德堂的《新刻出像官版大字西游记》，共一百回，但无唐僧出身的情节。其他三种明代刊本，也均无此情节。著名的清代刊本有汪象旭编的《西游证道书》、张书绅编的《新说西游记》等，这些清刊本均为一百回，均将作者误题为丘处机，但都有玄奘出身一节故事。另外，还有明刊简本两种，一般被认为是百回本的删节本。

另外，关于吴承恩是否真是《西游记》的作者一说，在国内外学术界还有很大的争议。许多学者根据一些书目与材料论证吴承恩不是《西游记》的作者，这个问题至今未有定论。在没有确凿的结论之前，我们还是习惯把《西游记》的著作权或者说改编权归于吴承恩。

### （二）追求个性和自由的美猴王

　　《西游记》经吴承恩的润饰，将前代多年积累下来并在民间流传的以唐僧取经为主的故事，改为以美猴王孙悟空为主的战天斗地史，这个追求个性和自由的美猴王孙悟空是全书中最光辉的形象。"大闹天宫"突出了他热爱自由、勇于反抗的精神，"西天取经"表现了他见恶必除、除恶必尽的精神。孙悟空大闹天宫失败后，经过五行山下五百年的镇压被唐僧放出，同往西天时他已不再是一个叛逆者的形象，而是一个头戴紧箍，身穿虎皮裙，专为人间解除魔难的英雄。在重重困难面前顽强不屈、随机应变，是镇魔者孙悟空的主要特征。

　　东胜神洲傲来国有一花果山，山顶一石，产下一猴。石猴求师学艺，得名孙悟空，学会七十二般变化，一个筋斗翻去可行十万八千里，自称"美猴王"。他盗得定海神针化作如意金箍棒，可大可小，重一万三千五百斤。又去阴曹地府，把猴属名字从生死簿上勾销。玉帝欲遣兵捉拿，太白金星建议把孙悟空召入上界做弼马温。当猴王得知弼马温只是个管马的小官后，便打出天门，返回花果山，自称"齐天大圣"。玉帝派天兵天将捉拿孙悟空，美猴王连败巨灵神、哪吒二将。孙悟空又被请上天管理蟠桃园，他偷吃了蟠桃，搅闹了王母娘娘的蟠桃宴、盗食了太上老君的金丹，逃离天宫。玉帝又派天兵捉拿，孙悟空与二郎神赌法斗战，不分胜负，太上老君用暗器击中孙悟空，猴王被擒，经刀砍斧剁，火烧雷击，丹炉锻炼，孙悟空毫发无伤，玉帝请来佛祖如来，才把孙悟空压在五行山下。

　　由此可见，《西游记》中的孙悟空身上体现出了一种追求自由、蔑视礼法，反对权威的叛逆精神和顽强的斗争精神，尤其是作品中大闹天宫的故事，以无比的热情赞美了他的反抗精神和战斗性格。从某种程度上说，天庭的秩序和尊严象征着地上的封建统治，孙悟空的大闹天宫寄寓了封建社会中的广大人民要求自由解放，反抗封建压迫的愿望和斗争要求，寄托着包括作者在内的广大人民的理想和愿望，是人们心目中的神话英雄。小说中直称孙悟空为"心猿"，表达的正是这层意蕴，

章回小说与古典四大名著

65

"心猿"是自由的心灵，是永不衰竭的激情，是勇敢无畏的斗争精神，是昂扬乐观的智者风采，这一切都在孙悟空的形象中得到了印证。

除了孙悟空外，猪八戒的形象也颇值得注意。如果说孙悟空的形象代表着人的心灵追求或者说是精神追求，那么猪八戒的形象则象征着人的物欲追求。他具有行动莽撞、好吃懒做等特点，是猪性和人性的结合体。但是，猪八戒也有些长处，如能吃苦耐劳，在妖魔面前从不屈服。但他的毛病特别多，比如贪恋女色，好占小便宜，遇到困难就产生动摇等。猪八戒的缺点，体现了某些人类普遍存在的欲望和弱点，读起来让人觉得特别亲切。

妖魔也是《西游记》中重要的艺术形象。妖魔有许多种类：第一类是毒性和邪性之魔，如蜘蛛精、蝎子精（琵琶精）和蜈蚣精（千目怪），车迟国的虎力、鹿力、羊力等，毁佛灭法，也属此类，他们多被除掉。另一类则是懂得修行的妖魔，如黑风洞的熊精、火云洞的红孩儿，他们最终都入了仙籍。再有一类是以神为魔，如黄袍老怪以及佛陀、老君、菩萨、天尊的侍童与坐骑等，最后，他们纷纷被捉拿归位。这些妖魔都是取经人的敌人，或是要食唐僧肉，或是要惑唐僧心，总之是设置障碍阻止他们前往西天取经。有些妖魔写得很有个性，如白骨精的狡猾、红孩儿的任性、牛魔王的喜新厌旧等等，非常生动。这些艺术形象组成了一个光怪陆离的神话世界，表现出了作者丰富的艺术想象力。

《西游记》中，作者将善意的嘲笑和辛辣的讽刺结合起来，寄予了作者对笔下人物的鲜明爱憎。孙悟空是作者大力歌颂的正面人物，但对他"秉性高傲"的缺点，作者也不失时机地加以嘲讽，例如"二借芭蕉扇"时，写他没有学到缩小扇子的口诀，致使一位身高不满三尺的汉子，竟趾高气扬地扛着一把丈二尺长的大扇，这就善意地讥讽了孙猴子的自满。猪八戒虽然也是正面人物，但作者对他身上的缺点批评得毫不留情。第七十五回写狮驼岭洞窟中的三个魔王，有所谓进入其中就会化成脓的阴阳二气瓶的宝物，孙悟空被吞了进去，八戒感到非常绝望，向沙悟净说道："你拿行李来，我们两个分了罢。"沙僧道："二哥，分怎的？"八戒道："分开了，各人散伙，你往流沙河，还去吃人，我往高老庄，看看我浑家。将白马卖了，与师父买个寿器送终。"猪八戒动不动就吵着分行李，回高老庄做女婿。作者嘲讽了猪八戒胸无大志、易于动摇、好占便宜的性格。

### （三）神魔小说的梦幻与寓言

《西游记》虽然是神话小说，但对社会生活的本质反映丝毫不比历史演义、英雄传奇逊色。孙悟空大闹三界折射着人们在人世间对朝廷官府的反抗。而我们稍作类比思考，就很容易明白，玉帝的天庭即是人间皇帝的朝廷，各路神仙就是朝中百官。特别有意思的是，取经路上与唐僧孙悟空作对的妖怪竟然大多都是与天上的神仙有关的，有的甚至是沾亲带故的。波月洞的老鼠精是托塔天王李靖的干女儿，平顶山的金角大王、银角大王是太上老君的司炉童子，太上老君的青牛精两度下界危害百姓，寿翁的鹿、嫦娥的兔也到人间作乱。特别深刻的是，如来造经普度东土众生，观音找人具体实施，观音池塘里的金鱼竟然也到通天河为怪，如来的护法大鹏鸟也下界为害。这里不说讽刺的深刻，而是说这些是人间的裙带关系以及对官员的下属爪牙仗势欺人、为害百姓的反映。至于师徒四人到了西天以后，由于没有给管经的菩萨阿难、迦叶送礼，这两位菩萨竟以"白手传经继世，后人当饿死矣"为理由索贿！由于未能满足私欲，竟给唐僧无字的空本子！当孙悟空告到如来处，如来竟然说："……经不可以轻传，亦不可以空取！"其虽有调侃成分，但又何尝不是官府索贿的翻版？《西游记》的认识意义就在于——神间也是人间！

作为成就最高的神魔小说，浪漫主义是《西游记》最基本的艺术特征，它把浪漫主义的创作方法提升到了一个新的历史高度。

在整体风格上，《西游记》洋溢着浓厚的幻想色彩，在古代长篇小说中构筑了一个变幻奇诡而又真实生动的神话世界。不论是光怪陆离的风物环境、扑朔迷离的故事情节，还是别具一格的神魔人物，无不充

章回小说与古典四大名著

67

满瑰丽的想象、神奇的夸张，具有独特的审美价值。

在形象塑造上，《西游记》将人性、物性与神性有机地糅合在一起，使"神魔皆有人情，精魅亦通世故"。物性是指神魔形象本体物的现实自然属性；神性是指神魔形象所具有的超人的法术和本领；人性是指神魔形象所寄托的某些类人的现实社会属性。其中人性是内在核心，居于主导地位。正是三者的水乳交融，妙合无垠，才塑造出了许多具有高度美学价值的神魔形象。

在艺术结构上，全书经纬分明、严谨完整。此书由大闹三界、取经缘起、西天取经三大部分组成，这三大部分既是有机联系的艺术整体，又各自具有相对的独立性，每一部分也由各有起讫、相对独立的若干小故事组成。其中大闹三界是序幕，取经缘起是过渡，西天取经是主体。全书以唐僧师徒取经为贯穿始终的主要线索，把数十个小故事串联起来，可称为是"线性结构"。

在艺术格调上，《西游记》继承了"寓庄于谐"的优秀传统，"戏墨寓至理，幻笔抒奇思"，亦谐亦谑，寓嘲寓讽，轻松活泼，妙趣横生，使作品充满诙谐的兴味，产生出异常浓烈的喜剧性效果。作品或随意点染，涉笔成趣；或借题发挥，针砭时弊；或冷嘲热讽，饶有情趣，可谓嬉笑怒骂，皆成妙文。

（四）《西游记》对神魔小说的影响

《西游记》之后至明末短短的几十年间，涌现出了近三十部内容各异、长短不同的神魔小说，迅速形成了与历史演义等明显不同的小说流派。与此前的《三国演义》《水浒传》相比可谓独树一帜而毫不逊色，雅俗共赏。这派小说主要有以下三种类型：

首先是《西游记》的续书、仿作、节本，以及与其相配套的系列丛书。《续西游记》是《西游记》成书不久以后的续作，写唐僧师徒四人取得真经以后，一路护经回到长安的故事。明末董说撰有《西游补》，写孙悟空在"三调芭蕉扇"之后，为情妖鲭鱼精所惑，难脱情网，后在虚空主人的棒喝之下，回复真我。全书寓有对"情"的理性思考。还有《后西游记》（又名《小西游》），每回书都是一则寓言，它继承了《西游记》寓意嘲讽的特点。

另辟题材又刻意模仿的神话小说是《三宝太监西洋记》，该书一百回，作者为罗懋登。书成于万历二十五年（1597 年）。题材取自历史事件郑和下西洋的故事。唐僧是陆游，郑和是海征。郑和作为征西元帅，金碧峰长老为大明国师，张天师为大明天师，从红江口登船出征，周历 39 个国家，臣服者礼之，不服者征之，征伐斗阵，均赖国师、天师的法术。书中有多处模仿《西游记》的痕迹，但内涵远不及《西游记》。

《封神演义》是继《西游记》以后影响最大的一部神魔小说。该书成于明代隆庆至万历年间，作者为许仲琳。该书的成书过程也与《西游记》相仿，以历史上的武王伐纣的史实为影子而加以演绎，充分利用宋元以来这一题材的各种评话，如《武王伐纣评话》等，加以整理编撰，创作而成。

神魔小说发展到清代，又有《钟馗斩鬼传》《绿野仙踪》《济公传》等，但影响都不如《封神演义》，更遑论与《西游记》比肩了。

对于神魔小说，还有一点是值得注意的，那就是它在文化史上的意义，特别是对底层百姓在文化上所起的影响。神魔小说总是与宗教交织在一起，底层百姓享受不到文化教育的权利，却受着瓦肆勾栏、坊间里曲的神魔小说的影响。老百姓的宗教影响主要来自于庙宇道观的各种神像和神魔小说。就神魔小说的影响而言，他们对老子、元始天尊、姜子牙、赵公明、道教的认识主要得之于《封神演义》，而对如来佛、观世音菩萨、阎罗殿、玉皇大帝、王母娘娘、托塔李天王、太白金星、太上老君等神谱神系的认识则主要得之于《西游记》。

章回小说与古典四大名著

# 五、贵族之家兴盛衰亡的苍凉传奇——《红楼梦》

在明清小说中，最为后人称道的莫过于《红楼梦》了。鲁迅曾说："自《红楼梦》出来以后，传统的思想和写法都被打破了。"（《中国小说的历史变迁》）该书问世后不久即以手抄本的形式广为流传，

"可谓不胫而走者矣"（程伟元《红楼梦序》）。20世纪以来，《红楼梦》更以其所塑造的异常出色的艺术形象和极其丰富深刻的思想底蕴，使学术界产生了以该书为研究对象的专门学问——"红学"，这恐怕连它的作者曹雪芹也是始料不及的。曹雪芹当年将《红楼梦》一书"于悼红轩中披阅十载，增删五次，纂成目录，分出章回"之后，曾感慨万端地题写一绝："满纸荒唐言，一把辛酸泪。都云作者痴，谁解其中味？"（第一回）这也就成为"红学"家永远说不完的话题。

中国古代小说变迁

## （一）身世飘零的曹雪芹与《红楼梦》

《红楼梦》的作者曹雪芹（约1715-约1764），名霑，字梦阮，号雪芹、芹圃、芹溪，祖籍一说辽宁辽阳，一说河北丰润。他的远祖于明末在辽阳、铁岭一带归入满洲正白旗，成为满洲皇室的"包衣"，他的高祖随清军入关，得到宠幸，身份由"包衣下贱"变为"从龙旧勋"，成为煊赫一时的世家。他的曾祖曹玺的妻子当过康熙的保姆，而祖父曹寅小时候也作过康熙的伴读。

由于这种特殊的关系，康熙登基后，曹家得到格外的恩宠。康熙二年（1763年），曹玺任江宁织造，此后曹寅及伯父曹颙、父亲曹頫袭任此职，前后达六十余年。江宁织造名义上只是一个为宫廷采办织物和日常用品的小官，但实际上却是康熙派驻江南、督察军政民情的私人心腹，康熙六次南巡，其中四次由曹寅接驾，并以江宁织造府为行宫；同时江宁织造还控制着江南的丝织业，

70

从中获取极大的利益。曹雪芹就是在这种繁盛荣华的家境中度过了他到 13 岁为止的少年时代。

康熙死后，曹家的境况发生了急剧的变化。经过激烈的宫廷斗争才获得皇位的雍正，急于巩固自己的地位，这也包括肃清他父亲的内外亲信。雍正五年（1727 年），曹頫以解送织物进京时"苛索繁费，苦累驿站""织造款项亏空甚多"等罪名被革职，家产也被抄没（见"雍正五年上谕"），全家迁回北京。最初，曹家还蒙恩稍稍留下些房产田地，后于乾隆初年又发生了一次详情不明的变故，从此彻底败落，子弟们沦落到社会底层。

曹雪芹本人的情况现在了解得还很少，只能从他的好友敦诚、敦敏和张宜泉等人留下的不多的诗中以及其他很少的零散材料中探知些许。回京后，曹雪芹曾在一所宗族学堂"右翼宗学"里当过掌管文墨的杂差，地位卑下，境遇潦倒，常常要靠卖画才能维持生活。但作为一个经历过富贵繁华而又才华横溢的人，他很难放下自己的尊严。他的个性豪爽狂放，朋友们比之为示俗人以白眼的阮籍。他的一生的最后十几年，流落到北京西郊的一个小山村（《红楼梦》就是在那里写成的），生活更加困顿，已经到了"举家食粥酒常赊"（敦诚《赠曹芹圃》）的地步。乾隆二十六年（1762 年）秋，爱子夭亡，不久，他也因伤感谢世，留下一个新娶不久的继妻和一部未完成的书稿。敦诚《挽曹雪芹》诗以"孤儿渺漠魂应逐，新妇飘零目岂瞑"这样哀切的句子，写出其最后的凄凉。

在封建时代残酷的权力斗争中，像曹家那样由盛而衰的剧变，并非罕见。但只有亲身经历过这种剧变的人，才会对人生、对社会、对世情产生一种不同寻常的真切感受，这和旁观世事变幻者的感受不同。在饱经沧桑之后，曹雪芹郁结的情感需要得到宣泄，他的才华也需要得到一种实现，从而，他的生命才能从苦难中解脱而成为有意义的完成。他选择了艺术创造——被不幸的命运所摧残的天才重建自我的唯一方式。《红楼梦》第一回记述道："曹雪芹于悼红轩中披阅十载，增删五次。"而后又题一绝云："满纸荒唐言，一把辛酸泪！都云作者痴，谁解其中味?"

也许可以说，中国历史上除了司马迁作《史记》，再没有人像曹雪芹

 章回小说与古典四大名著

 71

这样将全部的深情和心血投入于一部著作的写作。但他去世时，全书仅完成前八十回，只留下一些残稿，这些残稿后来也遗失了。

从《红楼梦》的第一回来看，曹雪芹对这部小说似乎考虑过好几个书名，文中提及的有《石头记》《情僧录》《风月宝鉴》《金陵十二钗》。乾隆四十九年甲辰（1784 年）梦觉主人序本正式题为《红楼梦》，在此以前，此书一般都题为《石头记》，此后《红楼梦》便取代《石头记》成为通行的书名。

《红楼梦》的版本有两大系统。一为"脂本"系统，这是流行于约乾隆十九年（1754 年）到五十六年（1791 年）间的前八十回抄本，附有"脂砚斋"（作者的一位隐名的亲友）等的评语，故名。现存这一系统的本子有十几种。另一为"程本"系统，全书一百二十回，由程伟元于乾隆五十六年（1791 年）初次以活字排印（简称"程甲本"），又于次年重经修订再次以活字排印（简称"程乙本"），以后的各种一百二十回本大抵以以上二本为底本。这种本子的后四十回，一般认为是高鹗续写的，但也有人对此表示怀疑。高鹗（约 1738– 约 1815）字兰墅，别署"红楼外史"，汉军镶黄旗人，乾隆六十年（1795 年）进士，官至翰林院侍读。后四十回的艺术水平较前八十回有一定的差距，但比起其他名目繁多的红楼续书仍高出许多。它终究给《红楼梦》这部"千古奇书"以一种差强人意的完整形态，满足了一般读者的要求。因而，这一系统的本子也就成为《红楼梦》的流行版本。

### （二）《红楼梦》的悲剧世界

《红楼梦》塑造了悲剧的群像，最能体现《红楼梦》悲剧典型意义的是"金陵十二钗"，她们几乎无一人能逃脱红销香断、花残春落的结局，作者统统把她们归结到"薄命司"中，听凭她们的眼泪由秋流到冬、由春流到夏。

1. "木石前盟"与"金玉良缘"的冲突——林黛玉同薛宝钗的悲剧

林黛玉是一个绝代的悲剧典型。她的悲剧决定于她的身世——极少受封建教育的有才华的贵族小姐，她所处的环境——寄人篱下。她有超人的文学才华和哲学头脑，这养成了她的骄傲和任性。她的骄傲不仅是对奴才，即便是对家长、上层也没有丝毫的奴颜，这为她的悲剧结局埋下了种子。她不知道当时的家长需要的是"女子无才便是德"的贤良女性，吟诗结社只能是贵族小姐生活的点缀，而她却在贾府成了一个锋芒毕露、争强好胜的出众者，同时在精神上也抵触了封建社会所给予妇女的规范，结果她就以自己脆弱的生命去尝试那时代的冷酷摧残，担任了《红楼梦》悲剧的主角。

　　林黛玉是贾府的贵宾，但却是精神上孤独的飘零者。精神上的孤独，尤其是寄人篱下的生活使她变得敏感起来，而这种敏感在很大程度上是贾府的当道者对她的歧视、冷漠和对她的个性残酷压抑造成的。我们常常可以听到林黛玉的悲吟："花柳繁华地，温柔富贵乡"的大观园对她是"一年三百六十日，风刀霜剑严相逼"，清幽的潇湘馆里，她过的是"青灯照壁人初睡，冷雨敲窗被未温"，直到"不知风雨几时休，已教泪洒纱窗湿"的凄凉长夜。即便是在黛玉行将病逝时，贾府竟连一个问的人也没有，难怪紫鹃说："但这些人怎么竟这样狠毒冷淡。"她痛苦地乞求着："天尽头，何处有香丘？"她那孤独的心灵多么需要真情的慰藉。薛宝钗对她的稍事关心，纯真的黛玉不禁感叹起来："我母亲去世的早，又无兄弟姐妹，我长了今年十五岁，竟没有一个人像你前日的话教导我。"在过多的客套与亲戚的情面所结成的冰冷世界里，哪怕只有一支烛光所发出的热力，也会使黛玉心动神摇起来。寒烟小院中，疏竹虚窗下，黛玉在枕上思潮翻卷，秋风秋雨牵动她那无尽无休的情思。宝钗送来了士仪，贾家团聚着赏月，却令黛玉眼前浮现出杏花春雨的江南，心头萦绕着父母早逝的痛苦。唯有当温柔的月亮把银色的流辉默默地洒在她周围的时候，她的眼睛亮了，心头升起如圣如神、带着灵光的希望。她全身心都融进了溶溶的月色当中，在这片光明纯洁的仙境里，她发现在她身后亦步亦趋紧紧追随她的丽影，这使她如痴如醉了！

　　林黛玉的性格决定了她的爱情从一开始就充满了悲剧

性。她把全部的自我都沉浸在感情的深海中，她执著地追求自己的爱情和自由，敢于蔑视和冲破一切礼教和规范的束缚，在她的个性气质中隐含着某种叛逆性和民主意识。

尽管"金玉良缘"使薛宝钗获得了宝玉的婚姻，却没有得到宝玉的爱情，她仍是一个悲剧角色，镌着"不离不弃，芳龄永继"的金锁，是引导她走向悲剧结局的恶魔。

宝钗是一个有才干的封建淑女，本身又受到封建主义的毒害和迫害。她给人的印象最深的是"冷"，这一点建立在封建正统思想相当浓厚，阶级意识比较自觉的基础上。"从这个少女的心底，却听不到一丝与那社会互相摩擦的声音"（蒋和森《红楼梦论稿》）。黛玉的一生是做诗，她的一生是做人。她处处要求自己符合封建淑女的规范，很少感情冲动；她推崇程朱理学，对存天理、灭人欲是深信不疑，而"装愚守拙"又是她的处世哲学。她城府很深，在黛玉沉醉于意境的同时她却把握着现实，虽然有时能真诚的帮助别人，但更多的是冷酷与虚伪。对待同宝玉的关系，黛玉是在恋爱而宝钗是在解决婚姻，她顺从地走在封建礼教为她安排的轨道上，她感受不到什么叫痛苦，什么叫压抑，她只有对封建道德的信仰和对这一信仰的迷恋追求。她对宝玉依恋黛玉没有妒意，甚至对自己移花接木的婚姻全未感到丝毫的痛苦。她尽力地做女儿的本分，达到了她理想的最高标准，所以她可以"冲喜"，可以嫁给一个并不爱自己的人。从入都待选到嫁给宝玉，已是一个理想破灭的悲剧；谁知宝玉又悬崖撒手，无情的现实给了她当头致命的一棒。但是举止优雅、深明大义的宝钗，思前想后，得出了结论："宝玉原是一种奇异的人，夙世前因，自有一定，原无可怨天尤人。"说来可悲，封建伦理道德，可以让一个人顶礼膜拜、俯首帖耳到如此地步！她实在是被吃的，但她是拿出以身殉道的精神，服服帖帖泰然自若地面对着悲剧的结局。

2. 可叹的群钗

以青春、才貌作为交换品，为贾府换了一张金制"护身符"的元春，她的一生也是一个悲剧。这是一个寂寞深闺里锁住的灵魂，她本可以如黛玉、宝钗一样自由地做人，却无时无刻不在防备着隔垣之耳和铄金之口。她最需要的是人世间的感情和生活，她所陪伴的"至孝纯仁、体天格物"的皇上虽然神龙见首不见尾，但我们从贾雨村的升迁上已可略窥其"圣聪"，所以当元春的感情失去控制的时候，在呜咽难言中竟说出那皇宫内院原是"不得见人的去处"。伴君如伴虎，我们可以想象她一个人战战兢兢在钢丝上走着的情景。元春是极不自由的，她需要违心地做人，需要独自一个人默默地承担所有的痛苦，她是带着一颗孤寂、冰冷、战栗的心和一肚子永远无法倾诉的话告别人间的。

贾探春是一个封建的正统派、卫道士，又是一个开明派、改革派。她是一个才华四溢的聪明女子，她的聪明主要表现在对整个贾氏家族关系的认识上。她是贾府中的最清醒者，她的悲剧也就在于她是一个清醒者，她认识到了危机却无力挽救。理家的失败首先不是她和奴隶的冲突，而是和贾府整个统治阶级发生了冲突。"才自清明志自高，生于末世运偏消"是对她的同情和惋惜。她的悲剧也在于她的庶出的地位，在她的内心深处有着非常浓厚的等级观念。这是一个未出闺阁的年轻小姐，在等级森严的贾府的地位。她十分清楚主子和奴仆的界限，在嫡正庶偏的严正观念中她选择了秩序上的母亲，却无法抛掉封建社会的血统论。这正像凤姐说的："只可惜她命薄，没托身在太太的肚子里。"但是贾探春在老祖宗和王夫人的心目中并没有占多少位置，她的判词册子上画有风筝，她作的灯谜也是风筝，她一旦失去了和王夫人之间这条人工脐带，就像断线的风筝一样远飘而去了。"清明涕送江边望，千里东风一梦遥"，她被嫁到异域去做一个王妃，我们不难想象，探春正在步元春的后尘，元春的悲剧也可能是探春的结局。

温柔、沉默的迎春在贾赦眼中不过是具有交换价值的商品。她是作为一种物品被急匆匆地拉去填补她生身父亲那永远也填不满的欲望的。通过中山狼孙绍祖的谩骂讲出了这个少女牺牲的价值。孙绍祖指着迎春的脸说："你别和我充夫人娘子！你老子使了我五千两银子，把你准折卖给我的，好不好，打你一顿，撵到下房里睡去。"贪财、好色、酗酒、势力的中山狼，对迎春凌辱到了极点，把她的尊严踏在脚下。一向温柔、沉默的迎春，从不和人结怨结仇，但厄运并没有放过了她这样一个软弱的女子。对于贾赦来说，五百两银子可

章回小说与古典四大名著

75

以买进嫣红，五千两银子可以卖出迎春。在婚姻是一种政治行为的封建社会里，"起决定作用的是家世的利益，而绝不是个人的意愿"。迎春一点也不想沉下深渊，但她连一根稻草也抓不着。贾母认为："儿女之事，自有天意。"回到娘家的迎春，只能提出"在园里住个三五天，死也甘心了"的可怜要求。

大观园中妙玉和惜春交往甚密，两个人都是遁世者，不同之处在于妙玉是被迫遁世而惜春是自觉的。

妙玉是作为一个执著人生，虽入空门但对尘世生活有着强烈留恋与追求的形象出现的，命运把她抛到了大观园的栊翠庵，她的遁世既不是自觉地充当披着袈纱的帮凶或帮闲，也不是"看惯了春荣秋谢花折磨""生关死劫谁能躲"的"虚华悟"，而是尘寰"定数"把她逼上了这条路。她"不合时宜"，为世不容，欲遁不能，又非遁不可。名义上因出身高贵而为贾府"礼聘"入园，实际上她的地位只相当于詹光、胡斯采等人的"女清客"。她的使用价值不是帮闲，而是作为省亲别墅中的摆设和点缀。作为出身名门而又执著人生的"红粉朱颜"，她的身心受着两道樊篱的桎梏，禅关与礼教——真是两道千年不坏的"铁门槛"！她陷入了茫茫的"苦海"，却找不到"慈航"。无穷无尽的空虚、苦闷、彷徨，无休无止地折磨着她，使她永远得不到解脱。"欲洁何曾洁，云空未必空"，其实不是批评她的"矫情"，而是批评她的遁世，批评她那行之不通的道路及那逼得她不得不遁世的社会。

妙玉所执著追求的，在此岸而非彼岸，槛内而非槛外，是尘世而非西方净土，是做人而非成佛，是宝黛们的蒙沌状态的"人的生活"。"芳情只自赏，雅趣向谁言"是她恋恋于尘世生活的内心独白，以"辜负了红粉朱颜春色阑"为恨事是她"尘世未断"的主要内容，与宝玉的微妙关系就是她追求的集中表现。她是情天孽海中的风流怨鬼，哪里是断了尘缘的空门禅僧。

惜春是和妙玉殊"道"而同"归"的另一个遁世者的悲剧形象，她是自愿和青灯古佛做伴的。"勘破三春景不长"而"缁衣顿改昔时妆"，生活的冰水涤尽了人生的热情，使惜春越来越冷漠，她对现状悲观失望，幻想寻求解脱。她曾批评黛玉对世事瞧不破，"一点半点儿都要认真起来，天下事哪有多少真的呢？"她的话给人一种迎面而来的冷飕飕的寒意。她逐渐发展起来的出家思想，实际上是贾府衰败过程的晴雨表。她从小没有母亲，父亲贾敬出家炼丹求仙，我们没有看见她同哥哥贾珍有什么交往，她好像是一盆很少晒到阳光的花，人家没有给她温暖，她也不情愿向别人献上春意。她冷冷地观察周围，大观园中的一切善恶是非都对她的心灵产生了强烈的刺激。大姐元春回家来的情景，二姐受冻、挨饿、挨打的遭遇，三姐的远嫁，湘云的早寡，黛玉的早夭，一系列的抄家败亡愈发让她感到现实生活的可悲与可怕。她和尤氏说："放我出了家，干干净净的一辈子。"如果不出家，就要出嫁，这是让惜春视为畏途、不寒而栗的结局。封建社会的婚姻制度，逼得她逃出了铁槛之外，她想用坚硬冰冷的铁槛去挡住那生关死劫。善于作画的惜春，到哪里去找那"芳草萋萋鹦鹉洲"（崔颢《黄鹤楼》）写入她的画幅？她耳目所接，不过是北风呼啸，大地悲鸣，荒冢累累，衰草连天。惜春誓死争得的理想绿洲不过是"独卧青灯古佛旁"。

史湘云走上了李纨走的路。一个充满青春活力的少女，应该有个花团锦簇的前途。果然，那姑爷（卫若兰）长得很好，为人又平和，文才也好，我们能想象到湘云婚后的幸福情景。但欢娱日短、好景不长，终于落了个"云散高唐，水涸湘江"的下场。这样一个行起酒令来揎拳掳袖的姑娘，竟落得和李纨一样的结局，永远洗尽铅华，在别人锦上添花的日子里嚼着自己的苦果！"幸生来，英雄阔大宽宏量"的姑娘，猝然遭到狂风折柳般的丧故，便迅速地在她周围抽掉了所有的欢乐，青春、红颜、诗情画意，都和那逝去的丈夫一起埋葬了。

凤姐、贾琏种下的苦因恶果，苍穹在上，还未来得及加减乘除，就已经在人世间产生了反应。如今，他们那模样儿好得很的女儿也要论身价银子去卖了。巧姐的遭遇让我们看到了封建贵族赖以维持正常秩序的伦理道德正沦丧到贩卖自己的至亲骨肉的地步，诗礼揖让的薄纱已被揭去，赤裸裸地露出了人欲的互相吞噬，巧姐的悲剧的深刻性正在这儿。

李纨是作者怀着悲悯的心情唱的一

章回小说与古典四大名著

首挽歌，我们一接触到这一人物就会感到那清冷的色调。她是在"女子无才便是德"的思想指导下成长起来的，膏粱锦绣、秋日春花很难引起她思想上什么波动，即使感情上发生小小涟漪，她也会立即把它包裹起来，封闭它、窒息它，永远以镇定平衡的心境，去迎接命运对她的安排。身处竹篱茅舍，心如槁木死灰，她把人生的意义和希望寄托在儿子身上。脉脉温情，使年幼的贾兰过早懂得了母亲的甘苦；一盏孤灯，母子相对，浓郁的凄凉情味布满整个空间。

秦可卿是个见人有说有笑，会行事的人，又是心细、心重、要强的人。凤姐曾狂妄地说："普天下的人，我不笑话就罢了。"可她对秦可卿却倍加青睐。秦可卿是个青云直上的人物，然而，她的青云直上，登上"蓉大奶奶"的宝座，不是借力于什么好风，而是借力于她自己的花容月貌。老父、弱弟、无钱无势是秦氏娘家的状况，因此"蓉大奶奶"的位置并不像"琏二奶奶"的位置那么牢靠，一进贾府，忧虑便像影子一样跟随着她。

"生的袅娜纤巧，行事又温柔和平"使秦可卿博得了贾府全家的疼爱与器重，也给她带来了最大的忧虑和不幸。她的不幸是她落入了禽兽不如的公公贾珍、浪荡公子贾蓉的包围圈中。她遇上了"父兄丈夫力不能救，左邻右舍也不帮忙"（鲁迅《我之节烈观》）的困境，她无时无刻不在为自己的处境担忧，她缺少横在她和贾珍之间可以保护自己的屏障。秦可卿不是个饱思淫欲的淫妇，她是个有心计、有手腕、有封建"治才"的女性。她的羞愤自缢，反映了她耻于聚麀而又无法摆脱这一厄运的精神苦闷。她的悲剧结局是腐败罪恶的势力对她的肉体和精神的无休无止的迫害及蹂躏的结果。她那短短的一生，是从肉体到精神被虐杀的过程。

"金陵十二钗"的命运都以悲剧为结局，她们的悲剧意义在于对那个社会和制度的深刻揭示，此即《红楼梦》的伟大悲剧意义之所在。

3. 情种贾宝玉

《红楼梦》中的贾宝玉是一个封建贵族阶级内部的叛逆者形象，是封建社会崩溃前夜的新人形象，这几乎成了今天广大红学研究者和爱好者的共识。而当我们以男人解放思想为背景重读《红楼梦》时，便会发现，曹雪芹对贾宝玉这一人物形象的塑造，处处流露着对传统男性社会性别角色的颠覆。毫不夸张地说，曹雪芹是具有初步两性平等意识与男人解放思想的作家，虽然受其时代的局限，他可能根本不知道性别角色是怎么回事，但在他塑造的贾宝玉这一人物身上，凝聚了男人解放思想所信奉的诸多理念，这一封建贵族阶级的叛逆者形象，同时又是传统社会性别角色的叛逆者。

儒家文化观念下的理想男人应该是：正心修身齐家治国平天下。贾宝玉是被其所属家庭寄予厚望的一个人物，贾政等人对宝玉的期望自然是"深精举业"，平步青云，光宗耀祖。然而，贾宝玉一生鄙弃功名利禄，最恨所谓"仕途经济"。这种"不思进取"是与传统社会性别角色对男人的要求背道而驰的。在贾宝玉那里，与功名相对的是"风月诗酒"，他沉浸其中而自得其乐。

贾宝玉颠覆了"男人远离女性"的性别角色要求。在传统社会性别角色的规范中，男孩子从小便被教育他们是不同于女孩子的，他们应该与女性保持距离。一个"成熟"的男人如果整天和女性混在一起，会被认为"没出息"，沉湎于儿女情长。贾宝玉丝毫不理睬这一切，他整日与女孩儿厮混，这实际上是他生活的最主要内容，用史湘云的话说，便是："你成年家只在我们群里"；袭人也在三十四回中说："他偏又好在我们队里闹"；贾母因此说："想必原是个丫头错投了胎不成。"男人本应有男人的事情去做，什么事情呢，自然是求取功名，但贾宝玉却偏对女孩子们做的事情感兴趣，这或许出于他的性别平等意识。传统男性社会性别角色中的重要组成之一便是男性霸权主义，是高高凌驾于女人之上的那份"权威"。在贾宝玉生活的时代，男人是社会的主宰，女人是奴仆，是被轻视与奴役的。宝玉具有男人解放主义所要求的对女人的尊重，他曾说："原来天生人为万物之灵，凡山川日月之精秀，只钟于女儿，须眉男子不过是些渣滓浊沫而已。"他甚至认为"男人是泥做的骨肉，女人是水做的骨肉"，男人世界如鲍鱼之市，女人世界则若芝兰之室。

他与女性交往的平等观，以及对女性的爱护通过许多细节表现出来。第二十一回，

宝玉用湘云洗过脸的水洗脸，这绝对是传统的"大男人"形象所不容的。对于社会地位低下的女性，宝玉同样没有身为男性或"主子"便高人一等的概念，如晴雯爱吃豆腐皮的包子，他便特意给她留出来，还在天冷时为晴雯焐手；又如第二十回中，宝玉替麝月篦头；再如芳官梳头，宝玉"忙命他改妆，又命将周围的短发剃了去，露出碧青头皮来"。这些细节都可见到他关爱女性的细腻之处。

### （三）古代长篇叙事小说的艺术巅峰

《红楼梦》在艺术上取得了辉煌的成就。它的一个最重要的特点是，它的叙述和描写就像生活本身那样丰富、深厚、逼真、自然。

《红楼梦》在艺术表现上普遍地运用了对比的手法。

作者安排了鲜明对照的两个世界：一是以女性为中心的大观园，这是被统治的世界；一是以男性为中心的社会，这是统治者的世界。大观园以贾宝玉、林黛玉和一群处在被压迫地位的丫鬟为主，包括年轻的小姐们在内，是一个自由天真、充满了青春的欢声笑语的女儿国。而与之对立的男子世界，则在权威和礼教的外衣下，处处都是贪婪、腐败和丑恶。这男子世界以男性统治者为中心，还包括掌权的贵族妇人贾母、王夫人、王熙凤等人以及执行统治者使命的老妈子如王善保家的之流。在大观园女儿国中，以各个人物的主观思想又分明形成两股对峙的势力：贾宝玉、林黛玉、晴雯、芳官等人追求个性自由，背离封建礼教；薛宝钗、袭人自觉地维护封建礼教。这两种势力的斗争反映了社会上的初步民主主义思想与封建社会的矛盾。但是薛宝钗、贾探春、袭人等又不同于一般统治者，尽管她们在主观上站到了封建势力的一边，但由于她们自身受人摆布的社会地位和实际得到的悲剧结局，也和"薄命司"的其他女子一样，程度不同地令人同情。

《红楼梦》善于处理虚实关系，它实写而不浅露，虚写而不晦暗，有虚有实，虚实相互照应、相互补充，创造出一个含蓄深沉的艺术境界。作者始终不肯直接描写贾家冷遇林黛玉，但作者通过袭人之口具体描画了史湘云寄居婶母家的境遇，直接描写了中秋之夜被冷落在团圆宴席之外的三个孤女，在冷月寒塘的凹晶馆的吟诗联句描写了她们三人的孤寂和悲苦。通过这些实笔，可以想象林黛玉的处境，林黛玉自言"一年三百六十日，风刀霜剑严相逼"，一点也不夸张，它真实地表现了环境的险恶以及她在险恶的环境中的感受。

作者很善于运用"春秋"笔法，也就是文笔曲折而意含褒贬。比如写王夫人对林黛玉的憎恶，就写得十分含蓄。清虚观打醮张道士提亲和贾宝玉拣金麒麟，加上在这之前元春送给贾宝玉、薛宝钗两人一样的节日礼物，这些触发了林黛玉与贾宝玉一场闹动全家的口角，闹得贾宝玉要砸碎脖子上的"通灵宝玉"，这在家长看来是严重的事情。作者不写王夫人对此事的态度，笔锋一转，却写她如何抓住金钏的戏言，大骂金钏："下作小娼妇儿！好好儿的爷们，都叫你们教坏了！"把这个贴身的丫头逼到绝境。后来抄检大观园，作者写她听别人说晴雯的眉眼身段像林黛玉，便不管晴雯有错没错，立即吩咐撵出去，她指晴雯骂道："好个美人儿！真像个病西施了！你天天作这轻狂样儿给谁看？"如此种种，王夫人都是在指桑骂槐，只要读者仔细品味，便可意会王夫人言语和行为中所潜藏的意思了。

《红楼梦》是一部百科全书式的长篇小说。它以一个贵族家庭为中心展开了一幅广阔的社会历史图景，社会的各个阶级和阶层，上至皇妃国公，下至贩夫走卒，都得到了生动的描画。它对贵族家庭的饮食起居各方面的生活细节都进行了真切细致的描写，园林建筑、家具器皿、服饰摆设、车轿排场等等描写，都具有很强的可信性。它还表现了作者对烹调、医药、诗词、小说、绘画、建筑、戏曲等等各种文化艺术的丰富知识和独到见解。《红楼梦》的博大精深在世界文学史上是罕见的。

### （四）《红楼梦》对后世文学的深远影响

《红楼梦》曾经以手抄本的形式流传了三十年，被人们视为珍品。"当时好事者每传抄一部，

置庙市中，昂其价，得金数十，可谓不胫而走者矣！"（《红楼梦》程伟元序）及用活字印刷出版后，立即流行南北。从清代一些文人笔记的零星记载中，可以看到《红楼梦》已成为当时人们谈论的中心。京师流传的竹枝词说"开谈不说《红楼梦》，读尽诗书也枉然！"在谈论时，有时因双方争执不下，"遂相龃龉，几挥老拳"。民间戏曲、弹词演出《红楼梦》时，观众为之"感叹唏嘘，声泪俱下"（梁恭辰《劝戒四录》）。甚至有人读了《红楼梦》，由于酷爱书中人物以至痴狂（见邹弢《三借庐赘谈》，陈其元《庸闲斋笔记》等书）。《红楼梦》之所以如此受到人们喜爱，是因为它深刻的反封建的思想内容，有力地鼓舞着人们去反对封建主义的束缚，追求新的理想。也正因为这样，封建统治阶级对《红楼梦》表现了深恶痛绝，斥为"淫书""邪说"，诅咒它的作者曹雪芹必得恶报，进而严行禁毁。然而由于人民的喜爱，统治阶级始终没有办法禁绝它的流传。

几乎从《红楼梦》开始流传时起，就有不少封建文人写出大量的续书，如《后红楼》《红楼补》《红楼复梦》《红楼圆梦》等等。它们都是才子佳人大团圆故事的翻版，严重歪曲了《红楼梦》的主题思想，成为《红楼梦》后我国小说发展中的一股逆流。

就题材内容而言，《红楼梦》是中国小说史上继《金瓶梅》之后又一部伟大的世情小说。它将人情世态寓于粉迹脂痕，把世情小说的创作推向最高峰，它标志着中国古代小说的艺术水准迈上一个新台阶。在它之后，一些狭邪小说、鸳鸯蝴蝶派小说都曾模仿其笔法，现代、当代作家中受其沾染者也为数不少。

《红楼梦》以其杰出的现实主义创作成就为当时和后世的艺术创作提供了丰富的经验，以它为题材的诗词、戏剧、曲艺、影视、绘画、舞蹈、雕塑等作品，不胜枚举。《红楼梦》还流播到海外，成为世界文学艺术宝库中的瑰宝奇葩。

《红楼梦》问世后，引起了人们评论、研究它的浓厚兴趣，两百年来对《红楼梦》的研究工作一直没有间断，并有大量的研究著作产生，产生了一种新的学问——"红学"，这在我国文学史上是罕有的现象。研究期间产生了各种红学派别，举其大要者而言之，主要有：

1. 评点派

从乾隆到光绪年间，一些研究者采用评述、评点的方式来探索《红楼梦》的内容、本事或阐述其思想、艺术价值，可称为评点派。其中脂砚斋、畸笏叟等的评语对理解小说的创作具有启示性和参考价值。脂批之后，又有"护花主人"王雪香、"太平闲人"张新之、"大某山民"姚燮等人的评点，亦有可取之处。

2. 索隐派

索隐即探索幽隐，也就是发掘被小说表面故事所掩盖的"本事"或"微言大义"。其实不过是穿凿附会，用"猜谜"的方法把小说中的人物、情节去比附、印证当时的历史人物和事件，并以此评定《红楼梦》的意义与价值。较有代表性的著作有王梦阮、沈瓶庵的《红楼梦索隐》，认为此书是写顺治皇帝与董鄂妃（亦即秦淮名妓董小宛）的故事；蔡元培的《石头记索隐》，认为此书是宣扬反清复明的政治小说，显然为著者本身民族主义思想的表现。

3. 新红学派

五四运动以后，胡适等人一方面继承乾嘉学派学风，同时又接受西方学术思想的影响，对《红楼梦》做出了新的解释，在红学研究领域取得了突破性的进展，代表性著作有胡适的《红楼梦考证》和俞平伯的《红楼梦辨》。他们批驳了索隐派的主观臆测、牵强附会，而以科学考证的方法研究《红楼梦》，对曹雪芹家世及生平的勾勒，对小说版本演变的比较，都做出了有价值的贡献。他们还提出《红楼梦》是作者的自叙传，是作家的"情场忏悔"之作，这样把贾府

与曹家、贾宝玉与曹雪芹视为一体，则有一定的片面性。

　　建国以后，红学的发展又经历了种种曲折，取得了新的成绩。这一阶段的红学研究虽然不止一次地受到政治思潮的影响，甚至出现了以政治分析来替代文学分析和审美分析的不良倾向，但总的趋势是不断走向深化。尤其是新时期以来的红学研究，涉及到作家论、创作论、人物论、风格论、主题论等各个方面，呈现出全方位、多元化、开放性的研究格局，在不少问题上都有新的拓展与新的贡献。但迄今为止，对《红楼梦》的一些重大问题，依然存在着严重的分歧，有待于进一步的探讨。

# 历史演义小说

所谓历史演义，就是用通俗的语言，将王朝兴废、朝代更替等为基干的历史题材，组织、敷演成完整的故事，并以此表明一定的政治思想观念和美学理想的小说。《三国演义》是我国历史演义小说的开山之作。中国历史上的三国时代，本身就是一个龙腾虎跃、风起云涌的时代；是一个从统一走向分裂，又从分裂走向统一的历史时期。那是一个动荡的年代，也是一个英雄辈出的年代，产生了很多可歌可泣、可悲可叹的人物和故事。

# 一、漫话"历史演义"

历史演义小说是中国长篇小说的一种体裁。"演义"一词始见于《后汉书》，《小雅》中说："演，广、远也。"演义就是指推演、详述道理。通常人们把历史演义小说称为"演义"，后来，也有人广义地理解"演义"，将它作为小说的代名词。

### （一）什么是历史演义小说

历史演义小说是指根据史实，敷演大义，在叙事的过程中融和作者的生活体验、思想感情和价值判断，同时作者会对历史事件和历史人物进行政治的和道德评判的小说，这类小说被称为历史演义小说。它的特点是：既有一定的史实作为依据，又对历史进行艺术的再加工和创造；既有对历史事件、历史人物纪实的成分，又有作者的艺术想象和虚构的成分。

中国古代史学是非常发达的，因此出现此类小说也是一种历史的必然。在中国文学史上，有很多艺术现象都和历史有着千丝万缕的关系，比如唐代的咏史诗以及元代的杂剧等等。"演义"者，据"史实敷衍成义"之义也。但并不是所有题为"演义"的小说都是与历史有关联的历史演义小说，比如我们非常熟悉的《封神演义》，我们将这部小说归为神话小说，这部小说只不过是作者把神话故事发生的时间和地点放在了商周这一历史背景下进行讲述而已。另外，历史演义小说与当时评书关联很大。

首先，它多以重大的历史事件为题材，在广阔的历史背景和复杂的社会矛盾斗争中，揭示人物之间的复杂关系和人物性格的发展变化。其次，在援引史实的同时，必须进行艺术的再加工，即敷陈其义而加以引申，这就是所谓的"演义"，其特点是在真实的历史人物和历史事件的基础上，进行必要的艺术概括和适当的想象虚构（但不能杜撰历史），再现一定历史时期的社会风貌，揭示历史发展的趋势和规律。再次，历史演义小说因容量大、篇幅长、人物头绪众多，一般都以章回体小说形式出现。其特点是将全书分为若干章节，称为"回"。历史演义小说少则十几回，多则百余回，每回前用两句对偶的文字标目，称为"回目"。回目主要用来概括本回的故事内容，如《三国演义》全书共分为一百二十回，第一回的回目是"宴桃园豪杰三结义，斩黄巾英雄首立功"，主要写东汉灵帝时，十常侍专权误国，张角领导的黄巾军乘势而起。刘备与关羽、张飞在桃园结义，应召讨贼，屡建奇功等。回目便概括了这一回的主要故事情节。章回体小说的一回就是一个较为完整的故事段落，具有相对的独立性，但又承上启下，是全书的一个有机组成部分。章回小说分回标目，首尾完整、故事连贯、段落整齐，便于间断阅读，非常符合广大人民的阅读欣赏习惯，所以它是我国古代长篇小说主要的、甚至是唯一的体裁形式。

### (二) 历史演义小说的起源与发展

历史演义小说是由宋代的讲史话本发展而来的，在元末明初时出现了这个名称。"讲史"原是宋代"说话"四家之一。宋元时期"说话"的四家分为：小说、讲史、说经和合生。小说以讲短篇故事为主，大多取材于现实生活，通常是一次讲完。因为所讲内容跟听众的生活非常接近，又能够马上知道结局，所以这种形式是最受欢迎的。讲史也就是讲述历史故事，内容基本上取材于史书，也兼采民间的故事传说。在讲史中有说有评，故也称为评话（一般也写作平话）。讲史因故事较长，所以要连续多次才能讲完。说经通常是讲宗教故事，它是由唐代的俗讲、变文发展而来。也有的穿插讲笑话或滑稽故事，被称为说诨经。合生是一种比较特殊的形式，有可能是两人同时演出，形成对答式的指物歌咏，其中一人指物为题，而另一人应命题咏。内容可能带些讽刺性质，但不一定有故事。

宋代说话四家中，最重要的就是讲史。《梦粱录》说："讲史书者，谓讲说《通鉴》、汉、唐历代书史文传，兴废

争战之事。"讲书人有戴书生、徐宣教、王六大夫等，"诸史俱通，于咸淳年间，敷演《复华篇》及中兴名将传，听者纷纷。盖讲得字真不俗，记问渊源甚于耳"。《醉翁谈录》也认为这些书会才人"非庸常浅识之流，有博览该通之理。幼习《太平广记》，长攻历代史书""论才词有欧、苏、黄、陈佳句，说征战有刘、项争雄，论机谋有孙、庞斗智。新话说张、韩、刘、岳；史书讲晋、宋、齐、梁。《三国志》诸葛亮雄才；收西夏说狄青大略"。据《东京梦华录》记载，北宋的讲史科目主要有《汉书》《三国志》《五代史》等；著名的讲史艺人有孙宽、孙十五、曾无党、高恕、李孝祥等人，此外还有"说三分"的专家霍四究，讲说"五代史"专家尹常卖等。这些人擅长讲古论今"说收拾寻常有百万套，谈话头动辄是数千回"，"说国贼怀奸从佞，遭愚夫等辈生嗔；说忠臣负屈衔冤，铁石心肠也须下泪"（《醉翁谈录》）。说书是他们赖以谋生的手段，不仅要学识渊博、技艺精湛，而且要善于揣摩听众心理、巧设悬念，以增加艺术感染力。

讲史以说讲历史故事为其特点。讲史的篇幅一般都比较长，其内容或取材于正史而作一定程度的虚构，或取材于野史传说。故事内容也往往侧重于朝代的兴亡和政治军事的斗争。

宋代的讲史话本形式上虽然分卷分目，但段落标题并不是很分明。而元代的讲史话本分段及标题比较明确。到了元代又称"平话"或"评话"，有元刊《全相平话五种》即《武王伐纣平话》《乐毅图齐七国春秋平话后集》《秦并六国平话》《前汉书平话续集》《三国志平话》，此外还有《五代史平话》《大宋宣和遗事》等。这些讲史书，都取材于历史，但作了不同程度的虚构，为了取得出奇制胜的艺术效果，讲史不能就历史而干巴巴地讲历史，必须虚构一些细节，对历史有所增饰，使历史事件具体化、人物形象化、语言通俗化。

其次，讲史话本多述前代兴废之事，反映的都是战乱或足以导致争战的大事，而对太平治世的题材不太感兴趣。这是因为讲历史争战之事，可以打动听众，引人入胜，而乱世英雄的"发迹变泰"多由平民跃居显位，甚至称王称帝，这又为市井百姓所艳羡；另一方面，通过讲述朝代的兴衰更替和英雄的成败得失，以揭露战乱给人民造成的深重灾难，抨击弄权误国的奸臣和荒淫残暴的帝王，热切企盼有仁慈的君主和忠臣良将出现，以制止战乱的再次发生。这种以史为鉴，向往和平安宁生活的愿望，代表了广大人民的心声，为普通市民所喜闻乐见。宋元讲史的这一主题也为历史演义小说和英雄传奇小说所继承。

此外，讲史是"讲说《通鉴》、汉、唐历代书史文传，兴废争战之事"，动辄便是一个朝代的历史故事，内容丰富而复杂，篇幅较长，如《三国志平话》有八万多字，最长的《五代史平话》多达十余万字。为了阅读和讲述的便利，就需要分卷分目，今见的所有平话都是分卷集的，如《五代史平话》就分为五集十卷，"唐史"卷上列有"论河陀本末""李赤心生李克用"等五十一个细目；《武王伐纣平话》共三卷有"汤王祝网""文王求太公"等四十二个细目；《三国志平话》则分为三卷六十九个细目，每一个细目就是对某一段故事内容的概括，相当于一个小标题。这便是后世小说分章回的雏形。

经过宋元两代讲史书的长期孕育发展，元末明初我国出现了早期的长篇章回小说，如《三国志通俗演义》《水浒传》《残唐五代史演义》等。这些小说都从宋元讲史话本发展而来，内容丰富、篇幅较长，并且小说已明确地分为若干卷，每卷又有若干节，每节用一个单句标目。如现存最早的《三国志通俗演义》（嘉靖本）分为二十四卷，共二百四十则，每则篇幅大致相等，以七言单句标目，如"祭天地桃园结义""刘玄德斩寇立功"等，虽未正式创立小说的回目，但已初具章回体小说的规模。到了明中叶以后，章回小说的发展更趋成熟，这时的小说已经不分卷了，而明确地分成多少回。到了明末清初，章回小说才得到了最后的完善，这时的长篇小说如毛本《三国演义》、金本《水浒传》等都分回标目，用整齐对偶的七言或八言双句回目来突出主要故事情节。但受讲史话本影响的痕迹依然明显，仅从形式上来看，例有"上场诗""下场诗"，有"平话捷说""却说""欲知后事如何，且听下回分解"等说书人习用的套语。章回体这种形式，与我国传统文化的积淀、市民群众的审美心理及其欣赏习惯都有密切的关系，它既适合案头阅读，也可供场上讲说，雅俗共赏、老少咸宜。

明朝是历史演义小说的繁荣时代，而《三国志通俗演义》正是这种繁荣局面的开

启者。它在思想上和艺术上都取得了辉煌成就，成为我国历史小说创作的楷模。从此以后，历史演义小说开始大量兴起，仅明代中后期产生的历史演义就有二十多部，从远古到明代，几乎每个朝代都有。所以，吴门可观道人在《新列国志序》中说："自罗贯中《三国演义》一书，以国史演义为通俗演义百余回，为世所尚。嗣是效颦日众，因而有《夏书》《商书》《列国》《残唐》《南北宋》诸刻，其浩瀚与正史分签并架。"由此可见历史演义小说创作的盛况。其中，影响较大的有：《新列国志》《西汉通俗演义》《隋史遗文》《残唐五代史演义》《英烈传》等，这些历史演义小说在不同程度上，曲折地反映了人民的思想感情，深受广大民众的欢迎，对广泛传播历史知识起到了一定的作用。但这些小说的主体精神与写作手法，比起《三国演义》来，已有了很大的变化：一类是拘泥于纪实。《三国演义》对历史题材的处理方法是"七分实事，三分虚构"，而《列国志传》等历史小说则依据史实，强调历史的启发、借鉴作用。第二类是历史演义嬗变为英雄传奇，最有代表性的是《杨家府演义》。它虽然与史传记载相一致，但虚多实少，背离了历史演义"真假参半"的原则。其中的人物形象和一些重要的情节多属虚构，更富于传奇色彩。第三类是历史演义蜕变为神魔小说。如《封神演义》虽来源于宋元讲史话本《武王伐纣平话》，有些史实的影子，但主要人物已是神魔或神化人物，专写神魔斗法故事。名为"演义"，实际上已失去了历史演义小说的基本涵义，成为神魔小说了。

## 二、历史演义小说的典型代表——《三国志通俗演义》

　　《三国志通俗演义》是中国文学史上第一部长篇白话小说，它的出现，对明清小说的创作产生了重大影响。《三国志通俗演义》虽然最后成书于元末明初，但三国故事的流传及其从历史到小说的演变，却经历了数百年的漫长历程。

　　中国历史上的"三国"，本身是一个龙腾虎跃、风起云涌的时代。这一时期是中国历史上军阀混战，三国鼎立，从统一走向分裂，又从分裂走向统一的历史时期，那是一个动荡的年代，也是一个英雄辈出的年代，产生了很多可歌可泣、可悲可叹的人物和故事。陈寿的一部《三国志》和裴松之的注就包蕴着无数生动的故事，为文学家的艺术创造提供了丰富的素材。

### （一）《三国演义》的成书及湖海散人罗贯中

　　从晋代起三国的人物和故事便在史学家和文学家的笔下得到再现，在民间众口流传。西晋初年陈寿写了《三国志》，南朝人裴松之又为陈寿的《三国志》作注，补充了许多陈寿在《三国志》中没有收录的有关三国时期的人物故事和逸闻。例如在《蜀书·先主传》中，裴松之就引用了《九州春秋》中所记载的关于刘备的一段故事，说刘备在荆州依附刘表，一次到厕所里去，发现自己髀里生肉，慨然流涕。刘表问他为何流涕，刘备回答说："吾常身不离鞍，髀肉皆消。今不复骑，髀里肉生。日月若驰，老将至矣，而功业不建，是以悲耳。"又引《世语》中的记载说刘表曾宴请刘备，其手下将领蔡瑁等人想趁机杀死刘备，被刘备发现，刘备假装到厕所去，偷偷逃了出来。他骑的马叫"的卢"马，因走得急，落在檀溪水中出不来。刘备急了，忙说："的卢，今日厄矣！可努力！"的卢马于是一跃三丈，跃过檀溪，使刘备得救。这类故事，后来被罗贯中写进了《三国志通俗演义》中。南朝时期的文人刘义庆在《世说新语》中，也曾收集记载了不少有关三国的人物和故事。如在《文学》篇中记录了曹植受曹丕逼迫写七步

诗的故事，在《捷悟》篇中记载了曹操在思维敏捷的较量中输给杨修的故事，在《假谲》篇中写了曹操使奸计骗人，说自己临危心动，故意杀近侍小人的故事等。说明在晋代和南北朝时期，三国故事已经为人所津津乐道。这些记载都为文学创作提供了丰富的素材。

隋唐时期，三国故事在社会上进一步流传开来。据杜宝《大业拾遗》记载，隋炀帝在水上看杂戏，就有曹操谯水击蛟、刘备檀溪越马的故事。唐代的很多诗人也通过诗歌吟诵三国的人物和故事，最著名的如大诗人杜甫的《蜀相》诗赞美诸葛亮："三顾频烦天下计，两朝开济老臣心。出师未捷身先死，长使英雄泪满襟。"杜牧《咏史》诗："折戟沉沙铁未销，自将磨洗认前朝。东风不与周郎便，铜雀春深锁二乔。"写的是周瑜和赤壁之战，发怀古之思与历史之感。晚唐大诗人李商隐在《娇儿诗》中写道："或谑张飞胡，或笑邓艾吃。"说明在当时民间已经在演述三国故事，已达到妇孺皆知的地步，只是因为缺乏文献记载，我们今天已经无从知道当时演说三国故事的具体情况。

到了宋代，随着市井间"说话"艺术的盛行，三国故事流传更广，甚至出现了专说"三分"（即三国故事）的著名艺人霍四究。宋人张耒在《明道杂志》中记载说："京师有富家子，少孤专财，而此子甚好影戏，每弄至斩关羽，辄为泣下，嘱弄者且缓之。"从这段记载可以知道，宋代的影戏已演出三国故事，而且还相当感人。据苏轼的《东坡志林》中记载："涂巷中小儿薄劣，其家所厌苦，辄与钱，令聚坐听说古话。至说三国事，闻刘玄德败，颦蹙有出涕者；闻曹操败，即喜唱快。"这说的是街坊上的小孩子特别顽皮，家长对他们颇为厌烦，就给他们钱，让他们去听说话人讲古代故事。每当说话人讲三国故事讲到刘备失败时，这些孩子就愁眉苦脸，有的甚至流出眼泪。当讲到曹操失败时，孩子们就高兴地拍手叫喊，非常痛快。这说明当时说话人讲述三国故事不仅生动，而且其中拥护刘备、反对曹操的情感倾向也已经很明显。

到了金元时代，三国故事被大量地搬上舞台，故事流传的形式主要是三国戏和《三国志平话》。据钟嗣成的《录鬼簿》与贾仲名的《录鬼簿续篇》记载，仅元代有关三国的剧目就多达四十余种。例如元代大戏剧家关汉卿就写有《关大王单刀赴会》与《关张双赴西蜀梦》两种剧。值得注意的是，这些剧不但鲜

中国古代小说变迁

92

明地拥刘反曹，而且确立了蜀汉人物的中心地位。

在元代至治年间，新安虞氏刊刻了《全相平话五种》，其中有一种为《全相三国志平话》，这部平话很可能就是当时说书人讲说三国故事所留下来的底本。它基本奠定了《三国演义》的故事框架。《平话》共有三卷，每卷又分为上下两栏，上栏是图像，下栏为正文，图文相配。第一卷从黄巾起义到董卓被杀；第二卷是献帝拜刘皇叔到赤壁之战；第三卷是刘孙争荆州到三国归晋。从它的内容看，三国的人物和故事已初具规模，主要人物的性格也基本定型，尤其是张飞的形象刻画得最为生动，占的篇幅也较多，具有草莽英雄的气息。另外，诸葛亮的形象也比较突出。只是书中多附会民间传说，如司马断狱的故事，带有明显的因果报应色彩，文字描写也较为粗糙浅陋，显然没有经过文人的润色和加工。从晋代到元代，三国的故事在民间的流传越来越广泛，情节越来越丰富，人物的性格也越来越明显。到了元代后期，成书的条件已经成熟，只等待着一个伟大的作家去发现它、完成它。

遗憾的是，在中国古代，人们视诗文为文学创作的正统，小说则被视为末技小道，受到轻视。小说家的社会地位也很低，他们的生平创作很少有人关注，正史中没有他们的位置，就是野史对他们的记载也是零篇断简，少得可怜。所以，每当人们要去研究古代小说家的生平与创作情况时，面对零星的材料，常会发出感叹。罗贯中的情况也不例外，有关他的生平材料现存很少，只是在明初贾仲名的《录鬼簿续篇》中有简单而较为可靠的记载。

关于罗贯中的籍贯主要有四说：一是太原人，二是杭州人，三是东原（山东东平）人，四是庐陵人。数十年来，以前两种说法为多，但迄无定论。今人刘知渐、王利器、沈伯俊、周楞伽等人均持东原说。从现有资料看，以东原说较为可信。

罗贯中的好友贾仲明说："罗贯中，太原人，号湖海散人。"在《录鬼簿续篇》中他说，罗贯中性格孤介，不擅与人交往，但很有文学才华。他与贾仲名是忘年交，元末天下大乱，两人天各一方，在至正甲辰会面之后，再也没有见过面。据此，有的研究者推测，罗贯中大约生活于1310年－1385年之间。徐渭说其与元末农民起义领袖张士诚关系密切，可见他的为人

处世不同常人。明人王圻《稗史汇编》载：罗贯中是"有志图王者"，比较关注政治和军事大事。甚至在那个动荡不安、群雄并起的社会中，曾试图奋起而称王。由此可见，罗贯中是元代末年一个有才华、有抱负、有雄心壮志的文人。他身经元末社会的动乱，具有一定的军事政治斗争的经验，有志于做拯救天下的英雄，安邦定国。然而，出于种种原因，他的这种英雄梦并没有在现实中实现，于是他就把雄心转化为创作的激情，通过文学创作抒发自己的人生理想，将现实的挫折升华为艺术的创造。他还是文学家施耐庵的学生，很有文才。总之，他是一个有抱负、有理想、有一定军事才能和深厚的文学修养的奇才，他具备了创作《三国演义》所需要的一切条件。只有到了罗贯中时，《三国演义》的故事才能最后完成。

除了《三国志通俗演义》之外，罗贯中还写了杂剧《宋太祖龙虎风云会》，歌颂了宋代开国皇帝赵匡胤的业绩；写了《隋唐志传》，歌颂了隋末唐初开基创业的帝王英雄；他还写了《残唐五代史演义》《三遂平妖传》等小说。

《三国志通俗演义》全书分为二十四卷，每卷十则，共二百四十则，每则用一句七言单句为题。这部书版本很多，现存的最早刊本是明嘉靖本。全书24卷，240则，题"晋平阳侯陈寿史传，后学罗本贯中编次"。它集中了宋元讲史话本和戏曲中的精彩部分，将元代的《全相三国志平话》全部加以改写（删去了荒诞的故事，增加了史实，扩充了篇幅），成为一部长篇巨著。此后，新刊本大量出现，但它们都只是在嘉靖本的基础上，作了一些增删、整理的工作，没有大的改变。到了清初，毛纶、毛宗岗父子对罗贯中的《三国志通俗演义》进行了改评，将原书的二百四十则改为一百二十回，回目也改为七言对句。另外，他们还对正文中的文字进行了某些改动，写有评语。书约成于康熙初年，比嘉靖本更加紧凑完整。现在人民文学出版社的版本，即根据这个本子重印，删去了评点。这就是我们通常所说的《三国演义》。

**（二）风起云涌的三国时代**

作为历史小说，《三国演义》是符合历史小说的要求的。其中有许多段落

中国古代小说变迁

都是根据陈寿的《三国志》而来。这就使这部小说基本上展示了三国时期一百多年的真实历史风貌，描绘出历史的发展轨迹，揭示了历史发展的规律，也合理地解释了历史现象，塑造了一大批历史人物，还原了历史真实，表达了民众的朴素愿望，正因为如此，它一直是下层民众了解三国历史的好教材。

作品深刻地揭示了统治阶级残忍、奢侈、功利和虚伪的本质。这是历代统治者的共同特征，是贬曹倾向形成的主要原因。

作品中董卓和曹操以残忍奢侈著称。董卓说："吾为天下计，岂为小民哉。"他杀百姓以充战功。杀洛阳富豪数千人以占有其财富。他建眉坞别墅，役民二十五万，其规模有如长安城，囤积粮食可用二十余年，选民间少女八百余人充实其中，金玉、彩帛、珍珠不计其数。曹操的人生格言是"宁教我负天下人，休教天下人负我"。他疑杀吕伯奢一家充分说明了他的残忍。他的父死于徐州，他便要杀徐州人以报父仇。曹操修建铜雀台费时三年，耗费巨资，以娱晚年。与此相补充的是大开杀戒的战争，到处充满了血腥和恐怖，到处是千里无人烟，出门见白骨。老百姓流离失所，饿殍遍地。

统治阶级廉耻的缺失和道德的沦丧，政治上的功利性和道德上的虚伪性，在作品中也表现得淋漓尽致。在一个社会动乱、权势欲膨胀的时代，传统的道德观、价值观完全失去了约束力，对功利的追逐取代了一切。《三国演义》中，上层社会的统治者已丢弃了温文尔雅的外衣，暴露出赤裸裸的狰狞面目。在他们之间，崇高、友谊、善良、真诚等传统道德都出现了危机。取而代之的是尔虞我诈、勾心斗角、你死我活。君臣父子、夫妻兄弟、朋友关系等一切，都被残酷的政治斗争和利益争夺所取代。甚至，连神圣的爱情和婚姻，也成了斗争的手段，一切美的东西，都在面对蜕变。王允献貂蝉，就是用貂蝉的婀娜多姿和甜言蜜语离间对手吕布和董卓，进而除掉董卓，达到清除奸臣的政治目的；袁术同意儿子娶董卓的女儿，是为了借吕布之手杀刘备，以消除自己的威胁；曹操嫁女儿给献帝，是为了进一步控制皇帝，达到"挟天子以令诸侯"的目的；刘备东吴招亲，也是孙权为了控制刘备，以索回荆州。

面对这样的残酷现实，作者也用自己的独特方式歌颂了理想的政治和健全的人格。

反映出当时的社会心理和人民的愿望。而这一点在作品中，主要体现在蜀刘政权上。作者把一切美好的、理想的东西都集中到刘备集团上，三国之争中曹操得天时、孙权得地利，刘备得人和。刘备的胜利，很大程度上是仁政和仁德的胜利。

自从儒学设计了"民为邦本"和仁政王道的蓝图，它就逐步沉淀为民族的社会心理和民族意识。千百年来知识分子为之奋斗，广大民众向往不已。刘备打出的就是这张牌，刘备的过人之处就在这里。刘备没有什么特长，智商一般，武艺平平，家境贫寒，虽有皇室血统，也早已远离了政治权力的中心，实际作用不大。在找到诸葛亮之前，犹如一只无头苍蝇，到处乱闯，其势力不但无法与曹、孙相比，也远不及刘表和刘璋。他的制胜的法宝，就是不同于曹操的仁德和仁政。具体的表现在：

第一，聚义。"义"是"仁"的一种外在形式。刘备建功立业的起点就是从"义"开始的，即"桃园三结义"。兄弟三人抱定"上报国家，下安黎庶"的理想踏上奋斗的征程。这样的"义"，从此就成了他们的行动指南和行为准则。他们兄弟三人用一生演绎"义"的内涵。"义"使他们的集团有了凝聚力，也有了号召力。

第二，爱民。刘备用其行动不断地为这句话作诠释。刘备的一生几乎是爱民的一生。刘备初为安喜县尉时，就以爱民而名声大噪。人们对他的评价是"与民秋毫无犯，民皆感化"。再为新野牧时，更是推行爱民政策，深得百姓好评。那里的百姓自编歌谣颂扬他："新野牧，刘皇叔；自到此，民丰足。"更为感人的是，当曹操来犯时，无力对抗，只好被迫转移。全城的百姓都舍家随他而去。部下劝他放弃，刘备却说：宁死也不抛弃百姓。至襄阳后，那里的老百姓也随其逃难，把一次军事转移，变成了一次浩浩荡荡的难民大迁徙。两地百姓还高呼："我等虽死，也愿随使君。"因此，很好解释，为何占领成都时，作为侵略者的他，却受到了老百姓的夹道欢迎。这个结果体现的正是"仁"的力量。益州别驾张松献西川地图给曹操，碰壁之后有意路过荆州西川，想看看刘备是否像人们传闻的"仁义远播久已"。他刚刚到郢州界口，刘备已经派赵云"轻装软扮"，带领五百余骑人马等候多时。相见后"军士跪奉酒食"，赵云亲自进敬，"松自思曰'人言刘玄德宽仁爱客，今果如此'。"来到荆州界道，天色已晚，而关羽却奉命"洒扫驿庭，击鼓相迎"，又"派上酒宴欢饮方罢"。第二天一早，刘备带领诸葛亮、庞统亲自来接，远远望见张松，便下马等候。这里把刘备集团礼贤下士、谦恭好客的风度分为不同层次，渐进深入地加以烘托和渲染，与张松的听闻相互印证，一下子就攫取了张松的心。他为刘备的"宽仁爱士"所感动，因而将西川地图献给了刘备，正如毛宗岗所说的："张松暗暗把西川欲送与曹操，曹操却白白把西川让与玄德。玄德以谦得之，操以骄失之也。"刘备留张松宴饮三日，却不提川中之事。十里长亭送别，玄德举酒酌松曰："甚荷大夫不外，留叙三日；今日相别，不知何时再得听教。"言罢，潸然泪下。张松自思："玄德如此宽仁爱士，安可舍之？不如说之，令取西川。"刘备先以言钓之。张松明确让刘备长驱西指，霸业可成时，他又一语漾了开去，表达了不忍夺"帝室宗亲"之心。张松听后，殷切地分析了益州这块宝地，已在他人觊觎之下，"今若不取，为他人所取，悔之晚矣"。直到这时刘备才流露出取川之难的想法，张松已在此刻，义无反顾地献出西川图本，上载"地理行程，远近阔狭，山川险要，府库钱粮"。如果说，刘备三顾茅庐从诸葛亮那里看到的西川挂图，启迪了战略意识，那么今天在这里看到的西川图本，则是战术上具体的打仗行军图了。至此，刘备集团迈开了向西川进军的坚实的一步。从中我们更深刻地体会到，刘备把仁义之术玩弄得烂熟，在道德的光环下，不知不觉地开拓进取，既不露痕迹，又名扬天下。

第三，平等的政治关系。刘备与部下、大臣是君臣——兄弟——朋友的关系，以义维持、以诚感人。对兄弟、大臣表现出大度和信任。关公过五关斩六将，克服重重阻力，来到他的身边，就是基于这种平等和信任。白帝城托孤的临终嘱托，令多少人泪流满襟。刘备曾自我总结说：今与吾水火相敌者，曹操也。操以急，吾以宽；操以暴，吾以仁；操以谲，吾以忠；每以操反，事乃可成。还说：吾宁死，不为不仁不义之事。历史完全证明了他的正确。

在《三国演义》中对所有的人物形象的塑造都是遵循着"人格上重忠义，才能上尚智勇"的原则进行的。

道德评判，是《三国演义》评价人物的一个重要标准。《三国演义》在人格的建构上，恪守的是以忠义为核心的道德标准。全书写人论事，都是以忠义作为尺度，区分

善恶、评定高下。一般不问其身处何方，也不论贵贱贫富，只要义不负心，忠不顾死，一律加以赞美。特别是对孔明的"忠"，关公的"义"，著者倾注了全部的感情，把他们塑造成了理想人格的化身。孔明竭尽忠诚，为刘氏政权流尽了最后一滴血，病死沙场。关公的义更是被渲染到了极致。这样的道德标准，比较多地体现了民众的理想和愿望。

《三国演义》中评价人物能力的一个标准是崇尚智勇。这是作为个人立身之本来肯定的。要走出乱世成为强者，必须要有智和勇。因此，作者对此给予了充分的肯定。小说中写得最多的，称颂的最多的除忠义者外，还有两类人：智者和勇者。各个政治集团都有一大批这样的人。

除此之外，《三国演义》像一幅卷轴画般展示了那段气势恢弘、波澜壮阔的战争历史。

作品描写的战争类型多种多样。进攻战、防御战、阻击战、心理战、新闻战（揽二乔于东南兮，乐朝夕之与共）、单骑突入、十里埋伏、短兵相接、铁骑漫卷、围而不歼、打而不追；以弱胜强、以强制弱；先胜后败、败中取胜；火攻水淹、虚张声势；离间计、假降计等等。

作品传授的战略经验值得后人借鉴。大量的战例告诉人们：战争不是简单的军事较量，而是政治、外交、智勇多种因素的综合。如奠定曹操在北方统治地位的官渡之战，改写历史的赤壁之战，安居平五路的外交战，还有从必然死亡中脱险的心理战——空城计。

# 三、《三国演义》的写作特点

## （一）历史的理想和迷茫

《三国志通俗演义》是一部历史演义小说，罗贯中是以三国时期的历史人物和事件作为基本素材创作这部小说的。因此，《三国志通俗演义》就与一般的小说有所不同，它具有"历史"和"文学"的两种特征和功能。这部小说用"依史以演义"的独特文学样式，描写了起自黄巾起义、终于西晋统一的近百年历史。"依史"，就是"事纪其实，亦庶几乎史"，对历史的事实有所认同，也有所选择、有所加工；"演义"，则渗透着作者主观的价值判断，用一种自认为理想的"义"，泾渭分明地褒贬人物，重塑历史、评价是非。统观全书，作者显然是以儒家的政治道德观念为核心，同时也糅合着千百年来广大民众的心理，表现了对于导致天下大乱的昏君贼臣的痛恨，对于创造清平世界的明君良臣的渴慕。这就是《三国演义》的主旨。因为它广泛而深入地反映了当时的社会生活，在作品中表现出极其丰富而复杂的思想，其思想内容主要有以下几个方面：

一是作品通过对三国时期各个政治集团之间军事、政治、外交事件的描述，生动形象地反映了当时各种斗争中所体现出来的经验和智慧。这些经验和智慧有些是可供我们去借鉴的。斗争的丰富多彩性不仅仅让人感觉紧张和好看，我们更能够从中看到人性的美与丑，看到人类的聪明才智，看到作者伟大的创造性。

二是作品真实地揭示了当时重重的社会矛盾和动乱不安的现实局面。在镇压黄巾起义的过程中，无数封建政治集团，发展了自己的政治军事力量，他们彼此征战，形成了军阀混战的局面，给人民带来了难以言说的深重灾难。我们不难从作品中看到作者对军阀罪恶的痛恨、对人民苦难的同情。修髯子在《三国志通俗演义·引》中所说的"欲知三国苍生苦，请听通俗演义篇"，就道出

历史演义小说

99

了全书的这一倾向。这部小说能帮助我们认识当时社会的黑暗和封建统治阶级的反动本性。

三是作品在一定程度上反映了动乱年代里人民群众的苦难生活与拥护统一的愿望。小说中虽然存在着"分久必合，合久必分"的历史循环论思想，但是，反对分裂、拥护统一的思想倾向，也是显而易见的。但是究竟应该由什么样的人或政治集团来统一天下，却是全书思想内容的关键。作者给我们广大的读者再现了当时封建军阀屠戮人民，劫掠百姓，从而使田园荒芜、生产凋敝、白骨如山，饿殍遍野的历史事实。作者对那些坚持分裂割据的军阀进行了无情的鞭挞和嘲讽。

作者在叙述和描绘历史人物时尽管有自己的感情倾向，但是他基本上能够如实地再现某些历史人物，比如曹操，作者虽然不赞成由他来统一天下，但在描写他同北方各个军阀进行斗争的过程中，却如实地描述了他的雄才大略。当然作者赋予曹操的主要还是奸诈、残忍、骄横、多疑的性格，罗贯中不仅写他"托名汉相，实为汉贼"的政治品格，而且还通过其残杀吕伯奢一家等情节体现了他的道德品格，从而为我们塑造了一个典型的以"宁使我负天下人，休使天下人负我"为信条的奸雄形象，使他成为封建统治者种种恶劣的品格的代表。而与曹操相对立的另一个军阀刘备，在作者的笔下，却具备了一个优秀的统治者所应该具有的一切美好的品质，成为一个"宁死不为负义之事"的理想中的贤明君主，与曹操形成了鲜明的对比。很明显，刘备及以其为首的蜀汉集团，正是作者及广大人民群众的政治理想和希望，他们希望能有像刘备那样的明君，像孔明那样的贤相，并由他们来实现统一天下的理想。当然，这样的理想和愿望并没有实现，刘备、诸葛亮以及他们的后继者都没有能够完成这一统一大业，因此，在小说中又具有了某种悲剧性色彩。作者生于元明易代的动乱之际，他在作品中表达这样的理想和愿望，也是一种深沉的寄托。作者本来寄希望于蜀汉，希望刘备和诸葛亮能够君臣际会，做出一番惊天动地的伟业，使自己和其他百姓能够安居乐业。这种反对分裂、主张统一的思想，不仅反映了广大人民的深切愿望，同时也符合历史发展的趋势，具有进步意义。

作者"尊刘贬曹"的感情倾向十分鲜明。陈寿的《三国志》是以魏为正统，

中国古代小说变迁

称颂曹操是"非常之人，超世之杰"；而罗贯中的《三国演义》则以蜀汉为正统，贬曹操为"治世之能臣，乱世之奸雄"。尊曹或尊刘，是史学家们长期争论的话题之一，但这只不过是封建正统观念在不同历史条件下的不同表现。《三国演义》中"尊刘贬曹"的思想倾向有其历史根源，也有作者的情感和主观因素，如何看待这一思想倾向，需要我们辨证地去看问题，需要我们能够从一个比较客观的角度站在一个历史的高度去评价这些历史人物和历史事件。

四是作者热情地歌颂了忠义、勇敢等人类优秀的品质。作品成功地塑造了一些杰出人物。关羽，作为蜀汉名将，不仅勇武，更重要的还是他的忠义。他在身陷曹营之后，不为金钱美色所动。为了寻找刘备，关云长千里走单骑，过五关斩六将，这里表现的是关羽对刘备的义重如山。为了进一步表现关羽的义，作者甚至写他华容道义释曹操，当然，这种"义"从一定意义上来说是以个人恩怨为前提的，并非是值得我们去推崇的国家民族之大义。还有能体现出这种勇敢和忠义的人物在作品中是很多的，如冒死救自己主公妻儿的常山赵子龙；如喜欢赤膊上阵拼死救曹操的许褚等等。

当然作品中也存在着明显的封建糟粕，这是不容置疑的事实。如在毛本中得到强化的历史循环观和正统的观念等等，这些都是有一定局限性、落后的封建主义历史观。另外，作品中也多处出现带有封建迷信色彩的描写，这些也是应予以否定和批判的。当然，这和作者所生活的时代和其认识自然、社会的能力有关，我们不应对作者有太苛刻的要求，我们还是应以其作品的整体价值为主，不能因点而否面。

## （四）气势非凡、波澜壮阔的历史画卷

罗贯中的《三国志通俗演义》取材于历史，同时在小说中将历史之实与艺术之虚巧妙结合依存，做到了虚实的有机结合，小说以非凡的叙事才能、全景式的战争描写、特征化性格的艺术典型塑造等突出的特色，取得了令人瞩目的艺术成就，成为中国古代历史小说创作中不可企及的高峰。

首先，《三国演义》在民间传说和

历史演义小说

宋元"讲史"的基础上，吸取和发展了说书人讲故事的艺术传统，善于组织故事情节、故事性强，且惊心动魄、引人入胜。

小说的结构，不仅宏伟壮阔而且严密精巧。《三国志通俗演义》的战争描写，继承了从《左传》到《史记》中的战争描写传统，并加以发扬光大、创新提高。全书写了大小几十个战争场面，其中有两军对阵的厮杀，也有战略战术的运用；有以少胜多的范例，也有出奇制胜的妙计；有水战，也有火攻。每一个战争场面都写得具体而生动，形式多样而不呆板，表现出战争的复杂多变。比如诸葛亮七擒孟获，七放七擒，每次擒拿孟获的形式都不一样，而他的六出祁山，也各自不同。再如用火攻的战例，诸葛亮火烧新野用的是火攻，周瑜在赤壁之战中火烧战船用的是火攻，陆逊大破刘备同样也是用的火攻，可每次战争的形势不同，敌我双方的力量不同，所用的火攻也就有所差异。

其次，在创作历史小说中，首先要解决的问题，就是"虚"与"实"的构思安排。《三国演义》是在依据史实、博采民间各种传说的基础上加以创造而成的。它虚实结合、构思巧妙。可以说《三国演义》是七分实写三分虚写，也就是说整部作品的主干、框架基本上是史实，而具体的情节与人物性格往往是虚构的。这部小说所描述的时间长达近百年，人物更是多至千人，事件也是错综复杂、头绪纷繁。而描述的历史事件和人物不仅仅要做到虚实结合，同时还要注意增强故事和人物的文学性和艺术性。我们可以看到，作者在结构的安排上是有很大困难的。但是作者却能写得井井有条、脉络分明，从各个章回看，基本上都能独立成篇，而从全书来看，又是一个非常完整的艺术整体。这都得力于作者的宏伟而巧妙的构思。罗贯中以蜀汉政权为中心，以魏、蜀、吴之间的矛盾纷争为主线，来展开全书的故事情节，情节既曲折多变，又前后连贯；线索既有主有从，而又主从密切配合。

再次，小说成功地塑造了一大批栩栩如生的人物形象。特别是其中的主要人物，无不个性鲜明、形象突出、有血有肉。罗贯中描写人物，善于抓住人物的基本特征，突出其某个方面，加以夸张，并用对比、衬托等手法，使人物个性鲜明生动。这是作者塑造人物的一条基本方式。小说中运用这一方式的最好说明，就是被人们称为"三绝"的曹操、关羽和诸葛亮，即曹操的"奸绝"——奸诈过人；关羽的"义绝"——"义重如山"；诸葛亮的"智绝"——机智过人。作者在刻画人物时，往往是把人物放在惊心动魄的军事、政治斗争中，放在尖锐复杂的矛盾冲突中来塑造，通过一系列的故事情节和人物语言表现其复杂的性格。曹操、关羽、诸葛亮，之所以被称之为"三绝"，就是因为他们的个性特征是非常突出的。作者通过在某一事件中，一些才智相当的人物之间的较量来表现人物的性格。例如在赤壁大战中，诸葛亮的对手，既有老谋深算的曹操，又有俊雅多才的周瑜，而诸葛亮的智慧和才干特别是他的预见性，恰恰是在战胜这些强大对手的过程中得到了充分的展现。再有就是在空城计的故事情节中，诸葛亮的另一个强大对手司马懿也是一个才智高绝的智者，诸葛亮的智慧又一次在与强者的对决中得到完美表现。

最后，作者以大量的篇幅描写了大大小小四十余场的战争，成为描写古代战争场面的典范作品。作者在作品中给我们展现了一幕幕惊心动魄的战争场面。在这些场面中尤以袁曹的官渡之战、魏蜀吴的赤壁之战、蜀吴的彝陵之战最为出色。对于决定三国兴亡的几次关键性的大战役，罗贯中总是着力描写，并以人物为中心，描绘出战争的各个方面，特别是对战前双方或多方准备情况的描写，敌对双方如何使用战略战术，如何排兵布阵，如何打探虚实，如何利用对方的弱点等，都描绘得十分生动逼真。因此，我们所读到的战争场面丰富多彩，千变万化，各具特色，充分地展现了战争的复杂性和多样性。

如赤壁之战，共有9回的篇幅，前三回集中写双方的战略决策，在曹魏近百万大军的威胁下，诸葛亮奔走于夏口、柴桑间，争取与东吴结盟；而孙吴政权内部也展开了激烈的辩论，主战和主和各执一端、互不相让，最终孙权由狐疑不定到誓死抗战；诸葛亮舌战斗智，激将等法齐用。整个决策过程跌宕起伏、变化莫测。在战争进程中，又出现了孙、刘之间又联合又斗争，东吴政权内部主战主和的矛盾；主战派内部周瑜、鲁肃对待同盟军不同策略的矛盾。作者把政治斗争与军事斗争结合起来，使战略决策的描写具有更深刻的内涵。

三国演义中，人物斗智斗勇相结合，并进

一步突出孙刘联军战术运用的正确，进而揭示战争胜利的原因。作者紧紧抓住了北方人不习水战这一重要线索，描写蜀吴联军如何扬长避短、变劣势为优势；而魏军又如何想方设法摆脱不利因素，但终因种种失误而导致失败。在这场战争的整个过程中，可以说是奇计迭出，首先是周瑜利用蒋干进行反间计，除掉深谙水战的蔡瑁和张允；然后是庞统献连环计；之后是黄盖的苦肉计等等，这一切战术谋略的运用，都进一步增强了作品的艺术可观性。

我们从作者的描绘中既能看到战争的激烈、紧张、惊险，而又不觉得战争的凄惨，往往具有昂扬的格调，有的还表现得从容不迫、动中有静、有张有弛。作者所追求的艺术效果，并不是给我们展现战场和战争的热闹，而是表现那些将帅们在战争中的智慧和思想。

除此之外，作品的语言、文风也颇有特点。小说语言精练畅达，通俗晓畅。当然在今天来看，这部小说的语言似乎半文不白，但在当时它却和老百姓的日常口语白话相当，作者采用这种文字来写长篇小说，可以说是一种创举，是一个明显的进步。

当然，《三国演义》在艺术处理上也有一些比较明显的不足。这主要体现在人物塑造方面，作者为了突出人物的某一性格特点而写得太"过"，也就是有些想象和夸张运用得不尽合理，产生了过犹不及的效果。鲁迅先生曾对此做过比较中肯的评价，他说："至于写人，亦颇有失，以致欲显刘备之长厚而似伪，状诸葛之多智而近妖。"（《中国小说史略》）另外，就是一些宣扬宗教迷信方面的情节，显然也是艺术上的重大缺憾。

# 四、《三国演义》的人物脸谱

在具体的故事叙述和人物描写中，罗贯中在不违背历史精神的原则下，对三国时期的历史和人物进行了特殊的艺术再现，进行了合理的改造和虚构。全书所写人物共有四百多人，成功的有十几人，其中性格最鲜明、特征最突出的是"三绝"。

## （一）"奸绝"曹操

曹操是书中刻画最成功的人物，他具有深广的内涵和鲜明的特征。是一个在价值和道德判断上彻底否定的人物，也是美学评判上不朽的典型。被称为"古今第一奸雄"。

他是一个经典的阴谋家和野心家，身上集中了人类社会的一切丑恶和罪孽。年轻时许邵为其看相，预言说他是"治世之能臣，乱世之奸雄"。曹操听了之后，激动不已，每天盼望动乱的到来。最能体现其残暴本性的是大量杀人。他假装中风诬叔，初尝奸诈的甜头，获得了自由空间。他的杀人方式繁多、富有创意。例如他借谋反杀人：除掉政治对手，扫清夺权障碍，展示出无中生有、造谣的力量。仅一次就杀掉了伏皇后、董贵妃、马腾、伏完、吉平等七十余个强劲对手和七百余个无辜者，连怀孕五个月的妇女也不放过。他因疑而杀人，例如华佗、吕伯奢、蔡瑁、张允。他借刀杀人，例如杀祢衡就是为了泄私愤。他梦中杀人，例如杀仆人是为了保护自己。他酒后杀人，例如他杀刘馥就是为了警告别人。他因忌而杀人，最典型的例子就是杨修。

曹操的狡诈善变不仅体现在他对待自己的部下上，连朋友也不放过。他谋划刺杀董卓，由刺杀到献刀，由凶相到媚态，在瞬间完成角色的转变，不露声色，入情入理，非常人所能做到，免去了一场杀身之祸，又获得了英雄的美名。他释放张辽，张辽被擒归来，先是拔剑在手，定要亲自杀掉张辽，此

历史演义小说

时，刘备挽住他手，张飞跪求于前，他立即明白了杀张辽弊大于利，瞬息之间，电击雷轰的脸上变得春风荡漾，掷剑在地"亲释其缚，解衣衣之，延之上座。"这一招效果明显，既收买了人心，又延揽了大将。

他看上去似乎哭笑无常，但是哭笑的时机掌握得恰到好处。赤壁之战后三次中埋伏时的三次大笑，以激励将士们的勇气和斗志，逃出重围后，真正地解除了危机，却捶胸顿足地大哭了一次，大哭早死的郭嘉："如郭奉孝不死，哪有今日之败！"这一哭，既祭奠了死者又骂了生者，具有深意。

他可以随便说谎。官渡之战时与许攸的对话就可以表现出来。"可支一年""半年耳""三个月"。即使对别人的真诚，也使用谎言，一点也不脸红，训练有素。

但是，说曹操是一世枭雄，也就是肯定他英雄的一面，毛泽东就评价说："曹操是一个英雄。他有头脑、有眼光、有胆略、有气魄、有自信，文才武略，样样超人。青梅煮酒，以英雄自诩；横槊赋诗，以周公自比。他眼光远大、识才重才。例如，识关公于弓马手之时，说服袁绍让关公出战，斩华雄前斟酒壮行；始终与关公交好，最后终于在华容道被关公义释。他识刘备，在青梅煮酒论英雄之时，就曾经说：'天下之英雄，惟使君与操耳！'他还曾说：'生子当如孙仲谋。'毛宗岗说：'操爱才如此，焉有不得天下？'"

在三国人物中，无论在政治上，还是在军事上，曹操都算得上是一位出色的智者。他一生打过许多漂亮仗，最能体现其智慧的是一些败中取胜的战斗。如败中取胜的濮阳之战、以少胜多的官渡之战等等。

总之，曹操是奸和雄的结合体，同时又是刘备的衬托者。他虽奸犹雄、以奸显雄、奸得可爱、奸得有趣。唯有他的奸，才更能反衬出刘备的仁。

## （二）"忠绝"关公

关羽是按照社会理想塑造出来的典型，因此获得了社会各阶层的喜爱和尊

中国古代小说变迁

重，官方和民间都修关帝庙，各行各业的人都敬奉关公。关公是一个超时代、超阶级的艺术典型。

他神勇无敌。他战胜敌人不是靠力量、武艺、技巧、战术，而是凭一种磅礴的气势，任何强大的敌人在他的面前只有引颈就戮的份。华雄、颜良无不如此。斩颜良，刀起头落，干净利落；死后还能显灵，使曹操落下了头痛的毛病。他坚持大义。他有信用、待人忠诚，一生履行着自己的诺言，追随刘备，过五关斩六将投奔刘备，死后化为神还在为蜀汉出力。他超越了集团和阶级的利益，义释曹操。这也使他得到了各阶层和各类人的崇敬。官方的、民间的、正义的、邪恶的，甚至连小偷、强盗也敬之若神。

但是这样一个人物身上也有弱点，最致命的一点就是他的傲气。因为他听不进意见，导致了自己败走麦城而丢失荆州。因此，关公的悲剧是性格的悲剧。

### （三）"智绝"诸葛亮

诸葛亮是《三国演义》的第一主角，小说中有七十回以他为核心。

他的身上集中华民族的智慧于一身，天文、地理、人文、历史、国计民生，无所不知、无所不晓。他的智集中了中国传统文化的精华，是一种融会贯通的大智慧。隆中对策中充满了辩证法和老子的思想和智慧。他谈到的"两可两不可"和曹操由弱而强、袁绍由强而亡的想法充满了辩证法。他告诉刘备什么该为，什么不该为。聪明是一般的智慧，我们的生活中并不缺乏聪明者。具有大智慧的人，一个时代不会很多。这主要指具有战略眼光的人。大智如"隆中对策"未出茅庐而尽知天下。中智如赤壁之战，七擒孟获，都是最能体现诸葛亮智慧的章节。如果说"隆中对策"只是一种设想，那么赤壁之战则是具体实施。小智如借东风、缩地法、祭水、木牛流马、八卦阵等。

诸葛亮的智慧有两个来源，一是丰富的知识储备，二是已有知识的融会贯通。这样，当作者把那些子虚乌有的东西加在他身上时，显得那样自然可信。

诸葛亮是忠诚和道德的化身。作为两朝元老，他一片忠诚。一旦选定明君，终身追随。白帝城托孤后，竭尽全力辅助幼主，从未生篡位之心；六出祁山，明知不可为而为之，最后病逝沙场，履行了"鞠躬尽瘁，死而后已"的诺言。他又是道德的楷模，在他的身上体现了中国的传统美德。不居功、不争功、不记恨，任劳任怨。误用马谡，自贬三级，还能重用马谡儿子；西取成都，让庞统建功；尽管妻子丑陋，但却忠于爱情。

总之，三国演义塑造人物形象的特点主要是突出人物主要性格，即特质型性格（单一化、类型化、定型化、终极型），性格特征比较单纯、稳定，犹如雕塑，给人以强烈而深刻的印象，同时也有程式化、脸谱化、简单化的不足。

人物一出场就已定型。曹操之奸、关羽之忠、诸葛之智。这些性格的形成不需要理由，也不需铺垫，为鲜明而失真。但是他描写人物用反复渲染的方法，用同一性质的事不断堆积，造成放大效应，也起到突出效果的作用。在描写的细节上也注意加强。例如关公斩华雄归来"其酒尚温"的细节，加强了其神勇的性格；张飞在长坂坡桥上的三声大喊，使夏侯霸跌下马来，肝胆俱裂，百万曹军，人如潮退、马如山崩的细节，大大突出了张飞勇猛的性格特征。如此刻画人物，与故事的流传经历了说书和话本的阶段有很大的关系。因为只有这样，才能加深听众的印象、留下记忆。

# 五、《三国演义》的故事及影响

## （一）流传至今的三国故事

### 1. 桃园结义

东汉末年，朝政混乱，再加上连年的天灾人祸、各地战乱，人民生活非常困苦。刘备有意拯救百姓，张飞、关羽又愿与刘备共同干一番事业。桃园三结义是《三国演义》中的第一个故事。我们也会从作品中真正感受到刘、关、张三人的兄弟情义，甚至只要有人提起刘备、关羽和张飞，人们自然会想到他们当年在张飞庄后那花开正盛的桃园，备下白马青牛，祭告天地，焚香结义，宣誓结盟的动人场景。桃园结义从此成为人们千古传诵的故事，后来也不乏其人一次次地效仿刘、关、张焚香结义。刘、关、张之间建立的这种兄弟忠义也是中国几千年来为人们所称道的良好品性之一。

### 2. 三让徐州

这个故事见于《三国演义》第十一回："刘皇叔北海救孔融，吕温侯濮阳破曹操。"这是展现刘备仁义性格的一个典型故事。在汉献帝初平四年（183年），曹操割据了兖州，曹操派泰山太守应劭前往琅玡迎接其父曹嵩及家人百余口到兖州。在途经徐州时，徐州牧陶谦为交好曹操特派都尉张闿护送曹嵩一行。不料张闿杀死曹嵩及其家人，席卷财物而去。于是曹操便把账记在陶谦身上，以为父报仇为名，发兵攻打徐州。

陶谦面对兵临徐州城下的曹操大军，自知难以御敌，便采纳别驾从事糜竺的建议，请北海相孔融、青州刺史田楷前来相救。孔融请刘备同去救陶谦。刘备遂欣然带领关羽、张飞、赵云和数千人马奔赴徐州。

刘备率军在徐州城下与曹军将领于禁小试锋芒，初战告捷，使久被曹军围困的徐州暂时缓解了危机。于是陶谦急令将刘备迎入城内，盛宴款待。陶谦席间便主动提出将徐州让给刘备，说：

"当今天下大乱，国将不国；公乃汉室宗亲，正当为国出力。老夫年迈无能，情愿将徐州相让。公勿推辞。我当自写表文，申奏朝廷。"刘备闻言愕然，急忙推辞说："我虽是汉室苗裔，但功德不足称道，任平原相犹恐不称职。我本是为了义气前来相助。您这样说，莫非怀疑我有吞并之心？"陶谦表白说："这是老夫推心置腹之言，绝非虚情假意。"但刘备只是推辞，终不肯接受。糜竺见两人再三辞让，便说："现在兵临城下，且当商议退敌之策。待事平之后，再议相让不迟。"于是刘备写信给曹操，希望曹操以国家大义为重，撤走围困徐州之兵。恰好这时吕布攻破兖州，进占濮阳，威胁曹操后方。因而曹操便顺水推舟，卖个人情，接受刘备建议，退兵而去。

陶谦见曹军撤走。徐州转危为安，便差人请刘备、孔融、田楷等入城聚会，庆祝解围。饮宴既毕，陶谦再向刘备让徐州。刘备说："我应孔融之约救援徐州，是为义而来。现在若无端据有徐州，天下将以为我是不义之人。"糜竺、孔融及关羽、张飞等皆纷纷劝刘备接替陶谦治理徐州。刘备苦苦推辞说："诸位欲陷我于不义耶？"陶谦推让再三，见刘备终不肯受，便说："如您必不肯受，那就请暂驻军近邑小沛，以保徐州，何如？"众人也皆劝刘备留驻小沛，刘备方始同意。

不久，陶谦染病，日渐沉重，便派人以商议军务为名，把刘备从小沛请来徐州。陶谦躺在病榻上对刘备说："今番请您前来，不为别事，只因老夫病已垂危，朝夕难保；万望您以汉家城池为重，接受徐州牌印，老夫死亦瞑目矣！"刘备说："可让您的二位公子接班。"陶谦说："其才皆不能胜任。老夫死后，还望您多加教诲，千万不能让他们掌握州中大权。"刘备还是辞让，陶谦便以手指心而死。举哀毕，徐州军民极力表示拥戴刘备执掌州权，关羽、张飞也再三相劝。至此，刘备才同意接受徐州大权，担任徐州牧。

3.煮酒论英雄

这个故事出自《三国演义》第二十一回，当时曹操挟天子以令诸侯，势力如日中天、意气风发、雄心勃勃；刘备虽为汉室宗亲、贵为皇叔，但当时却势单力薄、寄人篱下。刘备非常了解曹操的为人，为防曹操起疑心，对自己不利，他不得不实行韬晦之计。他整日在住处后园种菜，亲自浇灌，给人以胸无大志、与世无争的印象。刘备的两个义弟却并不理解其打算，抱怨其不留心天下大事，却学小人之事。

但曹操对刘备却是礼敬有加，从刘备投奔他那天起，就对刘备非常客气。曹操当时也是想试探刘备是否有称霸之心，所以有一天，刘备正在后院浇菜，曹操派许褚、张辽等人去请刘备到府中一叙，刘备无法揣测曹操的用意，有些惴惴不安，只得一同前往入府见曹操。曹操却笑对刘备说，"在家做得好大事！"刘备听到此话吓得面如土色，曹操执其手走入后园，说："玄德学圃不易！"刘备方才稍稍放心下来。曹操说，适才看见园内枝头上的梅子青青的，想起一件往事，今天见此梅，不可不赏。又值煮酒正熟，故邀使君小亭一会。刘备听到这里后心神方定。刘备随曹操来到小亭，二人对坐，于是便将盘内青梅放在酒樽中煮起酒来了，二人开怀畅饮。酒至半酣，忽阴云密布，骤雨将至。从人遥指天上有云似龙，曹操与刘备凭栏观之。于是曹操大谈龙的品行，又将龙比作当世英雄，说："龙能大能小，能升能隐；大则兴云吐雾，小则隐介藏形；升则飞腾于宇宙之间，隐则潜伏于波涛之内。方今春深，龙乘时变化，犹人得志而纵横四海。龙之为物，可比世之英雄。玄德久历四方，必知当世英雄。请试指言之。"于是问刘备，请你说说当世英雄有哪些，刘备佯装胸无大志的样子，列举了几个人，但都被曹操一一否定。曹操说："夫英雄者，胸怀大志，腹有良谋，有包藏宇宙之机，吞吐天地之志者也。"并说："今天下英雄，唯使君与操耳！"刘备听到此处，大吃一惊，手中拿的筷子不觉掉在地上。恰在此时骤雨降下，雷声大作。刘备借机俯身拾起筷子，并说是因为害怕打雷，才掉了筷子。曹操见此方才不疑刘备。后来刘备自请带兵伏击袁术，曹操应允，刘备趁机逃离险地。

4. 三顾茅庐

三顾茅庐是指三国时刘备三次到诸葛亮住处请他出山辅佐自己的事。在《三国志》中对此仅有"凡三顾，乃往"的简略记述，而到了罗贯中的《三国演义》则对这一事件进行了详细的描述，进而体现出诸葛亮的重要性。

历史演义小说

207 年冬至 208 年春，刘备占据新野，在徐庶和司马徽的推荐下，带着关羽、张飞，三次到南阳（今湖北襄阳隆中）拜访诸葛亮。第一次来到茅庐时，诸葛亮已外出，三人无功而返；数日后，刘、关、张二顾茅庐，却只见到诸葛亮的弟弟诸葛均，得知亮已出游，刘备留下一笺，表达了自己的倾慕之意。一段时间之后，刘备与关羽、张飞三顾茅庐，恰逢诸葛亮在家，但昼寝未醒。刘备于是吩咐关羽、张飞两位在门外等候，自己则徐步而入、立于阶下，直等到诸葛亮醒后，方才相见。诸葛亮非常感慨于刘备的诚心，于是便有了"隆中对"的一幕。

所谓隆中对，即诸葛亮在刘备三顾茅庐时，根据自己对当时政治形式的观察，为刘备详细分析了当今的天下形势，并依据刘备的实际情况而提出了相应的战略对策：首先是要有自己的立足点，占领荆州、益州，然后就是东和孙权，北拒曹操，形成鼎足而立之局，继而再图取中原的战略构想。历史上把诸葛亮的这次精辟的对形势的分析称为"隆中对"。

5. 携民渡江

刘备、诸葛亮在新野大败曹军后，移驻樊城。曹操为了报仇，分兵八路，杀奔樊城而来。曹军势大，刘备兵微将寡，樊城池浅城薄，诸葛亮料定抵挡不住，便劝刘备放弃樊城，渡过汉水，往襄阳退去。刘备不忍抛弃跟随多时的百姓，就派人在城中遍告："曹兵将至，孤城不可久守，百姓愿随者，可一同过江。"城中百姓，皆宁死相随。刘备令关羽在江边整顿船只。百姓拖家带口，扶老携幼、号泣而行，两岸哭声不绝。刘备在船上见此情景，心中悲恸不已，哭道："为我一人而使百姓遭此大难，还有什么脸面活在世上！"说罢，就要投江自尽。左右急忙抱住，从人见状，莫不痛哭。

刘备到了南岸，回顾江北，还有无数未渡江的百姓望南招手呼号。刘备急令关羽催船速去渡百姓过江。直到百姓将要渡完，方才上马离去。

携民渡江这件事，使刘备爱民的名声在中原地区广为流传。后人有诗赞之曰："临难仁心存百姓，登舟挥泪动三军。至今凭吊襄江口，父老犹然忆使君。"

### 6. 草船借箭

这个故事出自《三国演义》第四十六回："用奇谋孔明借箭，献密计黄盖受刑"曹操在平定北方之后，意气风发，于是凭借强大的兵力想一举统一江南。于是出现了东吴与刘备联合抗曹的局面，而蜀吴联军弓箭缺乏，于是周瑜想借机除掉自己的心腹之患诸葛亮，便命诸葛亮十日内制造十万支箭。而诸葛亮却说只需三日便可完成任务，并立下军令状。鲁肃非常爱诸葛亮之才，特意来见诸葛亮，与其商量对策，诸葛亮却表现出胸有成竹的样子，但是他第一天不见动静，第二天依然没有任何行动。到了第三天四更时分，诸葛亮密请鲁肃到其船上，与其把酒闲叙。同时，命令军士把二十条船用绳索连好，并在船上扎满草人，向曹营进发。恰在此时，江上大雾弥漫，即使是近在咫尺也很难辨清事物。到了五更时分，诸葛亮的小船队接近曹营。于是诸葛亮命令军士们在船上擂鼓呐喊，佯装来偷袭。无奈江上雾大不能视物，曹军只好调遣三千弓箭手向船上射箭。而当草人身上密密地插满箭时，天已即将破晓，诸葛亮于是下令收船回营。并命军士们高声叫喊："谢谢曹丞相的箭！"高高兴兴地回到自己的驻地。回营之后，诸葛亮命人把箭取下进行点数，十万有余。诸葛亮于谈笑间完成了别人认为根本无法完成的任务。

### 7. 过关斩将

建安五年正月，车骑将军董承等刺杀曹操的计划泄露，董承、王子服、种辑皆被屠灭三族，唯参与密谋的刘备侥幸逃脱，且势力越来越大。曹操亲自征讨刘备，刘备惊悉曹操军将至，亲率数十骑出城观察，果然望见曹军旌旗，只得仓促应战，被曹军击溃，刘备妻子被俘。曹操接着攻陷下邳，迫降了关羽。刘备则逃到邺城投奔了袁绍。曹操赞赏关羽为人，拜其为偏将军，礼遇甚厚。不久却觉察关羽心神不定，无久留之意，便对与关羽关系甚好的张辽说："卿试以情问之。"张辽去问关羽，关羽叹息道："吾极知曹公待我厚，然吾受刘将军厚恩，誓以共死，不可背之。吾终不留，吾要当立效以报曹公乃去。"张辽将关羽的这番话转告曹操，曹操听说后，不但没有怨恨关羽，反

而认为他有仁有义，更加器重他。曹操备赞关羽的勇武，对他重加赏赐，封他为汉寿亭侯（汉寿，地名；亭侯，侯爵名）。关羽斩杀颜良后，曹操知其必去，遂重加赏赐。关羽把曹操屡次给他的赏赐都封存妥当，把汉寿亭侯的印绶挂在堂上，给曹操写了封告辞信，保护着刘备的家小，离开曹营，到袁绍军中寻找刘备。曹操将士闻后，要去追赶，曹操劝阻说："彼各为其主，勿追也。"

从关羽被擒到他立功报曹、重新投奔刘备，这段经历始终口耳相传，流传深远。到《三国演义》，则形成了一个花团锦簇、精彩纷呈的故事单元，包括关公屯土山约三事（降汉不降曹；礼待二嫂；一旦得知刘备下落，便当辞去）；曹操厚待关羽，小宴三日，大宴五日；曹操赠袍，关羽穿于衣底，上用刘备所赐旧袍罩之，不敢以新忘旧；曹操赠赤兔马，关羽拜谢，以为乘此马，可一日而见刘备；关公斩颜良；关公挂印封金；过五关斩六将，古城兄弟相会等。在中国，很少有人不知道这段故事。

8. 刮骨疗毒

这是《三国演义》中又一个关于关羽的故事，它让我们看到了一个战神关公，他的勇气和毅力是普通人所无法想象的。关羽与曹仁军队对峙，将其围在城中，在其攻打樊城时，关羽亲自在城下骂阵。曹仁命令弓箭手射箭，关羽右臂中箭，于是收兵回营。手下将领劝说关羽回荆州疗伤，但是关羽却说不能因为自己的一点点小伤就耽误国事，坚决不肯回去。实际上关羽中的箭头有毒，而且毒已入骨，关羽的胳膊变得青肿且活动不便。于是众人只好到处寻找良医。有一天，一个自称为华佗的医生来到营中，他说自己听说关公中了毒箭，特意前来为其医治。关羽因右臂疼痛非常，于是和马良下棋来分散注意力。关羽非常清楚当时的情形，自己如果暴露出疼痛的表情，将会让将士们军心大乱。

华佗在看过关公的箭伤后，说：关公的箭伤如果再不治疗，也许右臂就会废掉。同时他也提出了自己的治疗方案，那就是得把关羽的手臂牢牢缚在柱上，把头蒙住，然后用刀把皮肉割开直至见骨，再慢慢地刮去骨头上的毒，敷上良药，再用线缝合，这样才能治好箭伤，只是担心关羽会受不了疼痛。关羽听了

中国古代小说变迁

之后，笑着说自己并不是凡夫俗子，并不怕痛，更不用把手臂绑起来。于是关羽先命人为华佗备上酒菜，并陪着华佗吃了一会。关羽伸出了自己的右臂，说："请先生现在为我疗伤，我照样下棋取乐，并请先生不要见怪。"于是华佗也不好再说什么，随手取出一把尖刀，让人在关公的臂下放上一个容物器皿，很准确地下刀把关公的皮肉割开。关羽则是吃喝如常、谈笑风生地和马良下棋。华佗手法娴熟地操着刮刀，在关羽的臂骨上来回刮着毒血，还发出悉悉的声音，从关羽右臂流出的血几乎注满了整个器皿。蜀国将士们见到这情景，都不禁掩面失色，不敢多看。只有关羽一人仍是下棋不语，面不改色。之后不久，华佗用其精良的医术为关羽疗完伤，并把伤口缝合。关公大笑着对众将说："我的手臂已伸展自如，一点也不觉得疼了！"并赞华佗真是真神医。华佗则大赞关羽道："我从医一生，从未见过关将军这样的人物。"并称其为真天神。这个故事可以说是《三国演义》中非常经典的一个小故事，尽管有些夸张，但我们不难看到，关羽神一般的英武之姿。

### 9.走麦城

219 年，蜀国名将关羽大意失荆州，迫不得已退守麦城，在此上演了一场千古悲剧。这就是关羽败走麦城的故事，麦城也因此闻名中外。但令人遗憾的是，三国时期的古麦城，却在清代被沮水、漳水吞没。现在，古麦城的东半部已成为沮河河道，西半部仅残存一道土堤，被人们称为麦城堤。古麦城的建筑早已荡然无存，我们只有从当地人在故址立的小石碑上去寻找一些追忆。

219 年 7 月，受刘备取汉中上庸胜利的鼓舞，关羽北上攻打襄樊，与曹仁大军对峙与此。曹操于是派于禁率军助曹仁攻打关羽的军队，同时又命徐晃率军进驻宛城。8 月，关羽围吕常于襄阳，围曹仁于樊城，擒于禁，魏兵大败。关羽及其所属军队威震一时，有一种势不可挡之势，进而增添了关羽的自满情绪。

曹操听取司马懿等人的意见，与孙权结成魏吴联盟，同时命徐晃率军救曹仁，并命名将张辽火速救援曹仁。孙权因关羽屡次冒犯自己并掠取自己的利益，因此决定趁此机会除掉关羽，夺回荆州。于是他故意派陆逊代吕蒙，关羽大意，于是调走荆州的部分守军；

闰十月，孙权令吕蒙率军袭击关羽的大本营江陵，孙皎为后继，又派蒋钦督水军进入汉水，防关羽从水路逃走。吕蒙至公安，迫使蜀国守将傅士仁投降，并让傅士仁劝降了江陵守将糜芳，厚待关羽将士眷属，安抚城中百姓。与此同时，徐晃的军队也已到达前线，并于曹仁取得了联系，魏军士气大增。徐晃乘机大举进攻关羽，关羽军心不稳，又有箭伤在身，被徐晃打败。关羽节节败退。关羽的士兵被吕蒙逐步瓦解，后关羽在关平劝说下到麦城驻扎，并派廖化到上庸向刘封、孟达求援。刘封听了廖化哭诉后，本想前去解救关羽，但孟达却尽说关羽的是非，致使刘封改变初衷。廖化见哭诉无用，只好往成都去求救。

在孤立无援情境之下，关羽不愿困死麦城。决定突围前往西川。关羽率关平等人从麦城北门冲出。没走多远，遭遇朱然的伏兵，关羽逃往临沮。行到决石又遇潘璋引伏兵截路，将关羽等人用绊马索绊倒，关羽被马忠活捉。因不肯投降，后被孙权斩首。吴国谋士张昭向孙权献嫁祸之计。孙权依计把关羽的首级送给曹操。曹操识破孙权的用心，将关羽的首级配上沉香木身躯，用王侯之礼安葬了。英雄盖世的关羽就此结束了他的一生，也留给了后人无尽的遗憾和评说。

10. 空城计

这个故事出自《三国演义》的第九十五回："马谡拒谏失街亭，武侯弹琴退仲达"这是小说中描绘诸葛亮多智的一个典型场景。当时曹魏大将司马懿挂帅进攻蜀国的街亭，诸葛亮错用马谡而导致兵败失去这一咽喉要地，进而使曹军进攻蜀汉的大门大开，诸葛亮也因此而挥泪斩了马谡。而曹魏的司马懿则率15万大军乘胜而进，直逼蜀汉的西城，而当时诸葛亮手中没有一员大将，只有2500名士兵和一些手无缚鸡之力的文官，根本无力迎敌。众人听到司马懿带兵前来的消息后都大惊失色，但诸葛亮登城楼观望后，对众人却说："大家不要惊慌，我略用计谋，便可教司马懿退兵。"于是，诸葛亮传令下去，让士兵把所有的旌旗都藏匿起来，兵士则原地不动，禁止一切人员外出以及大声喧哗，否则将被立即斩首。他叫士兵把四个城门打开，且在每个城门上派士兵扮成百姓模样，洒水扫街，一副若无其事的模样。诸葛亮自己则披上鹤氅，戴着纶巾，到城上望敌楼前凭栏而坐，燃起香，然后慢慢弹起琴来，左右两个小童闲适地伺候着，静候着司马懿的到来。

司马懿的先头部队到达城下后，见到这种情形，被弄得丈二和尚摸不着头脑，于是不敢贸然入城，急忙回报司马懿。司马懿听后，心下生疑，于是便命令三军马上停下，自己赶紧飞马前去察看。到了城下，果然看见诸葛亮端坐于城楼上，笑容可掬、神态悠闲，正在焚香抚琴。左面小童，手捧宝剑；右面小童，手握拂尘。城墙上不仅看不到士兵的影子，更是连一面旗帜也没有，而城门则是面向其大开，几个百姓模样的人正在低头洒扫，旁若无人，给人一种欢迎入城、请君入瓮的感觉。司马懿疑惑不已，其子司马昭和一些将领认为应该杀进城去，司马昭认为是诸葛亮家中无兵，故弄玄虚。而司马懿却说："诸葛亮一生谨慎，不曾冒险。现在城门大开，里面必有伏兵，如果贸然进去，必然中了诸葛亮的诡计。"于是便来到中军，命令后军充作前军，前军作后军马上撤退。而此时西城中的诸葛亮，见司马懿带兵慌忙退去，也是轻轻长吁一口气，用手拭去额上的冷汗。后来司马懿得知中计后不觉由衷赞叹："诸葛孔明之才，我不如也！"在这场看似平淡却惊心动魄的心理战中，诸葛亮于险中求胜。

## （七）《三国演义》的历史影响

《三国演义》的成功创作掀起了我国历史小说创作的热潮，它所塑造的一系列人物形象在我国已家喻户晓、妇孺皆知。从明清一直到今天，三国故事不断被改编成为戏剧在舞台上上演，甚至搬上银幕和屏幕。除了它的社会影响，《三国演义》在文学上的影响更是不容忽视。

一方面是章回小说的形式，经《三国演义》一书的广泛传播，已成为我国古代长篇小说的一种为群众喜闻乐见的形式，不仅是古典小说作家，在现代作家中，也有人用这种形式来进行写作。

另一方面，从小说类型来看，由于《三国演义》一书的成就和影响，其后产生了不少历史演义小说，成为一个重要的小说类型系列。明末的可观

历史演义小说

117

道人在《新列国志叙》中说："自罗贯中氏《三国志》一书，以国史演为通俗演义，汪洋百余回，为世所尚。"在明代，较有成就的历史演义小说有：余邵鱼编写的《列国志传》，写从商亡到秦并六国的八百年的历史，艺术上比较粗糙；后来经过冯梦龙的增补和加工，成为一百零八回的《新列国志》，内容则集中写春秋、战国时期的故事，在语言和艺术上都有很大的提高。到清代又经人删改，最后成为流传很广的蔡元放的《东周列国志》。另外还有《唐书志传通俗演义》《隋唐两朝志传》《隋炀帝艳史》《隋史遗文》等，到清代康熙年间褚人获又将后三种剪裁改写为《隋唐演义》一书，在群众中产生了较大的影响。

中国古代小说变迁

# 话本小说

　　宋代话本小说在小说史上占有重要地位，对后世文学的影响极其深远。它继承和发展了前代说唱文学的成果，确立了白话小说这样一种崭新的文体，形成了人民群众喜闻乐见的形式和风格，从而为后代通俗小说的繁荣打下了良好的基础。

# 一、话本小说概述

## （一）话本小说释名

"话"在古代有一层含义是"故事"，这种释意在隋代就已经通行了，唐、宋、元、明都沿用这一意义。如《启颜录》载："侯秀才，可以（与）玄感说一个好话。"这里的"说一个好话"，即是讲一个有趣的故事。唐代元稹《元氏

长庆集》卷十中，有"翰墨题名尽，光阴听话移"之句。所谓"光阴听话移"，是说听人讲故事的过程中时光已不知不觉流走了。而且此诗句下还有诗人自注："又尝于新昌宅说'一枝花'话，自寅至巳，犹未毕词也。"所谓"说'一枝花'话"，即讲"一枝花"的故事。

作为故事的"话"，在宋代的书中又常被称为"小说"。施元之注苏轼《寄诸子侄》诗"他年汝曹笏满床，中夜起舞踏破瓮"时说：

世传小话："一贫士家唯一瓮。一夕，心念：苟富贵，当以钱若干营田宅、蓄声妓。不觉欢适起舞，踏破瓮。"

这里的"小话"，是指那些无关宏旨以资谈笑的故事。如今，还有一些派生出来的词，如"笑话"，即引人发笑的故事；"神话"，也就是关于神的故事。

"话"作故事讲，可以指一般的故事，也可以指艺人所讲的故事。艺人讲故事被称为"说话"。"说话"连作一词用，唐代以前并没有出现，唐代用得也不普遍，而且多是分开用的，如前提到"说一个好话""说'一枝花'话"等。"说话"二字连用，与"说……话"不同，连文后，"说话"就成了一个专门术语，主要指用口头语言讲述故事而更重视讲说的伎艺，也就是后来的"说书"。

唐代郭湜《高力士外传》载：

上元元年七月，太上皇移仗西内安置。每日，上皇与高公亲看扫除庭院，芟薙草木；或讲经、论议、转变、说话，虽不近文律，终冀悦圣情。

上元元年为公元 760 年，"太上皇"即唐玄宗李隆基，这时已被迫退位四五年，被儿子唐肃宗李亨软禁在西宫，心情自然很不好。贴身宦官高力士每天除了陪他看看下人扫扫院子，修修草木，就是与他一起讲经、论议或转变、说话，以便使他过得开心一些。"讲经"和"转变"都是唐代很流行的说唱文艺形式，这里以"说话"相连并与之并提，当然也是文艺形式。"说"是讲述的意思，"话"是故事，动宾搭配，连起来就是讲故事。

"说话"连用，到宋代就很普遍了，意思是艺人讲故事，后来便发展为这种伎艺的专门名词了。

说话艺人用以说话的底本叫做话本。最初，由于"说话"发展水平及书写印刷条件等限制，说话艺人是没有底本的，说话内容基本靠口耳相传。后来，"说话"发展了，品目增多、内容加长，没有底本就难以记忆，加上书写、印刷条件改善，于是便出现了"话本"。

最早出现"话本"之名的是南宋灌圃耐得翁《都城纪胜》"瓦舍众伎"条："凡傀儡敷演烟粉灵怪故事、铁骑公案之类，其话本或如杂剧，或如崖词，大抵多虚少实，如巨灵神、朱姬大仙之类是也。"

"影戏，凡影戏乃京师人初以素纸雕镟，后用彩色装皮为之，其话本与讲史书者颇同。"其中，傀儡戏、影戏以及杂剧、崖词的底本，都可以叫做"话本"。当时"话本"一语十分流行，同时也用法含混，一些脚本、唱本有时也被称为"话本"。不过，后来由于"说话"一词的兴盛，约定俗成，"话本"就专指说话艺人讲说故事的底本了。

"话本"有时指艺人所讲的故事，有时兼有"说话的底本"和艺人所讲的故事两种含义，更为常用的仅指说话的底本。最后一种用法，至今仍为话本研究者、小说史研究者所使用。鲁迅《中国小说史略》第十二篇《宋之话本》中说："说话之事，虽在说话人各运匠心，随时生发，而仍有底本以作凭依，是为'话本'。"

话本本来是说话艺人讲说故事的底本，往往只是略具梗概的提要，编印成书，便有了加

工，成了一种通俗读物。

《都城纪胜》等书中都有"说话四家"的记载，由于各书记载不同，对于"说话四家"，学术界至今仍有不同的看法。不过，"四家"中包括小说、讲史和说经三家，意见则是一致的。"小说"一家的底本，也就是话本中的小说；"讲史"一家的底本称"平话"，如《三国志平话》等。讲史话本篇幅较长，小说话本则篇幅较短。许多宋元短篇话本被引述、刊行或汇编成集时，往往题为"小说"。如《清平山堂话本》，原名本是《六十家小说》。

"话本"中的小说一类，虽可以单称"小说"，但"小说"的含义广泛，为避免含混，便用"话本小说"称呼它。同时，"话本"作为说话艺人说话的底本，仅仅只是提纲式的，不供他人阅读。刻印出来，也就有了加工，实际已经不再是准确意义上的"话本"了。今存讲史之类话本，还是提纲式的，朴拙简略，比较接近原始话本，而小说类话本则加工较多，称"话本小说"，正可弥补这一点。

### （二）话本小说的源流

话本小说作为"说话"艺人的底本，它的产生和"说话"伎艺的发展是密切相关的。可以说，没有艺人的"说话"，就不会有"话本"，当然也不会有话本小说了。

"说话"作为一种伎艺，虽说兴于唐，盛于宋，但是其发展却是源远流长的。鲁迅先生在《中国小说的历史的变迁》中说："人在劳动时，既用歌吟以自娱，借它忘却劳苦了；则到休息时，亦必要寻一种事情以消遣闲暇。这种事情，就是彼此谈论故事，而这谈论故事，正就是小说的起源。"显然，"谈论故事"便是"说话"的起源。不过，劳动之余"谈论故事"，只是用来"消遣闲暇"，并非以"说话"为职业，这里的"谈论故事"，也是非伎艺性的。

接近于"说话"这种伎艺的记载，在现存古籍中最早出现的是关于瞽者的事。周初的"瞽矇"（瞎子），职掌各种乐器，这和唱诗是有密切联系的，也说与故事有关。刘向《列女传·母仪传》"周室三母"条中记载了这一点："古者妇人妊子，寝不侧，坐不边，立不跸，不食邪味，割不正不食，席不正不坐，目不视于邪色，耳不听于淫声。夜则令瞽诵诗，道正事。如此则生子形容端正，才德必过人矣。"这是叙述周室三母（太姜、太任、太姒）之一的太任在怀孕期间谨守胎教的情形，连带述及古代妇女妊娠期间的生活，其中的"瞽"不仅"诵诗"，而且"道正事"，即讲一些有关妇德的故事。这种"瞽"虽还不能肯定为职业艺人，但明显具有服务性质，而且作为丧失了劳动力的"瞽"，讲说故事很可能就是他们的重要技能之一。

战国时代的游说之士，常用讲说故事、笑话作比喻，来阐述自己的学说、观点。这虽非伎艺之事，但他们的说话技巧和效果，对后世"说话"也有一定影响。

讲说故事作为一种伎艺，一般认为可溯源于古代宫廷中的俳优侏儒。"俳"是诙谐滑稽的意思，"优"即倡优艺人，"俳优"后泛指从事歌舞杂戏的艺人。"侏儒"是身材矮小的人。秦汉之际，出现了不少关于这种人的记载，他们有一个共同的特点，即都是为帝王、贵族娱乐服务的职业化艺人。而他们之所以能与"人主"接近，也正是因为他们能够讲故事、说笑话，更重要的是具备滑稽多辩、谈笑讽谏的特点。

如淳于髡为了向齐威王说明"礼轻难以求救兵"的道理，临时编了一个祭田祈福者只想用一只猪蹄、一盅酒来换取"五谷蕃熟，穰穰满家"大丰收的故事，来进行讽谏，显示出这些艺人临场发挥、顷刻捏合的能力。

汉代的东方朔更被称为"滑稽之雄"。善以言笑讽谏，在民间竟有了"童儿牧竖，莫不炫耀"的声望，说明这些本来是娱乐帝王贵族的"俳优"之人，也逐渐娱乐平民百姓了，这正表明"说话"已有了发展变化。

建国以来，在四川的东汉墓中先后出土了十多件形象滑稽，形似正在击鼓说唱的陶俑，最著名的是 1957 年成都天回镇汉墓中出土的东

汉灵帝时的"击鼓俑",该俑矮胖身材,头上戴有头巾和簪子,上身赤裸,乳肌下垂,长裤赤足,左臂环抱小鼓,右手握一鼓槌,面部生动,张口。这些出土陶俑,突出面部表情,尤其着力于口舌部,有的舌头竟然露在外面,正与后来宋代称"说话"为"舌耕""舌辩"的考证相符,这大概是汉代俳优说故事的形象。

不过,汉代俳优们的伎艺是多方面的,既能讲故事、说笑话,也会歌舞、乐器。他们职业性地讲说故事,与后来唐宋的"说话"有前后相承关系,可以说是开了唐宋"说话"的先河。但他们终究只把说故事作为一种伎艺,并未明确分工,所以又不同于后来唐宋的"说话"艺人。因此,汉代俳优侏儒讲说故事,还只能算是"说话"伎艺的萌芽阶段。

到魏晋南北朝时期,发展到连上层统治阶级也普遍爱好讲故事说笑话了。刘勰《文心雕龙·谐隐》中有"魏文(曹丕)因俳说以著笑书"的话,刘义庆《世说新语》列有《俳调》一门,专记幽默辞令和带讽刺意味的诙谐故事,可见诙谐调谑在上层名士中已风靡一时。干宝《搜神记序》中也谈到书中许多故事是听来记下的,这也说明当时讲说故事的盛行。

最典型的例子是曹操之子、陈思王曹植爱好讲故事。《三国志·魏书》卷二十一《王粲传》裴松之注引《魏略》:"太祖(曹操)遣淳(邯郸淳)诣植(曹植),植初得淳,甚喜,延入坐,不先与谈。时天暑热,植因呼常从取水自澡讫,傅粉,遂科头拍袒,胡舞五椎锻,跳丸,击剑,诵俳优小说数千言。"这里把讲小说故事与胡舞五椎锻、跳丸、击剑等伎艺并列,足见当时的"俳优小说"已属于"百戏"范围之内了。当然最值得注意的是曹植所诵"俳优小说"竟达"数千言"。而且,"小说"与"俳优"连在一起,还用来念诵,可见"小说"已经是一种口头表演的文艺形式。

其他著作中还有类似记载。由此可见,讲说故事在魏晋南北朝时期已发展到新的阶段,从官场到宫廷,参加者的范围相当广泛,不仅官员,连帝王曹丕、曹植等也很爱好此伎艺,还亲自表演以自娱。其取材范围也较广泛,内容丰富,技巧有所提高。既有滑稽戏谑题材,也常常讲说一些民间故事,还能就事即兴编演。

　　不过，这些与后代的"说话"仍有较明显的区别，主要表现在：其内容是驳杂的，篇幅一般都比较短小，有笑话、讽谏，也有即兴插科打诨，而不同于后代"说话"的纯故事性内容，更谈不上复杂的情节，突出的人物描绘；其表演场所在宫廷、官邸及筵宴上，还没有走向民间；这些说笑故事常常不是孤立演出，而是和戏剧性的表演结合在一起讲述，还没有取得艺术形式的独立性。

　　但是，与秦汉时仅仅讲说滑稽戏谑题材比，毕竟有了较大的发展，与后来真正的"说话"也更接近了，预示着"说话"作为一种独立艺术形式存在的时代即将到来。进入唐代，"说话"便成了一种普遍性的娱乐活动。专业"说话"兴起了，话本小说的出现才有了可能。

### （三）话本小说的萌生

　　公元 7 世纪时，中国进入了大统一时期，傲视世界、繁荣强盛的唐王朝建立了。统一强大的唐王朝建立后，塞外诸国纷纷归附，称大唐天子为"天可汗"。唐王朝吸取隋代灭亡的历史教训，注意休养生息，采取了一系列有利于生产发展的措施。当时，政治开明、气氛宽松、中外沟通，社会政治经济发展很快，出现了历史上著名的"贞观之治"，又发展到"开元盛世"，中国封建社会发展到繁荣的顶点。随着生产水平的不断提高，对外贸易范围日趋扩大，城市经济繁荣，工商业便获得了发展的机会。中唐时期，随着两税法的推行，纳税按钱计算，官与商操纵物价，剥削民众，聚敛了大量财物，工商业更是空前的兴盛，城市经济发展更快。京城长安这个政治文化中心，也成了全国最大的商业中心。许多贵族官吏也兼营商业，甚至皇族成员也经商，如唐高宗的女儿太平公主就热衷于经商获利。洛阳、扬州、成都、广州等，成了繁荣的商业城市。

安史之乱前，唐统治者靠关中、河东、江淮以及全国各地的赋税、粮食维持政府经费；但经历安史之乱后，州县多为藩镇所据，朝廷府库耗尽，造成了严重经济危机。统治者在大动乱后，不

得不在经济上依靠相对安定而富庶的南方，求援于粮盐转运，运江淮粮谷以入长安，开通盐利以裕财政，这就给商人开拓了活动的领地，刺激了商业的发展，城市人口增多，城市更加繁荣，这对作为市民文艺的"说话"的发展创造了有利条件。

中国古代小说变迁

但是，唐代实行坊市制、宵禁制，居民区"坊"和商业区"市"分开，市场设在都市中指定的场所，如长安的东市和西市。市场要根据政府法令严格管理，坊门启闭和开市罢市都有一定时限，以击鼓为号，黄昏后坊门锁闭，禁人夜行，不许夜间营业。这就大大限制了市民的活动，尤其是夜间的商业和娱乐活动。因此，唐代的"说话"主要在寺庙中进行。

前文引用的郭湜《高力士外传》中，说到唐玄宗李隆基晚年被儿子软禁冷宫，非常苦闷，高力士为给他解闷，则安排人来"或讲经、论议、转变、说话"。这既反映出唐代宫廷"说话"情况，从民间艺人被召去为"太上皇""说话"解闷，也反映出民间"说话"的兴盛状况。

与魏晋南北朝时"说话"只属于"百戏"中"俳优"里的一个小目不同，唐代"说话"已是百戏中独立的科目了，而且有了"市人小说"和"说话"的明确界限，已走上专门化伎艺的发展道路。而且，唐代"说话"的内容，已由六朝的笑话讽谏、即兴插科打诨的短小格局，发展为以民间故事、历史故事甚至现实故事为主要题材了，篇幅加长、内容更加丰富。同时，"说话"已走出宫廷贵宅，普及到一般市民聚集的"斋会""市场"，成为一种适合市民口味的群众性伎艺。

唐代"说话"在寺院庙宇中颇为盛行。寺庙"说话"的形式和内容，主要有两类：俗讲和僧讲。所谓"僧讲"，即对僧人讲说，对象为出家人，以讲解经文为主；所谓"俗讲"，即对俗人讲说，对象为世俗男女，虽也要讲佛经故事，但并不限于佛经故事。对和尚讲解经文的"僧讲"，属宗教事务，不是一般的"说话"。而对世俗男女的"俗讲"，则要把宗教经义故事化、趣味化，以吸引听众，扩大影响，其口头讲故事正是"说话"。

唐代的寺庙，不仅是宗教场所，还是民众游赏的场所，连戏场也集中在寺院里。似乎一切民间伎艺都在寺院内外一带演出，这与宋代伎艺集中于瓦舍勾栏是不同的。

寺院"俗讲"要吸引听众、受人欢迎，必须适应市民群众的口味，加强故事性，而且要吸收民间"说话"，更多地讲一些趣味性强的历史故事、民间故事，甚至反映现实内容的故事。这样，"俗讲"就在同市民的接触中逐渐"离经叛道"，超越了宗教规范。寺院"俗讲"慢慢演化为一种世俗的"说话"伎艺，逐渐与民间说话合流。

唐代民间"说话"与寺院"俗讲"的兴盛，表明"说话"作为一种伎艺已日趋成熟了。而"说话"的成熟和盛行，又为话本小说的出现创造了条件。

话本小说

# 二、宋代话本小说

## （一）宋代"说话"的兴盛

### 1. 兴盛的条件

唐代已经开始专门化的"说话"伎艺，到宋代空前兴盛起来，这种发展变化是有一定的社会经济原因的。

公元 960 年，宋太祖赵匡胤从后周夺取政权，逐步结束了五代十国军阀割据的局面，建立了统一的中央集权的封建国家，中国封建社会从此进入后期。

唐末规模巨大的农民战争，沉重地打击了地主阶级，消灭了士族门阀制度的残余，使中唐以来的封建生产关系完成了由授田制向庄园制的过渡。宋代地主、官僚主要以购置的方式兼并土地，而不再享有按等级占田的特权；对农民的剥削方式以出租田地、榨取实物地租为主，而不再以劳役地租为主。佃农对地主阶级的人身依附关系有所减弱，较自由的租佃关系成为普遍形式。同时，农民还可以自由购买土地，成为自耕农，劳动果实能较多地属于自己，这就提高了农民的生产积极性。加之这一时期重视农田水利建设和农业科技知识，并使用犁耙、锄锹、镰刀、水车、辘轴等先进农具，使农业生产很快得到发展。也促进了手工业和商业发展到更高水平，城市迅速繁荣起来。而且北宋长期少战事，也极有利于经济的发展、城市的繁荣。北宋京城汴梁（开封），到北宋末年，人口急剧增长，而且商业非常繁荣。南宋都城临安（杭州）更是繁荣，从北宋初到南宋，户口数量翻了近十倍，人口超过百万，是当时世界上的特大城市。城内店铺林立，茶馆酒店遍布，有经营不同项目的商业区，买卖昼夜不绝，夜交三四鼓，游人才开始稀少，而五鼓钟鸣，早市的人又开店了。以至杭州有"乐园"之称，西湖有"销金锅儿"之谚。民间更流传着"上有天堂，下有苏杭"的俗语。

随着商业的发展，经济活动的加强，到宋代，坊市制和传统的宵禁制度完全被打破。从北宋中叶以后，就再也听不到街鼓声了。坊制的破坏，使市民可以随意开门经营商业；市制的崩溃，使市民可以自由进行夜市。商业店铺营业时间依商业的繁华情况而定，一般商店天明后开始营业，天黑息业，而饮食店、酒楼、茶馆的营业时间大都在早晨五更到半夜三更，有的甚至通宵达旦。坊市制的取消，大大促进了城市的繁荣和工商业的发展。市场面貌大为改观，商店临街，到处是商贩和手工艺人。交易时间也没有了限制，形成繁荣的夜市。除都城外，许多城市如长安、扬州、镇江、徽州、成都、广州、泉州等也都十分繁荣。唐代十万户以上的州府城才十多个，到宋徽宗时已发展到五十多个。

城市的繁荣、工商业的兴盛，使市民阶层空前壮大，成为一股可观的社会力量。市民们集中在城市里，不仅需要物质生活，也需要文化生活，而且随着物质生活水平的提高，文化娱乐生活的需求也日益增长。除了一般市民外，由于宋代推行禁军制度，兵士集中于京城及大都市。据统计，宋仁宗时代，竟有禁军1259000人之多，半数以上散居在京师汴梁附近。这些士兵加入到市民阶层中，除操练武艺外，也需要娱乐。北宋"承平日久，国家无事"，于是大量聚集在都市中的人便在闲暇中寻求享受娱乐，古老的农业大国形成了都市的繁华。北宋画家张择端的杰作《清明上河图》生动展现了东京汴梁的繁荣面貌。繁华富庶，催化了市民们对文化娱乐的要求。占城市人口大多数的下层市民，是一个文化素质比贵族文人低，但阅历见识又比乡村农民高的社会阶层。他们的生活环境，不是皇宫贵胄的官场，不是高雅的书斋，也不是宁静的山村，葱绿的原野，而是熙熙攘攘、闹闹哄哄、巧营精算、风波丛生的都会商市。在这种生活环境中形成的审美趣味可能不高，甚至俗不可耐。他们并不追求典雅的文化诗意、品赏韵味，又不甘冷清孤独、寂寞无聊。他们所倾心的是有生动情节、生活内容的故事，是色调浓烈能满足感官享受、引发笑声的伎艺歌舞。这样，人们所津津乐道的诗词文赋等雅文学，就不能适应市民大众的口味，无法满足他们的要求，于是既适应市民口味又反映市民生活的民间伎艺的兴盛便成为必然。可以说，广大市民群众的需要和爱好，为"说话"伎艺的兴盛提供了条件。

同时，宋代统治者也爱好听"说话"，为其发

话本小说

展推波助澜。北宋后期的仁宗赵祯、徽宗赵佶，南宋的高宗赵构都很喜欢听"说话"。当时朝廷还特设专局采访各种伎艺。"说话"艺人中著名者往往被皇帝召到内廷去献艺，即所谓"御前供话"。大都市的游艺场——瓦舍中，常有许多伎艺高超的"说话"人演出。

在这样的条件下，宋代"说话"得到了空前的发展，其规模、普及程度及艺术水平，都远远超过了唐代，为历史之最。

2. 宋代"说话"的特点

与唐代相比，宋代"说话"有其新的特点：

（1）有了固定的演出场所——瓦舍勾栏

宋代禁止僧侣在大庭广众之中讲故事，所以唐代寺庙盛行的"俗讲"，受到严重挫伤，但民间仍如唐代一样流行"说话"。北宋早期，民间"说话"只是在市井街边旁进行。

后来，由于"说话"等民间伎艺的大兴盛，市井路旁、茶肆酒楼虽仍有人表演，更出现了固定的大型演出场所——瓦舍。"瓦舍"是宋人市语，也称"瓦""瓦子""瓦市"或"瓦肆"，是都市中游艺场所的总称。"瓦舍"的中心是被称为"勾栏"的演艺场。瓦舍的范围大小不等，其中往往有若干个"勾栏"，分别上演杂剧、傀儡戏、诸宫调和"说话"等。"勾栏"原是栏杆的意思，用栏杆围成一座演艺场所，后来就习称"勾栏"，也称"勾肆"。"勾栏"内有"棚"，也称"邀棚"或"乐棚"，张开巨幕用来遮避烈日风雨，也可遮外人眼目。一切伎艺多在"棚"内表演，游人出钱进去欣赏。

北宋时，京城汴梁的瓦舍勾栏就更多了。到南宋就更为盛行、更为普遍了。瓦舍第一次把大量民间伎艺和市民群众稳定地聚集在一起，提供了满足广大市民精神渴求和审美需要的固定场所。瓦舍的出现，是市民文艺兴起的标志。在封建文化高度发展的宋代，文、诗、词、画，把贵族文人高雅的审美趣味发挥到了极致。宋代理学则阐扬"内圣"之学，言必称"天理""心性"，融合佛道，把传统儒学发展到具有精致哲学思辨形态的新阶段，重建礼治秩序以强化对人情人欲的扼制，成为封建社会后期的统治思想。在这样的时代文化氛围中，却出现了一个个情调格格不入的瓦舍勾栏。这里嘈杂喧闹、粗鄙浊野、充满市井低俗情趣，以至被认为是"放荡不羁之所"。但正是在这里，这些被上流社会轻视压抑的市井小民，这些从来被认为上不了台盘的小商小贩、"愚夫冶妇"、仆役走卒，却俨然成了这片天地的主人，笑逐颜开地欢聚一堂，随心所欲，纵情享乐。这里的娱乐活动、伎艺表演以他们的兴趣爱好为转移，而市民们高涨的热情，也促进了民间伎艺的兴盛。瓦舍在农业文明的古老中国催生出市民文化，"说话"伎艺在这种文化氛围中得到蓬勃发展。而且，与唐代"说话"盛行于寺院，多在参加宗教集会（如斋会）时进行不同，瓦舍勾栏中的"说话"等伎艺完全是娱乐性的。

当然，宋代"说话"还不仅仅限于瓦舍勾栏，有的还在茶肆酒楼、城镇市集、宫廷寺庙、私人府第、乡村田舍等处作场，可见"说话"伎艺在宋代的繁盛和普遍。

(2) 有很多专业化的"说话"人

"说话"发展到唐代，在百戏中独立专门化了，而发展到宋代，在极度的繁盛中涌现出了许多专业化的"说话"艺人。胡士莹先生《话本小说概论》中有"两宋说话人姓名表"，将《都城纪胜》《西湖老人繁胜录》《梦粱录》《武林旧事》等书中出现的"说话"人作了一次统计，共 129 人，除去重复的情况，仍有 110 人。这是见于文献的，不见于文献的无法统计。这些"说话"人一般出身于小商小贩、城市贫民，也有落魄的知识分子，而且多是男性，少有女说话艺人。可以说，"说话"是男性的天下，而从事其他说唱、戏曲表演的则多是女艺人。

(3) 成立了"说话"人的行会组织——雄辩社

宋代工商业繁荣，手工业工人和商人分工细致，出现了行会组织。各种伎艺人员，为应付官府差役和保护同行利益，也成立了行会组织。"说话者谓之'舌辩'"，所以其行会称"雄辩社"。雄辩社是"说话"艺人磨砺唇舌、训练伎艺的组织，纯粹是一种职业性的团体。说话人经常在这里交流经验、切磋伎艺、取长补短，提高"说话"的技巧。其中名位高、年辈长、伎艺精湛、有学问的职业艺人称作"老郎"。"京师老郎"就是南宋临

话本小说

安说话人对汴京前辈艺人的称呼。

（4）有了编写话本的团体——书会

"话本"是说话艺人用来"说话"的底本。除了继承以前流传下来的话本表演外，由于"说话"的兴盛，对"话本"的需求量大为增加，于是要编新的，这样就出现了专门为说话人编写话本的文人。这些文人拥有自己的行会组织——书会。当时较大的城市都有书会组织，如永嘉书会、九山书会、古杭书会、武林书会、玉京书会等。书会成员一般称作"书会先生"，也叫"才人"，少数名重才高者则被称作"名公"。"才人"多是从士大夫阶层分化出来的文人，有较高的文化修养和艺术水平，有较娴熟的文字表达功力和较丰富的社会历史知识，他们沦落为书会先生，熟悉市民生活，谙熟人情世故，与艺人合作，既为他们编写新的话本，又依据他们的讲唱，把流传的话本加以整理提高。书会先生以此谋生，本身已转化为市民阶层之一，成了市民阶层的代言人。

（5）"说话"人的水平大大提高 "说话"的兴盛和受到广泛欢迎，对"说话"人的要求也高了，为了竞争，他们的业务知识水平大大提高。"说话"艺人必须广泛学习、积累知识、提高水平，能从现实生活中经常发掘题材。正因为宋代"说话"艺人已是专业化的，经过了广泛学习，又在雄辩社中得到提高，所以"说话"艺术达到了很高水平。具有讲说流畅、随意据事演说的本领，产生了强烈的艺术感染力。

（6）"说话"分了门类

宋代说话门类，即所谓"家""家数"的形成，是"说话"伎艺高度发展的标志。分工的细致、说话艺术的风格化，是市民欣赏水平提高以及同行竞争的结果。关于宋代"说话"门类，历来说法不一，至今认识仍不同。

北宋汴京瓦子中的说话门类，成书于建炎十七年（1147 年）孟元老的《东京梦华录》卷五"京瓦伎艺"条，提到的有：讲史、小说、说浑话、说三分、五代史五个门类。但"说三分"与"五代史"都应属"讲史"，只是因为这两类"讲史"特别发达，所以独立出来。从门类看，只能算三个。

到南宋，说话分为"四家"。最早谈到说话"四家"的是成书于端平二年

（1235年）灌圃耐得翁的《都城纪胜》"瓦舍众伎"条：

> 说话有四家：一者小说，谓之银字儿，如烟粉、灵怪、传奇。说公案，皆是搏刀赶棒，及发迹变泰之事。说铁骑儿，谓士马金鼓之事。说经，谓演说佛书。说参请，谓宾主参禅悟道等事。讲史书，讲说前代书史文传、兴废争战之事。最畏小说人，盖小说者能以一朝一代故事，顷刻间提破。合生，与起令、随令相似，各占一事。商谜，旧用鼓板吹[贺圣朝]，聚人猜诗谜、字谜、戾谜、社谜，本是隐语。

只是，这段话虽明确说明"说话有四家"，而且开头是"一者"，但后面并无"二者""三者""四者"。而提到好几个名目，使人分不清是哪"四家"，致使后来研究者们众说纷纭，莫衷一是。胡士莹先生《话本小说概论》中引了许多研究者的不同观点，并列表排比，而取王古鲁先生四家说：银字儿（烟粉、灵怪、传奇、说公案），说铁骑儿（士马金鼓之事），说经（演说佛书）、说参请（宾主参禅悟道等事），讲史书（讲说前代书史文传、兴废争战之事）。但不同意王先生"把银字儿和铁骑儿合起来称为小说"，而是主张小说（即银字儿）与说铁骑儿并称为两家，从而修正为：小说（即银字儿）、说铁骑儿、说经、讲史书四家。

历来研究者意见虽有分歧，但对"四家"中包含小说、讲史、说经三家则是认识一致的，只是对另一家分歧较大。

在文献上所提到的说话四家中，影响最大、最受欢迎的是"小说"一家。因为"小说"既短小精悍，便于想象虚构，又有现实针对性，富有生活气息。确实，与"讲史"崇拜帝王将相、英雄豪杰不同，也与"说经"的幻想天国乐土中奇异怪诞的神佛故事不同，宋代小说主要是面对当时现实生活，反映市井小民的日常生活，与市民的喜怒爱憎息息相关。它在听众中引起的震动，既不是对非凡历史人物的崇敬钦羡，也不是对神佛仙怪的惊赞倾慕，而是产生感情的共鸣、心灵的沟通。这些"小说"故事以反映现实的真实贴切走进了市井小民的生活中，既是对他们生活的反映，也是对其生活的评价，当然最受广大市民欢迎，产生了远比

"讲史""说经"大得多的影响。从小说发展史角度说，"讲史"影响了长篇历史演义小说，"说经"影响了长篇神魔小说，而"小说"则影响了长篇世情小说，虽然不像"讲史""说经"影响得那么直接，但反映普通人的日常生活这条最广阔的道路却被打通了，使世情小说在后世取得相当可观的成就。

宋代"说话"出现了以下新特点：固定演出场所的普及，专业说话艺人的涌现，"说话"行会的组织，编写团体的形成，"家数"的区分……"说话"显现出空前繁荣的盛况。如此浓烈的社会氛围、必然促进了"说话"艺人用以说话的底本——话本的大量产生，以适应争相吸引听众的激烈竞争。而话本的大量产生，又反过来丰富了"说话"的内容，提高了"说话"的水平，刺激了"说话"的发展。如此互相促进，使宋代"说话"和"话本"都达到了足以令人称羡的水平，形成了话本小说发展史上第一个高峰。

### （二）现存的宋代话本小说

从唐代"说话"开始专业化到宋代"说话"大兴盛，"说话"艺术发展的轨迹是非常明显的。与之相适应，作为说话艺人说话底本的话本小说也得到很大发展。据《醉翁谈录》《也是园书目》《宝文堂书目》的记载，就已有大约一百四十篇话本小说名目，仅《醉翁谈录》一书中就名列一百零八种之多。但是，这些通俗的明鉴文学作品，却因不为正统文人重视而严重散佚，以至今天看不到宋代抄写和刊刻的话本小说了。今天所能看到的，大都是明代中期以后洪昇、冯梦龙等人收集、整理保存下来的，如果没有他们的劳动，这些文献恐怕会全部湮没失传。不过，他们往往把宋元明三代的作品混于一起，未曾专门汇刊宋人话本小说，这就给今人的考定带来了一定的困难。《话本小说史》录宋代话本小说三十五种：

见于《清平山堂话本》者十种：《风月瑞仙亭》《杨温拦路虎传》《蓝桥记》《西湖三塔记》《洛阳三怪记》《合同文字记》《陈巡检梅岭失妻记》

中国古代小说变迁

134

《五戒禅师私红莲记》《花灯轿莲女成佛记》。《董永遇仙传》附《梅杏争春》残篇。

见于《熊龙峰刊小说四种》者一种：《苏长公章台柳传》。

见于《喻世明言》者五种：《赵伯升茶肆遇仁宗》（卷十一）、《史弘肇龙虎君臣会》（卷十五）、《杨思温燕山逢故人》（卷二十四）、《张古老种瓜娶文女》（卷三十三）、《宋四公大闹禁魂张》（卷三十六）。

见于《警世通言》者十一种：《陈可常端阳仙化》（卷七）、《崔待诏生死冤家》（卷八）、《钱舍人题诗燕子楼》（卷十）、《三现身包龙图断案》（卷十三）、《一窟鬼癞道人除怪》（卷十四）、《小夫人金钱赠少年》（卷十六）、《崔衙内白鹞招妖》（卷十九）、《计押番金鳗产祸》（卷二十）、《皂角林大王假形》（卷三十六）、《万秀娘仇报山亭儿》（卷三十七）、《福禄寿三星度世》（卷三十九）。

见于《醒世恒言》者三种：《闹樊楼多情周胜仙》（卷十四）、《郑节使立功神臂弓》（卷三十一）、《十五贯戏言成巧祸》（卷三十三）。

见于其他著作者五种：《钱塘梦》《王魁》《李亚仙》《灯花婆婆》《绿珠坠楼记》。

烟粉、灵怪、传奇是最早、也是最明确属于小说的三个门类。烟粉类小说大体都是描写人鬼恋情的故事。《崔待诏生死冤家》（即《碾玉观音》）、《小夫人金钱赠少年》（即《志诚张主管》）、《杨思温燕山逢故人》都属于此类。

《杨思温燕山逢故人》讲述的是杨思温靖康难后，流落燕山（今北京）。元宵节看灯，在燕山秦楼遇见了义兄韩思厚的妻子郑意娘。意娘说，靖康之难时她和丈夫韩思厚南下淮楚，半路上被金兵所虏，丈夫逃走，她遭到金将撒八太尉的逼迫，自杀未遂，被撒八太尉的妻子韩国夫人收作侍婢。其实杨思温此时遇见的已是意娘的鬼魂。元宵节过后，杨思温又至秦楼，忽见壁上韩思厚悼念亡妻郑氏一词墨迹未干。杨思温找到韩思厚，才知道当年意娘不从撒八太尉所逼，已自刭而死。韩思厚把意娘的骨灰匣带回故乡金陵安葬。后来韩思厚违背自己不再续娶的誓言，被郑意娘的鬼魂拖入江中溺死。小说的主题似在表

135

现郑意娘的节烈有情，并鞭挞了韩思厚的负心另娶。但给人更强烈的感受却是字里行间所透露出来的亡国之痛和对故国的深切思念之情。这是"靖康之变"后广大宋朝人民最普遍的民族感情。小说语言哀婉动人，很有特色。

灵怪类小说中既典型又引人注目的是几篇关于"三怪"的小说。它们是：《洛阳三怪记》《西湖三塔记》和《崔衙内白鹞招妖》。写得比较生动精彩的当

推《一窟鬼癫道人除怪》，小说叙述秀才吴洪经王婆、陈干娘撮合，娶了李乐娘为妻，岂知李乐娘和陪嫁锦儿都是鬼魅。清明节王七三官人约吴秀才去西山驼献岭自家墓园赏花吃酒，结果在回家路上遇见了朱小四、狱家院子、酒保及李乐娘、锦儿等一伙鬼怪，最后由癫道人（甘真人）将鬼怪捉入仙家葫芦中，埋在驼献岭之下。吴秀才也从此"舍俗出家，云游天下"。小说叙事写人极其细腻生动，鲁迅先生赞其"描写委曲琐细，则虽明清演义（在此泛指明清小说）亦无以过之"。

《风月瑞仙亭》和《王魁》是宋代传奇类话本小说，而此类小说中《闹樊楼多情周胜仙》是写得最为出色的一篇。小说记述了北宋东京曹门里贩海商人周大郎的女儿周胜仙，深深爱上了樊楼开酒店的范二郎。周大郎贩海未归，周母先为女儿定下亲事。数月后大郎归家，欲将女儿嫁与大户人家，坚决退亲。胜仙遂被活活气死。不料胜仙葬后遭遇盗墓贼朱真，更没料到胜仙因得阳气而复活，复活后又被迫作了朱真的妻子。次年上元街坊失火，胜仙趁乱逃出，赶到樊楼来会范二郎，却被范二郎误作鬼魂而打死。二郎因此坐牢，胜仙鬼魂又到狱中与二郎"了其心愿"，并求五道将军救出二郎。小说在表现青年男女追求爱情和婚姻自由的同时，也批判了不近人情的封建婚姻制度。小说情节曲折、跌宕起伏、人物个性鲜明，语言通俗生动，达到了思想性与艺术性的完美统一。

《三现身包龙图断案》《错斩崔宁》《宋四公大闹禁魂张》《杨温拦路虎传》《史弘肇龙虎君臣会》都是宋代公案类话本小说。其中《宋四公大闹禁魂张》实开侠义公案小说的先河。

小说讲的是东京开封府开当铺的老板张富十分吝啬，人称"禁魂"张员。因抢夺乞丐的活命钱激恼宋四公，当夜盗了他价值五万贯的上等金珠，逃往郑

州。开封府滕大尹派殿直王遵去郑州捉拿宋四公，宋四公使圈套逃到谟县，投奔徒弟赵正。在谟县与赵正比手段，却接连两次败在赵正手中。宋四公介绍赵正去东京找徒弟侯兴，随后自己也赶来，又介绍赵正结识另一徒弟王秀。赵正伙同王秀盗了钱大王的三万贯钱物，滕大尹差缉捕使臣马翰捉拿贼人。赵正使手段剪去马翰半截衫袖，又使手段给滕大尹送一束帖，还趁机偷去滕大尹腰里的金鱼带挞尾，束帖上写道"所有钱府失物，系是赵正偷了"，要捉赵正，"远则十万八千，近则只在目前"。又假借递状纸，寄给滕大尹一支《西江月》曲儿，公开嘲弄官府。滕大尹着王遵、马翰悬赏捉拿宋四公、赵正。宋四公又与赵正筹划，由侯兴、王秀出面，将钱大王家的赃物安在张富家里，又将张富家的赃物安在王遵、马翰家里，使张富、王遵、马翰三人都进了牢狱，并都死于狱中。而宋四公、赵正"这一班贼盗，公然在东京做歹事，饮美酒，宿名妓，没人奈何得他"。小说以市井平民的眼光和道德评判，以肯定的笔调描写了宋四公的打抱不平、劫富济贫，以欣赏的笔调描写了赵正、宋四公等人的嘲弄官吏、挑战官府的过程，更以夸张的笔调描写了赵正、宋四公等人的智慧和机敏。

涉及说经的宋代话本小说，有《五戒禅师私红莲记》《花灯轿莲女成佛记》等。其中《五戒禅师私红莲记》叙述了宋英宗时杭州净寺有两个高僧，为师兄弟，一个唤作五戒，一个唤作明悟。五戒因一时冲动，奸淫了少女红莲，明悟以诗讥讽，五戒解悟，当夜坐化，托生到四川眉山苏家，取名苏轼，字子瞻。明悟也于当夜坐化，托生在眉山谢家，长大出家做了和尚，法名佛印。后苏轼一举成名，做了翰林院学士，道号东坡。东坡为官清正，文章冠世，只是不信佛法，最不喜和尚。这时佛印赶来东京大相国寺做住持，以诗僧身份与东坡交往，并随东坡至黄州，回临安，二人遂成诗友。"因是佛印监着苏子瞻，因此省悟前因，敬佛礼僧，自称为东坡居士。"后神宗取子瞻回京，直做到礼部尚书、端明殿大学士，且死后得为大罗天仙。佛印也在灵隐寺圆寂，得为至尊古佛。这是一个比较典型的宣扬佛教的故事，把两个本不相干的僧徒犯戒故事和佛教轮回传说强行捏合在一起，使其成为宣传佛教敬佛礼僧的思想载体。这篇小说虽然编略显荒诞，但因适应了市民阶层的欣赏趣味，产生了广泛的影响。

# 三、宋代话本小说的价值

## （一）宋代话本是小说史上的一大变迁

在中国文学史上，宋代是一个极重要的时期，具有划时代的转折意义。在宋代，中国文学发展变化的大趋势已逐渐明显：当宋代文人的心理性格越来越倾向内省、内敛，甚至近乎封闭，越来越追求文艺的高雅精致时，世俗凡庸的

市民们却找到了反映自己社会生活的文学形式——生动热闹甚至有些粗鄙的通俗文学。正统雅文学的统治地位将要逐渐被通俗文学所取代，中国文学中以抒情为主的传统将要演变为以叙事为主，中国文学注重韵味的高雅美学风貌，也将转变为对通俗趣味的追求了。究其实质，这种转变从根本上说是世俗化、人文化的转变，是文化从面向上层到面向下层的转变。这种转变是以通俗戏曲、小说的出现为标志的。我们从宋人话本小说中，可以具体清晰地看到中国文学发展变化的总趋势。

从中国小说发展史的角度论，古代小说到魏晋南北朝初显雏形，唐传奇的出现，标志着古代小说的真正成熟，形成了中国小说史上的第一个高峰。到了宋代，话本小说揭开了中国小说史的新篇章，标志着小说史发展到一个新的历史阶段，鲁迅先生高度赞扬其为"实在是小说史上的一大变迁"。

话本小说是市民文学，创作主体是"说话"艺人，即使是文人，也是沦落下层的书会才人。他们生活在市井小民中间，衣食住行都不离市民的世俗生活，因此，话本小说不再着意描写才子佳人的风流韵事或叱咤风云的英雄人物，而主要是反映下层市民的社会生活。其描写的主角，也主要是下层小人物，有中小商人、手工业者、店员、工匠、江湖流浪汉以及社会地位低微的劳动妇女。如《碾玉观音》中的婢女璩秀秀和工匠崔宁，《闹樊楼多情周胜仙》中开酒店的范二郎和商人的女儿周胜仙，《小夫人金钱赠少年》中的商店伙计张胜等。

中国古代小说变迁

即使有时也会涉及到上层社会人物，但叙述故事、评价事物，依然是从市民的视角出发。

话本小说中主角的改变是一个具有历史意义的变化。六朝志怪，主要记述超自然的神异鬼怪。唐传奇的主角也是上层人物，即使出现下层人物，也只是陪衬，只有到宋人话本小说，下层小人物才堂而皇之地登上了文艺舞台，破天荒地第一次成了文学描写的主角，成为被肯定的对象，所以鲁迅先生称话本小说"平民的小说"。作为叙事文学的小说，是通过塑造人物形象，描写他们的活动来表现特定社会生活、社会思潮、道德观念等，因此，什么人登上文学舞台成为主角，往往反映出一定社会力量的成长和壮大。下层小人物登上文学舞台，就反映出随着时代的前进，城市经济的繁荣，封建社会的阶级关系开始发生新变化，也反映出作家文学视野的开阔和认识社会生活、表现现实生活能力的加强，这是中国文学从面向上层到面向下层的最具历史意义的显著转变。

宋人话本是娱人之作，是为服务市民而创作的，完全以普通市民的兴趣爱好为目的，因而自然取材于市民们感兴趣的现实生活，宣泄他们的苦乐悲欢。而且与诉诸视觉的文言传奇不同，它是诉诸听觉的，它以观众（听众）为中心，时时注意他们的兴趣和爱好，考虑他们的审美水平。诉诸听觉的话本小说，不像诉诸视觉的文学作品那样可以头绪复杂，有较多的暗示，含蓄深沉，而是不仅要使故事有头有尾、条理清楚、脉络分明，容易理解接受，而且要以故事的丰富生动、情节的紧张曲折，配以强烈的气氛、巧妙的悬念、鲜明的人物及其活动，牢牢地吸引观众（听众），并且把环境描写、人物心理刻画与情节的发展和人物的行动密切结合起来，共同为塑造人物和表达主题服务，而很少孤立静止地描写环境和刻画心理。从而形成了中国古代小说的显著特色，富有民族风格。

在文学语言上，唐传奇是专供士大夫阅读的案头文学作品，使用的是典雅的文言。这种语言虽具有雅洁、简练的特点，也富于表现力，但却有碍于作品的广泛流传。而宋人话本的阅

读对象多是不熟悉文言的下层市民，因而使用的是活在人民大众口头的通俗易懂的语言——白话，而且通过通俗"说话"传扬到民间，所以赢得了极广泛的读者群。宋人话本所使用的白话，是在民间口语的基础上提炼成的一种新的文学语言，这种语言以白话为主，但也融合了一些文言文的成分，并且经常穿插一些古典诗词。具有生动、明快、泼辣、粗犷的特色，叙述故事，明快有力；表现人物，惟妙惟肖，大大增强了小说的表现力。例如《史弘肇龙虎君臣会》中媒婆给郭威提亲的一段：

> 王婆经过酒店门口，揭那青布帘，入来见了他兄弟两个道："大郎，你却吃得酒下！有场天大的喜事来投奔你，划地坐得牢哩！"郭大郎道："你那婆子，你见我撰得些银子，你便来要讨钱，我钱却没得与你，要便请你吃碗酒。"王婆便道："老媳妇不来讨酒吃。"郭大郎道："你不来讨酒吃，要我一文钱也没有。你会事时，吃碗了去。"

寥寥几句对话，媒婆极力胁肩谄笑的巴结和市井无赖的下流狡猾便被惟妙惟肖地表现出来了。

具有市民性、通俗性、群众性的宋人话本，奠定了中国小说发展的基础，"后来的小说，十之八九是本于话本的"。从宋人话本以后，白话小说就逐渐代替文言小说而成为古代小说的主流，充分显示出白话小说强大的生命力和广阔的发展前途。

宋人话本小说取材于现实，它以新的写实手法，表现普通人平凡的日常生活，大大缩小了艺术形象与生活之间的距离，朴实地表现了世间普通人的欢乐、辛酸和悲哀。其主人公既不是英雄剑侠，也不是绝代佳丽，但这些平凡人的平凡故事，却以人情世态、悲欢离合的细节取胜。在审美意向方面，则不追求高雅的韵味、精美的文辞，而是以曲折变化的情节、充满世俗情趣的故事取胜。受志怪传奇的影响，宋人话本中也有怪异题材之作，但其主流及优秀代表作却是那些反映社会现实，描写普通市民日常生活的作品。题材的现实性和日常生活化，是宋人话本的主要特点。即使有奇巧的情节，也是注意取材于民间逸事，是从日用起居中提炼出来的。即使出现鬼魂，也是主人公斗争精神的化身，且仍如普通人一样在继续着对平凡而幸福生活的追求。

### （二）生动的市民生活画卷

近代历史上所称的"市民"并非一般意义上的城市居民，而是特指封建社会后期由于城市商业和手工业的发展，出现的一个新的社会阶层。为适应宋代城市经济繁荣发展的新变化，北宋天禧三年（1019年），重新建立户籍制度，第一次将城市居民与乡村居民分别开来，将城市居民列为坊廊户，在全国范围内按照城市（镇市）居民的财产状况将居民分为十等。坊廊户单独列籍定等，在户籍制度中获得独立，标志着我国市民阶层的兴起。宋代市民即宋代文献中所谓的"市人"，则由坊廊户中的商人、作坊主、小贩、工匠、店员、船工、苦力、艺人、妓女、无业游民等组成。宋代城市繁荣、商品经济迅速发展，都城人口达到百万以上，商税也居全国城市之首，全国政治中心也成了新的商业中心。于是城市市民随之迅速增加，发展成为颇具影响力的社会力量，这些"市井细民"是农民阶级和封建统治阶级之外的"第三等级"。

宋人话本是为适应市民阶层的文化需要而产生的，以表现市井民众的社会生活、反映他们的思想愿望为主要内容，是市民的文学。从宋人话本中，我们可以真切地看到宋代市民生活的历史画卷。

市民阶层虽是"第三等级"，但与农民阶级一样，都受到封建统治阶级的压迫和剥削，他们与封建统治阶级之间存在尖锐的矛盾，有强烈的反封建意识。特别是生活在繁华闹市的市民们，从小既没有接受过正统的儒学熏陶，也不像农民被束缚在乡野土地上，比较闭塞，他们行商坐贾，结交三教九流，出入秦楼楚馆、茶肆酒店，过着放浪不羁的生活，较少受封建礼教的约束，也特别不甘心忍受封建礼教的束缚，

所以反封建要求很强烈，宋人话本鲜明地表现出了这一点。

反映妇女的爱情婚姻生活也是宋人话本中最重要的内容之一。在以男性为中心的中国封建社会，妇女处于社会底层，市民阶层中的妇女也是这样，所以在宋人话本中涉及得比较多的是妇女的爱情婚姻问题，既反映了封建势力对她们的迫害，表现她们的痛苦和不幸，也表现出她们的反抗和斗争。而且与过去的文学作品相比，宋人话本小说中的妇女形象表现得更为坚定和勇敢，使作品中的男性形象相形见绌。

《碾玉观音》中的璩秀秀就是这样的典型，这是一个为了幸福爱情婚姻生活而勇敢反抗、宁死不屈的妇女形象。她出身贫苦，又被迫"献入"王府当"养娘"，实际上是一个女奴。她爱上了工匠崔宁，便利用王府失火的机会，主动提出跟崔宁乘乱逃走。崔宁虽也对她"痴心"，但犹豫害怕，不敢跟她逃走。她就以"我叫将起来，教坏了你"相威胁，绝无贵族小姐的扭捏之态，显得大胆坦率，甚至泼辣，毫不掩饰自己火一样的感情。她以这种强烈感情帮助崔宁战胜怯懦，两人双双远逃他乡"做长久夫妻"。可仍然没能逃脱封建统治阶级的化身郡王的魔爪，璩秀秀被抓回来活活打死。但她至死也不忘恋人，做了鬼仍要与之一起生活。然而还是无法生活下去，又被郡王抓回，她便把崔宁一起扯到郡王势力达不到的阴间去，做了一对鬼夫妻。正如篇末诗所言："璩秀秀舍不得生眷属，崔待诏撇不脱鬼冤家。"真是情之所钟，生死以之。在璩秀秀身上，充分表现出新兴市民阶层对幸福爱情婚姻生活的强烈渴望。而且，这一渴望因与人身解放联系在一起，因而表现得更为执着。作为一个市民女子，璩秀秀所追求的人生理想是经济独立、婚姻自主，不依附他人，靠自己辛勤的劳动生活，掌握自己的命运，在追求爱情婚姻自由、人身自由的同时，追求人的价值和人格的独立。从人与人结合，到鬼与人结合，最后到鬼与鬼结合，她在强大的封建恶势力的逼迫下步步后退，但显现出的却是一如继往、至死不渝的顽强精神，是任何恶势力都无法战胜的勇气和决心。她大胆泼辣的行为是基于对爱情婚姻和人身自由的双重追求，具有冲破封建束缚、反抗封建礼教的意义，是新兴市民阶层意识进步的反映，对爱情文学的发展作出了具有历史意义的贡献。

封建婚姻制规定男女婚姻必须经"父母之命，媒妁之言"，不能自己结合。但《闹樊楼多情周胜仙》中的周胜仙对开酒店的范二郎一见钟情时，便不肯轻易错过，而要思量怎样和他说话。在严酷的封建礼教控制下，她虽然无法同范二郎直接交谈，却巧妙地冲破封建礼教牢笼，迂回作战。她故意借与卖水人争执闹嚷的机会，说道："我是曹门里周大郎的女儿，我的小名叫作胜仙小娘子，年一十八岁。"做了自我介绍，还大胆地补上一句："我是不曾嫁的女孩儿。"范二郎心领神会，如法炮制，进行自我介绍后，她"心里好喜欢"，更大胆地借骂卖水人又加上一句："你敢随我去？"这种富有机智、借题发挥式的爱情表达，其大胆坦率、火热炽烈是显而易见的。后来，她的婚姻受到封建家长的阻碍，她便一气死去。死而复苏后，她马上要去找范二郎。可找到范二郎后，却又不幸被当成鬼打死。她为情而死，死而复活，又误伤于情人之手，但她仍丝毫不悔："奴两遍死去，都只为官人。"鬼魂还特地寻到狱中和范二郎团聚，"了其心愿"。周胜仙对自己选定的爱人，始终不渝地热恋着，坚定执著地追求着，生前相爱、死后缠绵、义无反顾，绝不后悔，为追求爱情婚姻幸福而产生的斗争意志，不但可以挣脱封建礼教的束缚，而且可以冲破生死之隔。在我国古典文学中，以前还未曾产生过如此坚定于爱情的女性形象。

《小夫人金钱赠少年》（又作《志诚张主管》）中的小夫人形象，仍体现出强烈追求幸福生活的特点。小夫人是一个陷入不幸婚姻中的妇女，她因年轻美貌，被高官王宣招纳为小妾，虽"十分宠幸"，实际只是以她为玩物，所以"后来只为一句话破绽些，失了主人之心，情愿白白里把与人"，根本没有把她当人看待。接着她又被媒婆欺骗，嫁与一个"须眉皓齿"的六十老翁张员外，"心下不乐"，时时"两行泪下"。她被当玩物一样左右易手，被禁锢在一个极有限的生活天地里，

她不甘心放弃追求幸福生活的权利，偷偷爱上了年轻的主管张胜。她主动赠金钱、衣物给他，以此表达自己的感情。虽然张胜胆小怕事，在母亲的劝告下处处回避小夫人，但她死后变鬼也要来找他，"只因小夫人生前甚有张胜之心，死后犹然相从"。她的真情实在是感人。在封建势力统治下，她一再被折磨、受欺骗，她强烈渴望摆脱不能主宰自己命运的玩物地位，想过一个普通人的正常生活，这种愿望是完全合理的，她对这种幸福生活的追求也十分勇敢执着。虽然有限的生活圈子使她不得不把希望寄托在一个软弱胆怯的人身上，她的最平凡的人生愿望也无法实现，始终未能品尝到生活的幸福。但是，她却不断追求，并为此付出了生命的代价，表现出一种不屈服于命运的顽强精神。

在据历史故事和民间传说编改的宋人话本中，也有同样勇敢执着的女性形象。《风月瑞仙亭》中的卓文君是主动私奔；《董永遇仙记》中的织女则是主动下嫁。

总之，这些宋人话本小说中出现的女性形象，不管是下层市民女子，还是曾生活于上层社会的女子，不管是富户小姐，还是天上仙女，都富有追求幸福的勇敢执著精神。像璩秀秀这样的下层妇女形象，纯然是中国文学中以前未曾出现过的新形象，她们的大胆执著令古代文字作品的妇女形象黯然失色，即使是唐传奇中出现的强烈追求爱情幸福的妇女形象也无法与之相比。特别值得注意的是，唐传奇以上流社会为对象，其中出现的女子也多是上层社会女子，即使是下层妓女，也是周旋于上层社会的名妓，身边自有大批追随者。而宋人话本中出现的却多是璩秀秀这样的下层女子，她们虽身份低下，精神上却突破了封建礼教的束缚，她们的思想是坚定的，行为是果敢的，特别是在所爱的男子面前，她们大胆、坦诚、热情。反过来，对于背叛她们感情的男子，她们也毫不犹豫地予以报复。《王魁》中的桂英虽是一个妓女，地位卑下，但得知当考中状元的王魁背义负心后，便气得捶胸跌足、呕血而死，死后冤魂仍要索命报仇。《杨思温燕山逢故人》中的郑意娘虽已殉死，但得知丈夫不守盟誓、负心他娶时，仍采取了报复行动。如果说唐人传奇常常表现男性对女性的占有和玩弄的话，那么宋人话本小说则常常表现的是女性对男性软弱和负心的批判。这些摆脱了男尊女卑观念束缚的妇女，确实极鲜明地表现了女性形象的胆识与勇气。

宋人话本写妇女的生活，写她们对爱情婚姻幸福的追求，不是孤立的描写，而是放在特定的社会环境中，通过她们的命运和遭遇，让人看到当时社会的面貌。璩秀秀所追求的是起码的人身自由和个人幸福，她只想能摆脱不被当成人的被奴役地位，与自己心爱的人过自食其力的生活，但却被封建统治势力的代表郡王活活打死，我们从中可以看到社会的黑暗和罪恶。周大郎极力阻止女儿的婚事，周胜仙为此付出了生命的代价，反映出封建门第观念的深重影响。《王魁》反映出一个深刻的新的社会问题，这就是后来许多作品所反映的"痴心女子负心汉"主题。科举制度打破了豪门士族对官场的垄断，庶族寒士也可以通过参加科考跻身官场，这就是所谓"十年寒窗无人问，一举成名天下知"。而这些科举的幸运儿"一阔脸就变"，"贵易妻"也就成了一个社会问题，许多处于社会底层的贫穷女子成了牺牲品。桂英就是其中一个，她的悲剧是有典型性的。作者对她充满了同情，最后写到"桂英死报"，既表现出宋人话本反映现实的敏锐性，也表现出强烈的现实批判性。

宋人话本小说的另一重要题材是公案，也具有强烈的现实批判性。随着封建社会向后期发展，封建专制统治日益稳固，社会也越来越腐败黑暗，对人民群众的压迫和残害越来越严重。公案类作品的大量出现，正是封建统治阶级草菅人命、制造冤狱的黑暗现实的反映。

《错斩崔宁》通过一个冤案，深刻揭露了封建社会法制的腐败和封建官吏草菅人命的罪恶。小市民刘贵向岳父借得十五贯钱，回家后对小娘子陈二姐开玩笑说是她的卖身钱，于是陈二姐连夜逃开，想回娘家。当夜，刘贵被杀，银子被抢。陈二姐早起路遇小贩崔宁，结伴同行。人们赶来抓住，崔宁身上刚好带有卖

中国古代小说变迁

丝得来的十五贯钱，银数的巧合成了罪证。虽然崔宁对银子来源交代得很清楚，但府尹咬定"世间不信有这等巧合事"，既不听申辩，也不去调查，只是严刑逼供，屈打成招。两个无辜的人被糊里糊涂地处斩了。这个案件本身并不复杂，也不难调查清楚，但封建官吏视人命如儿戏、武断专横，随意制造冤案。作者气愤地说：

看官听说：这段公事，果然是小娘子与那崔宁谋财害命的时节，他两人须连夜逃走他方，怎的又去邻舍人家宿一宵？明早又走到爹娘家去，却被人捉住了？这段冤枉，仔细可以推详出来。谁想问官糊涂，只图了事，不相捶楚之下，何求不得？

明确指明这个简单易断的案子成为冤案是因为"问官糊涂，只图了事"，只知"捶楚"。作品以简单冤案来揭露当时社会的阴暗，反而大大增强了作品的批判力量，充分说明封建官吏昏聩到何等程度，封建官府黑暗到何等程度。作者不由得发出痛切的呼吁：

所以做官的切不可率意断狱，任情用刑，也要求个公平明允。道不得个"死者不可复生，断者不可复续"，可胜叹哉！

在这些糊涂问官的身上，作者不仅揭露了他们不分青红皂白、武断专横、滥杀无辜的罪恶，而且更窥视到封建官吏视人命如草芥，对人、人性和人权的压制和漠视。因而作品不再局限于对昏官糊涂不明的批判，更发出了争取人权、重视人命的深沉呼声。

《陈可常端阳仙化》中的吴七郡王听了针对可常和尚的诬告，就随意"教人分付临安府"抓了，也不容分辩，将"被告"打得皮开肉绽，郡王想怎么判处就怎么判处，临安府也不敢做主。

在这些公案作品中，除了揭露社会黑暗、官府昏庸专横外，还突出反映了当时社会妇女的悲惨命运。《错斩崔宁》中的陈二姐，听到刘贵的一句"戏言"之所以信以为真，就是因为当时确实存在典当与买卖妇女的野蛮制度。听说丈夫把她卖了十五贯，她的疑虑也主要在于"不知他卖我与甚色样人家？我须先去爹娘家里说知"，并非不肯相信，更非要有所反抗。唯其如此，更显出这种事情的普遍性，才更反映出妇女社会地位的低下——居然像牲畜一样听任买卖。

社会黑暗、狱冤遍布，生活于苦难中的广大市民群众渴望着减轻苦难，得到拯救，于是在公案话本小说中出现了"清官"的形象。《三现身包龙图断狱》《合同文字记》中的包公，就是一个典型。他"能剖人间暧昧之情，断天下狐疑之狱"救民于水火。而且他还能"日间断人，夜间断鬼"，有超凡的智慧和权力。与以后小说戏曲中出现的"包青天"形象比起来，宋人话本小说中的包公形象还是较为单薄粗疏的，但却为后来流芳百世的包公形象打下了基础。《皂角林大王假形》中的赵知县，也是一个"清官"形象。在市民文化土壤中孕育、生长起来的"清官"，是社会阶级矛盾激化的产物，是随时可能会遭到飞来横祸，蒙受不白之冤的市民们，为对抗封建统治阶级的无理迫害而制造的偶像。《错斩崔宁》中，小商贩崔宁只是与陈二姐同行即被冤，可见飞来横祸是如何地让人防不胜防。而如果有"清官"包公在，他也许就不会蒙冤被害，屈死刀下。话本小说中的"清官"，即使是历史上确有其人，也不再是历史人物的简单再现，而成为市民理想的寄托，体现出他们要把自己对社会和事件的看法与政治权力结合起来的愿望。市民的这种理想和愿望借《王魁》中的阴间判官的口表达了出来：

阳间势利套子，富贵人只顾把贫贱的欺凌摆布，不死不休……俺大王心如镜，耳似铁，只论人功过，那管人情面？只论人善恶，那顾人贵贱？

通过幻想表达的这些要求，实质上是要求在法律面前有平等的权利。但这种权利在现实世界中无法得到，于是寄托于"清官"。但"清官"也只是一种幻想。

除幻想"清官"来解救自己外，市民们还希望有人能除暴惩凶，为自己出一口恶气，《宋四公大闹禁魂张》等作品就反映了这一点。这篇话本小说歌颂的是一批侠盗，他们机智大胆，以神出鬼没的本领、高超出奇的手段，窃富济贫、骚扰官府，"激恼京师"。

话本小说

他们为穷人伸张正义，惩罚贫吝刻薄、为富不仁的财主张富，使他坐牢破产而死。他们还偷走了钱王府的金银、玉带，剪掉了马观察的一半袖子，割去了滕大尹的腰带挞尾，在皇城脚下戏耍官吏，闹得满城风雨。在他们的挑战面前，封建统治者惊慌失措，束手无策。他们专与富豪、权贵、官府作对，他们对权贵富豪的戏弄和惩处，从一个侧面反映出市民群众对封建统治阶级的憎恨情绪，表现了对迫害者的反抗斗争。《万秀娘仇报山亭儿》中的尹宗也是一个侠盗。他虽是偷儿，但能急人之难，救人之命，并为救他人而牺牲自己的生命。这些作品反映出市民群众反抗黑暗社会、反抗封建压迫的强烈情绪，与公案作品中的"清官"，一文一武，成为市民反抗精神的寄托。

宋代统治者由于采取"守内虚外"的政策，国力孱弱、外患不已、最后北宋覆灭，南宋半壁江山也朝不保夕，一个民族矛盾尖锐、民族灾难深重的朝代到来了。面向现实的宋人话本也有反映民族矛盾之作，《杨思温燕山逢故人》就是一个代表。北宋沦亡时，入侵的金兵俘虏了徽、钦二帝，也掳掠去大批宫女和平民。这就是历史上著名的"靖康之变"。南宋时期，出现不少抒写亡国之痛和流落异邦之苦的作品，如《靖康孤臣泣血路》《窃愤录》等，但都是为最高统治者唱哀歌的，而这篇话本小说，却展现了民族大灾难中广大人民群众生离死别的悲惨图景。作品写"太平之世，人鬼相分；今日之世，人鬼相杂"，对金统治者作了高度概括和深刻揭露，通过对流落敌国的杨思温在热闹节日里凄凉心境的表现，抒发了无可奈何的亡国之痛；以郑意娘的一灵不昧，刻画了国破家亡时殉身的鬼魂的难以瞑目；又以韩思厚的违弃盟誓、另求新欢，谴责了不能坚持节操的乱世男女，揭示了"人不如鬼"的严酷现实。压抑的气氛、沉痛的感情，真实地再现了民族大灾难中生活于"人鬼相杂"世道的人民的苦难和沦陷区人民的心理创伤，表现了反对民族压迫的情绪，在话本小说中展现了一个全新的生活领域和感情世界。

宋人话本中还有不少志怪之作，只是为迎合小市民的猎奇心理，并无什么意义。一些据历史和旧著编写的作品，一般说来，思想价值也较弱。只有那些面向社会现实、反映市民生活的作品，才是宋人话本小说的代表。

宋人话本小说是宋代市民生活和思想意识的真实记录，这些有幸流传下来的作品，广泛反映了当时社会的黑暗和秩序的混乱。当时的官府贿赂公行，不断地制造冤狱，滥杀无辜。都城临安，夜有盗贼谋财害命，城外郊野更有恶贼拦路抢劫、杀人越货。宋代市民阶层就生活在这样的社会之中。在沉重的封建势力压迫下，他们希望能得到"清官"的解救，也渴求有"侠盗"除暴惩恶，并以浪漫的幻想，让在现实生活中被迫害至死的有情人变成鬼——因为唯有如此，他们才能得到幸福。更为可贵的是，他们为人身解放和婚姻自主，进行了勇敢而顽强的斗争，表现了对幸福生活的强烈愿望和执着追求。他们也艳羡发迹，幻想有神怪相助，如《董永遇仙记》中的贫苦农民董永，依靠仙女的帮助，不仅摆脱了佣工奴役，而且后来还当了兵部尚书，而他与七仙女生的儿子，竟然是汉代大儒董仲舒，这种想象何其大胆、活跃。但是，市民们的生活理想却主要是在世上过独立自主、自食其力的生活，自己掌握自己的命运。不仅璩秀秀、崔宁是这样，就是其中的历史人物（如司马相如和卓文君），也是通过开酒肆来谋生，过着自食其力的劳动生活。

宋人话本小说是市民生活真实生动的历史画卷，充分表现了处于封建势力重压下的新兴市民阶层的思想意识，是真正"为市井细民写心"的。

刚刚从封建社会母体中成长起来的市民阶层，其思想意识带有明显的不成熟特征，且具有复杂性、模糊性，还带有软弱性。他们反对封建礼教的束缚，有冲破封建思想牢笼的强烈愿望，但却由于时代的限制，尚未找到与之对抗的思想武器。因而，即使他们斗争是勇敢的，但思想意识却并非很明确，还带有某种程度的盲目。如周胜仙，不可谓不勇敢坚定，

但对那个见到她的鬼魂就惊慌失措以致误伤她的男人到底是否真值得她爱，却似乎从没有认清。也就是说，她只是在追逐爱情，舍生忘死地狂热追逐爱情，至于这爱情的内涵、思想意蕴是什么，她却并不了解，也不想了解，这其中就包含了某种盲目。

他们有自己的生活理想，有过幸福生活的愿望，也曾为实现这种愿望奋斗

过，但不少人却因惧怕封建压力而显得软弱，特别是那些男主人公。崔宁不及璩秀秀坚强，也可能有性格因素，而实质上是思想境界的差异。而张胜更不能与执著的小夫人相比，这个对小夫人未必没有一点爱慕之心的主管，由于畏惧封建势力，思想上受封建礼教束缚，在小夫人顽强执著的追求面前，显得那么怯懦、软弱。然而，话本小说虽对小夫人的不幸命运充满同情，却仍然要肯定张胜"立心至诚"，以至把小夫人当成祸水，而张胜"不受其祸"。所谓"少年得似张主管，鬼祸人非两不侵"。所以本篇又名《张主管至诚脱奇祸》。话本作者的这种矛盾的处理，充分反映了刚刚从封建社会母体中挣扎出来的早期市民阶层在思想意识上的复杂性、矛盾性、软弱性。即使像《碾玉观音》这样的优秀之作，虽然充分反映了封建统治者对下层劳动者的迫害，但其矛头却主要指向了挑拨是非的郭排军，这实际上为主犯郡王减轻了罪责，勇敢反抗的璩秀秀也只是以惩处郭排军来报冤仇罢了。《错斩崔宁》这种深刻揭露官府专横昏聩、草菅人命的作品，却又强调"只因戏言酿灾危"，削弱了作品思想的尖锐性。《陈可常端阳仙化》更是把陈可常被迫害致死说成是"前生欠宿债，今生转来还"。

由于他们受封建统治者的迫害，所以渴望有"侠盗"为之出气，但是当他们兴高采烈地赞赏宋四公、赵正戏弄官府、惩处恶人、大闹东京时，又不忘提及他们的破坏性，如写宋四公行窃时杀死无辜妇女，赵正捉弄侯兴杀死亲生儿子等令人切齿的罪行。这种矛盾正是早期市民意识的反映。这篇话本小说所包含的官逼民反的倾向，从某种意义上可以说是《水浒传》的先声，但其思想价值却不可与《水浒传》同日而语。

至于宋人话本中所反映的因果报应、封建迷信思想等等，并非仅是早期市民意识，而且也不仅仅是市民阶层所具有的思想意识。不过，在这些落后意识中，也包含着在现实生活中遭受苦难和迫害的市民们的愿望："若是世人能辨假，真人不用诉明神。"信奉神明保佑与幻想"清官庇护"，思想认识上具有相通之处。

### （三）别具特色的叙文艺术

宋人话本小说是由入话、头回、正话、篇尾等部分组成的，成为话本小说的标志，由此形成了中国古代白话短篇小说的独特体制。

宋代话本小说一般在开头都有"入话"，中间有诗词韵语的穿插，结尾用诗句结束。"说话"人在正式开讲之前，为了使已到场的听众安静下来，并等候后来的听众陆续到场，往往要先串讲一些诗词或讲一个与主体故事（正话）有关的小故事，这就是"入话"，也叫做"头回"。如《错斩崔宁》开篇有诗：

聪明伶俐自天生，懵懂痴呆未必真。

嫉妒每因眉睫浅，戈矛时起笑谈深。

九曲黄河心较险，十重铁甲面堪憎。

时因酒色亡家国，几见诗书误好人。

这首诗讲出了为人的难处，说明举止言行需谨慎。接下来先串讲了一个小故事：一个叫魏鹏举的新科进士，因一句戏言被降职，丢了锦绣前程。恰恰也是因为戏言，《错斩崔宁》中的刘贵丢了性命。

在讲说过程中，特别是当故事发展到紧要去处，"说话"人又往往要插入一些诗词韵语，或写景、或状物，或发感慨、或作评赞，既可对讲说部分起到加强或烘托的作用，又可以通过吟唱或吟诵的形式调剂听众的情绪。话本结尾往往采用两句或一首散场诗，用以总括全篇，点明主题，一般具有惩恶劝善或总结教训的意味。如《错斩崔宁》的结尾，有诗为证：

善恶无分总丧躯，只因戏语酿灾危。

劝君出语须诚实，口舌从来是祸基。

所有这些结构形式，都是宋代话本小说的有机组成部分，不但为明清的拟话本小说所继承，而且对以后的中长篇小说也有很大影响。

体制毕竟只是形式，更为根本的是，宋人话本小说是由听觉文学向视觉文学的过渡，仍受"说话"的影响，具有诉诸听觉的艺术

话本小说

特点。这一总特点，规定了话本的叙述方式和方法。

### 1. 情节结构

宋代说话中的小说家在当时之所以最受欢迎，主要是因为他们可以在比较短、比较集中的时间内讲完一个内容丰富多彩、情节曲折离奇、能够引人入胜的故事。现在看那些写得比较好或比较有特色的宋代话本小说，的确都不同程度地具备了这些艺术特点。因为诉诸听觉，所以要用丰富曲折而又惊心动魄的故事情节吸引人，这正是宋人话本突出的艺术特点，奠定了中国小说故事性强的优良传统。郑振铎先生说："'话本'的结构，往往较'传奇'及笔记为复杂，为更富于近代的短篇小说的气息。"

《碾玉观音》以璩秀秀和崔宁的命运为结构中心，以郭排军和玉观音这一人一物作为故事情节发展的线索，由两次出走、两次同居、两次被抓捕构成波澜起伏、变幻曲折的情节。郭排军的两次告密，掀起两大波澜。玉观音既引出崔宁，后来又把被发遣到建康的崔宁引回临安，秀秀随之而来，才被识破是鬼魂，观众才知道她已被郡王活活打死，而她成了鬼也要与崔宁团聚。主人公的悲剧命运扣人心弦，跌宕起伏的情节变化，让人在一再惊奇中被牢牢吸引住。特别是对秀秀的被打死，父母投河而死，先不写明，到矛盾斗争的最高潮，故事要结束时才一并点明，让人在意料之外中受到强有力的感情冲击。而且，这些故事虽出人意料，却又让人从幻想情节中看到了艺术的真实，看到女主人公性格发展的脉络。至于《闹樊楼多情周胜仙》以女主人公生而死、死而生，复又死去的过程组成的情节结构，更显得曲折变幻、跌宕起伏、扣人心弦。

作者在设计情节时，还充分运用了巧合的艺术手法，以推动故事的发展，增强情节的波澜。璩秀秀与崔宁远逃数千里外，以为不会被郡王发现，恰巧郭排军奉命给刘两府送钱来偶然发现，由此引出后面一系列的风波，越发显出情节的曲折变化。《错斩崔宁》又名《十五贯戏言成巧祸》，"巧合"在情节的发展中起了重要作用。刘贵与妻子一起去王家给岳父拜寿，得到十五贯银子的馈赠。

如果夫妻携钱一起回家，陈二姐（刘贵的妾）便不会出走，门不开，也难以发生偷钱杀人的事。可偏偏王氏留住娘家几日，刘贵独自回家，这是一"巧"；刘贵径直回家，不喝酒，就不会借酒"戏言"，便没有了后面的情节，他却偏偏小饮而醉，并因醉对陈二姐开了"典身"的玩笑，这是二"巧"；刘贵回家，陈二姐如立即开门，刘贵就不会"戏言"了，正是因为刘贵"怪他开得门迟了"而"戏言"典卖了她，才把她吓跑而使事情生变，这是三"巧"。最大的"巧合"是，陈二姐在回娘家的路上遇到的小贩崔宁也带有十五贯卖丝得来的银子，正好与刘贵被杀时失去的银子数目相符。而且后来刘贵妻王氏被静山大王抢去做了压寨夫人，而他正巧是杀害刘贵的真凶。在一系列"巧合"中，情节曲折地向前发展了，主人公的命运也扣住了人们的心，更主要的，这些偶然的"巧合"还包含着必然性因素。陈二姐之所以听到一句"典身"玩笑话就信以为真，是由她的低下地位和当时典卖妇女的社会现实决定的；十五贯银子的"巧合"之所以会断送两条无辜生命，是由封建官吏的昏聩和专横决定的。

同样运用巧合手法的还有《陈可常端阳仙化》，陈可常不但在自己所作的《菩萨蛮》词中两次出现"赏新荷"，而且就在新荷与人通奸怀孕、不能出来唱曲的这年端午，陈可常恰巧也"心病发了"，不能到王府来。难怪新荷招认与他有奸时，吴七郡王当即大怒："可知道这秃驴词内皆有'赏新荷'之句，他不是害什么心病，是害的相思病！今日他自觉心亏，不敢到我府中。"遂吩咐临安府差人去灵隐寺拿陈可常问罪。后来陈可常被屈打成招、沉冤莫辨，直到新荷与奸夫钱都管闹翻，在郡王面前说出实情，陈可常才得以平反。但此时的陈可常已看破红尘，在灵隐寺坐化。

偶然性的巧妙运用使情节更为曲折生动，引人入胜。巴尔扎克说："偶然是世界上最伟大的小说家，若想文思不竭，只要研究偶然。"宋代话本作家似乎早就懂得了这一点，很善于运用偶然性的"巧合"情节。

宋人话本还非常注意制造悬念，使故事情节扑朔迷离，引人入胜。《三现身包龙图断冤》开头写孙押司卦铺算命，算命先生说他当夜"三更三点子时必死"，不仅孙押司坚决不信，读者（听众）也极难相信，这就造成了

悬念。而且，不管当夜如何防止出事，孙押司还是在三更三点跳河了，给人留下了一个更大的悬念。接着写孙押司的鬼魂三次现身，托丫鬟迎儿为他报冤，但还是没有说明他是怎么死的，一直把人的胃口吊住，最后才揭穿真相。原来是孙押司的妻子伙同小孙押司杀害了孙押司，把尸首揎在井中，再把灶头压在井上。而开头孙押司投河原来是小孙押司搞的鬼：半夜三更小孙押司掩着面走出，把一大块石头扔到河里，扑通一声响，当时只道大孙押司投河死了。小说情节扑朔迷离，待真相大白，读者得到了一种意外所带来的愉悦和美感享受。

富于戏剧性的情节特别容易吸引人，宋人话本小说也注意营造戏剧性场面。最典型的莫过于周胜仙、范二郎借与卖水的人吵闹而自报家门、互通情愫了。那趣味横生的戏剧性场面实在让人拍案叫绝。璩秀秀逼崔宁乘火灾与自己一起逃走的场面也是富于戏剧性的，一个巧妙地不动声色地步步进逼，一个不自觉地陷入"圈套"而进退两难，令人忍俊不禁。《错斩崔宁》也是在刘贵带酒又恼又戏，陈二姐闻言又惊又疑的戏剧性场面中展开情节的，只不过这"戏言"的轻松逗笑场面令人沉重揪心。富于戏剧性的情节设置，大大提高了话本小说作品的艺术感染力。

总之，以情节的曲折生动取胜是宋人话本小说的一大特色，而且由此而形成了我国古典小说表现手法的民族风格和特点，其影响是深远的。不仅对后代小说的创作发展产生重要影响，而且也影响到我国读者的欣赏习惯，我国读者习惯重视小说的故事情节，从故事情节的发展中去掌握作品，认识人物。

2. 人物形象刻画

宋人话本小说不但重视故事情节结构，优秀的作品也注重在情节发展中刻画人物，创造了性格鲜明的人物形象。

宋人话本小说中的人物形象生动鲜活，富有个性。像璩秀秀、周胜仙这些著名的人物形象，性格内涵可能没有太多的层次，但她们的大胆、泼辣、热烈，闪烁着野性的光芒，却给人以非常鲜明、非常突出的印象。而且这种性格特点与她们的市民身份、市民生活是相符的。她们没有受过较高的文化教育，受封建思想的熏陶也少，她们不及上层文化妇女感情细腻，但深挚过之；不及其感情丰富，但火热过之。她们更不会扭捏遮掩，只是坦率地呈露自己真实的内心。

宋代话本小说善于在尖锐的矛盾冲突中塑造人物，进行性格刻画。为战胜崔宁的顾忌和犹豫，璩秀秀的性格已迸射出火花；而郡王的残酷迫害，更使她的性格在反复斗争中闪现光彩，塑造成功。"男女授受不亲"的封建礼教是周胜仙爱情的巨大障碍，而为了克服这一障碍，周胜仙显示了她的大胆、泼辣和机敏。封建家长的严酷阻碍，将周胜仙活活气死，但她的气死以及复活后的继续追求，却打造了她坚定、执著的性格。同时，宋代话本小说还运用心理描写，通过人物的内心冲突刻画性格。前者如《闹樊楼多情周胜仙》中周胜仙初遇范二郎时"心里暗地喜欢"，自思量道："若是我嫁得一个似这般子弟，可知好哩。今日当面错过，再来那里去讨？"又思量道："如何着个道理和他说话，问他曾娶妻也不曾？"后者如《碾玉观音》中的崔宁，面对秀秀的步步进逼，他犹豫畏惧，但对秀秀也存着"痴心"；《小夫人金钱赠少年》中的张胜，面对小夫人无言但执著的追求，他退缩，但并非没有对爱的渴求，否则也不会收留小夫人在家（在不知是鬼的前提下）。但是，当感情与封建礼制发生了矛盾，他们内心就畏惧、犹豫了，通过这内心矛盾的表现正好刻画出他们的性格特征。而且，即使是《风月瑞仙亭》这样的改编之作，也毫不吝啬笔墨通过内心冲突刻画人物。当卓文君与司马相如私奔后，卓王孙怒气冲天又无可奈何，既想"讼之于官"，又"争奈家丑不可外扬"，恨而置女儿的死活于不顾。但当得知司马相如被汉武帝征召时，又赞"女儿有先见之明"，不过他内心仍充满矛盾：

我女婿不得官，我先带侍女春儿同往成都去望，乃是父子之情，无人笑我。若是他得了官时去看他，交人道我趋时捧势。

通过前后矛盾的对比，暴露出卓王孙丑恶的灵魂，这里的矛盾心理，更是把他的虚伪性格表现得淋漓尽致。

宋代话本小说还特别注重在具体的行动中来表现人物的精神风貌和性格特

155

点。这使人物的刻画与情节的发展紧密联系起来。通过璩秀秀的逃而捉、捉而逃，变成鬼也要与崔宁结合的一系列行动，展开了对她的性格刻画。尤其是秀秀同崔宁一同从郡王府出来时的描写，把她的性格刻画得越来越鲜明。当时"秀秀手中提着一帕子金珠富贵，从左廊下出来，撞见崔宁，便道：'崔大夫！我出来得迟了，府中养娘，各自四散，管顾不得，你如今没奈何，只得将我去躲躲则个。'"秀秀趁着王府失火的机会，收拾了一包金银绸缎准备逃离王府，不期撞上了崔宁，她便抓住这个时机，主动而大胆地向崔宁展开追求。两人一路走过去，她又说脚疼走不得路，有意识地向崔宁撒娇表示亲近。等到坐在崔宁家里，她又说："我肚里饥，崔大夫与我买些点心来吃。我受了些惊，得杯酒吃更好。"这简直有点像以主妇的身份指挥崔宁了。描写极为自然，朴素平易，璩秀秀的要求似乎都是未经考虑、临时引起的。但实际上，她都是早有准备、深思熟虑的，她一步紧似一步地逼向既定的目标，每一步行动都表现了她大胆、主动的性格，表现了她追求幸福生活的热情，在表面的漫不经心中带着几分女性的狡黠。最后，她见崔宁仍无动于衷，便借酒提起郡王昔日无意的随口许诺。见崔宁还是唯唯诺诺，不敢应接，她便挑穿话头，直接提出要与他"先做了夫妻"。崔宁还说"岂敢"，她便以"我叫将起来，教坏了你"相威胁，胆小怕事的崔宁只好屈从。以上情节通过秀秀步步进逼的行动和简单明了的几句话，把秀秀热烈、大胆、泼辣、执著追求爱情和人身自由的性格鲜明地突现了出来。

同时，宋人话本小说还注意通过人物的生活环境和个人经历，刻画人物形象的不同性格特征。璩秀秀、周胜仙、小夫人都是被压迫的妇女，同封建统治者和封建礼教存在矛盾，都曾勇敢地追求爱情婚姻幸福，并为此牺牲了生命。但她们的性格并不相同。小夫人虽是小妾，可以因"一句话破绽些"便被抛弃，可她毕竟曾被娇宠于贵家大族，所以她在追求爱情幸福时，就不及璩秀秀、周胜仙勇敢大胆，而且，她在追求爱情幸福时，还乞灵于金钱财物，不像璩秀秀、周胜仙主要靠感情的坚执去争取。璩秀秀是"养娘"，实际上只是个女奴，受尽压迫，对她来说，追求爱情婚姻的幸福是与争取人身自由连在一起的，所以她比周胜仙这个商人的女儿更加老练精细。她们都是大胆泼辣的，但璩秀秀面临的是重大的人生抉择，她深思熟虑，做好准备，步步逼向目标，表面上不动声色，实际颇有心计。她的大胆袒露真心，她的泼辣威胁，都是为追求终生幸福所作的孤注一掷的斗争，不达目的绝不罢休。周胜仙的大胆泼辣，是一见钟情的少女的热情的冲动，她的机巧也只是在"眉头一纵"中产生。所以璩秀秀的每一次行动都显得那么胸有成竹，从容不迫，而周胜仙则是走一步算一步，而且缺乏应变能力。走出朱真家后，她"不认得路"；找到范二郎，被怀疑是鬼，只能被动挨打。她毕竟只是在父母的羽翼下长大的小鸟，比在生活的磨炼中长大的璩秀秀幼稚得多。

应该承认，宋人话本小说中使人印象深刻的人物形象并不太多，具有典型性的则更少。这既与话本小说的作者文化水平不高有关，也与话本小说受"说话"影响，过于重视故事情节的弊病有关，有些篇目中的人物简直是湮没到曲折情节中去了。即使像《宋四公大闹禁魂张》这样较有影响的作品，也同样存在这个问题。这是宋人话本小说显得较粗疏的主要表现之一。但是，宋人话本小说的人物描写所取得的现实主义成就是值得称道的，其描写的真实生动、人物形象的浮雕式的清晰，都达到了中国小说史上的新高度。

### 3. 语言特色

宋人话本小说作为"说话"的底本，是通过说话人的口头讲述而与听众直接交流的。这样诉诸听觉的直接结果，是它只能使用通俗的白话，而不再使用艰深的文言。宋人话本小说是最早的纯粹的白话小说，"是中国文学史上第一次用白话来描叙社会的日常生活"。到了宋人话本小说，真正的白话小说才算是出现了，这是凡读过宋人话本小说的人都可感受到的。如《错斩崔宁》中的这段文字：

却说刘官人驮了钱，一步一步捱到家中。敲

门已是点灯时分。小娘子二姐独自在家，没一些事做，守得天黑，闭了门，在灯下打瞌睡。刘官人打门，他那里便听见？敲了半响，方才知觉。答应一声"来了！"起身开了门。刘官人进去，到了房中，二姐替刘官人接了钱，放在桌上，便问："官人何处那移这项钱来，却是甚用？"那刘官人一来有了几分酒，二来怪他开得门迟了，且戏言吓他一吓，便道："说出来，又恐你见怪；不说时，又须通你得知。只是我一时无奈，没计可施，只得把你典与一个客人，又因舍不得你，只典你十五贯钱。若是我有些好处，加利赎你回来；若是照前这般不顺溜，只索罢了！"那小娘子听了，欲待不信，又见十五贯钱堆在面前；欲待信来，他平白与我没半句言语，大娘子又过得好，怎么便下得这等狠心辣手？狐疑不决，只得再问道："虽然如此，也须通知我爹娘一声。"刘官人道："若是通知你爹娘，此事断然不成。你明日且到了人家，我慢慢央人与你爹娘说通，他也须怪我不得。"小娘子又问："官人今日在何处吃酒来？"刘官人道："便是把你典与人，写了文书，吃他的酒才来的。"小娘子又问："大姐姐如何不来？"刘官人道："他因不忍见你分离，待得你明日出了门才来，这也是我没计奈何，一言为定。"说吧，暗地忍不住笑。不脱衣裳，睡在床上，不觉睡去了。那小娘子好生摆脱不下："不知他卖我与甚色样人家？我须先去爹娘家里说知。就是他明日有人来要我，寻到我家，也须有个下落。"

这是何等成熟优美的白话文！生动的叙述，复杂矛盾心理的描绘，都称得上是细致入微。前引描写璩秀秀逼崔宁一起逃走的话，其朴实流畅、生动细致也是令人赞叹的，而且是声口毕肖、极富个性色彩。

又如《宋四公大闹禁魂张》中写张员外的四大愿：

一愿衣裳不破，二愿吃食不消，三愿拾得物事，四愿夜梦鬼交。

虽然夸张得可笑，但却非常准确简练地刻画出一个吝啬刻薄的富翁的嘴脸。

宋代话本小说的语言以市民大众的口语为基础，经过说话人和加工者的提炼，一般具有通俗、生动、朴素的特点，而且生活气息浓厚，很富有表现力。

如《一窟鬼癞道人除怪》中王婆向吴洪说媒的一段：

（吴教授）当日正在学堂里教书，只听得青布帘儿上铃声响，走将一个人入来。吴教授看那入来的人，不是别人，却是半年前搬去的邻舍王婆。元来那婆子是个撮合山，专靠做媒为生。吴教授相揖罢，道："多时不见，而今婆婆在那里住？"婆子道："只道教授忘了老媳妇，如今老媳妇在钱塘门里沿城住。"教授问："婆婆高寿？"婆子道："老媳妇犬马之年七十有五，教授青春多少？"教授道："小子二十有二。"婆子道："教授方才二十有二，却像三十以上人。想教授每日价费多少心神！据老媳妇愚见，也少不得一个小娘子相伴。"教授道："我这里也几次问人来，却没这般头脑。"婆子道："这个'不是冤家不聚会'。好教官人得知，却有一头好亲在这里。一千贯钱房卧，带一个从嫁，又好人材；却有一床乐器都会；又写得，算得，又是大官府第出身，只要嫁个读书官人。教授却是要也不？"教授听得说罢，喜从天降，笑逐颜开，道："若还真个有这人时，可知好哩！只是这个小娘子如今在那里？"

这里刻画出了一个能说会道、善于迎逢周旋的市井媒婆的形象。她专程来给吴洪说媒，但并不开门见山，而是先拉闲话、见机行事。当吴洪讲到自己才二十二岁的时候，她先是同情和逢迎："教授方才二十有二，却像三十以上的人。想教授每日价费多少心神！"接着就是试探："据老媳妇愚见，也少不得一个小娘子相伴。"当探得吴洪很想成家时，她即把她那"一头好亲"抛了出来。她的语言是生动的市井语言，而且富有个性。像老媳妇长、老媳妇短、"不是冤家不聚会"这些话从她嘴里说出来，都非常符合她的身份，非常个性化。吴洪的话虽然不多，但也都很符合身份，富有个性，特别是后来听了王婆的夸张介绍之后，他"喜

从天降，笑逐颜开"，并急切问道："只是这个小娘子如今在那里？"把他迫不及待地想找老婆的情态活脱脱地呈现在读者面前。两个人的音容笑貌、神情变化都写得惟妙惟肖，真是如见其人，如闻其声。

至于《小夫人金钱赠少年》中的媒婆，则是为了金银不惜慌骗害人，但她们的话却说得十分俏皮：

张媒在路上与李媒商议道："若说得这头亲事成，也有百十贯钱撰，只是

话本小说

员外说的话太不着人！有那三件事的，他不去嫁个年少郎君，却肯随你这老头子？偏你这几根白胡须是沙糖拌的？"

从生动的口语、有趣的比喻中，可以听出鄙夷嘲笑之意。但这丝毫不影响她们帮张员外把小夫人骗到手。

宋代话本小说还经常运用俗语、谚语和比喻，以增强语言的表现力，使读者对其描写的事件和人物形象深刻而鲜明。如《宋四公大闹禁魂张》中对"禁魂张"张富的描写：

这富家姓张名富，家住东京开封府，积祖开质库，有名唤作张员外。

这员外有件毛病：要去那虱子背上抽筋，鹭鸶腿上割股，古佛脸上剥金，黑豆皮上刮漆。痰唾留着点灯，捋松将来炒菜。……他还地上拾得一文钱，把来磨做镜儿，捍做磬（磬）儿，掐做锯儿，叫声"我儿"，做个嘴儿，放入箧儿。人见他一文不使，起他一个异名，唤做"禁魂张员外"。

三言两语，将一个爱财如命的吝啬鬼的形象刻画得入木三分。

纯熟通俗的语言，流畅生动的叙述，大量民间口语、谚语的运用，标志着白话小说的成熟。不过，以泼辣俚俗为特色的宋人话本小说的语言也并非都提炼得很精粹，也时也有含糊、粗疏的毛病。但总的来看，中国小说从文言到白话的伟大转变，到宋人话本小说就已经完成了。而通俗、生动、朴素的语言风格，不但为明清的拟话本小说所继承、发展，而且为明清的章回小说所吸收、发展，并成为我国古代白话小说语言运用上的主要特色。

总之，从宋人话本小说的思想和艺术，可以看出它确实是市民的文学，体现了市民阶层的审美心理和审美需要，反映了市民阶层的生活和意识，从宋人话本小说开始，具有中国特色的市民文学终于真正出现了。

## 四、对后世文学的影响

宋代话本小说在小说史上占有重要地位。它继承和发展了前代说唱文学的成果，确立了白话小说这样一种崭新的文体，形成了人民群众喜闻乐见的民族形式和风格，从而为后代通俗小说的繁荣打下了良好的基础。

宋代话本对后世文学的影响极其深远。宋代话本开辟了文学家同民间文学相结合的创作道路，既提高了民间文学的艺术品位，又使大批仕途无门的知识分子找到了表现自己文学才能的创作空间，促进了叙事文学供求关系的平衡发展。大量民间艺术形式由于众多文人的参与而走上综合的发展道路，给作为综合艺术主要形式的戏剧提供了发展成熟的综合条件，终于促使戏剧艺术在元代一统天下。元杂剧作家群体的文人化,也正是话本创作文人化的发展与壮大，这种发展的结果，使文学创作真正成为一项独立于社会的文化事业，促进了文学艺术的空前繁荣。

宋代话本小说在语言运用、故事结构、人物刻画等方面，比唐传奇前进了一大步，表现了古典小说现实主义创作方法的逐步成熟。说话人为了吸引听众，特别讲求故事的曲折生动，善于通过人物情态和心理的细节刻画来表现人物，

运用富有戏剧性的对话和冲突来展示人物个性。这些成熟的艺术手法，为后代作家独立的小说创作提供了种种技巧，既满足了叙事文学生产的技术性需求，又满足了小说美学评论活动的功能取向。

宋代话本小说尤其是讲史话本的繁荣，为元代戏剧和明代长篇小说准备了大量的创作题材。元代众多的历史剧目，明代所有的长篇历史小说，无一不是从宋代话本汲取内容、扩大创作成果的。

宋代话本小说中的短篇小说作品，一直影响到元、明、清及近现代的短篇小说创作。明代盛极一时的"拟话本"，从内容到形式都直接继承了宋代话本小说，通过冯梦龙等人的广泛搜集和精心整理、创造，以丰富的内容和精湛的技巧，显示了通俗短篇小说的辉煌。现当代众多中长篇小说中，依然有许多采用章回体的形式，这充分说明了话本体制结构所造就的民族风格,具有永久的艺术魅力。

# 清末四大谴责小说

　　鲁迅认为的晚清四大谴责小说是中国清末四部谴责小说的合称。即李宝嘉（李伯元）的《官场现形记》、吴沃尧（吴趼人）的《二十年目睹之怪现状》、刘鹗的《老残游记》和曾朴的《孽海花》。晚清四大谴责小说是在旧的社会制度行将瓦解，传统文化、传统观念受到新情况挑战的条件下出现的，直接以社会上的种种弊端构成情节矛盾，用嬉笑怒骂、冷嘲热讽的语言表示出对这类丑恶现象的憎恶。

## 一、《官场现形记》

鲁迅认为的清末四大谴责小说是中国清末四部谴责小说的合称。即李宝嘉（李伯元）的《官场现形记》、吴沃尧（吴趼人）的《二十年目睹之怪现状》、刘鹗的《老残游记》和曾朴的《孽海花》。

清末四大谴责小说是在旧的社会制度行将瓦解，传统文化、传统观念受到

新情况、新问题挑战的条件下出现的。文本所表达的思想内容和反映的思想观念，是对社会文化、伦理道德和人们行为方式上的解构和反叛。这些作品直接以社会上的种种弊端构成情节矛盾，把现实社会中的种种丑恶现象拿出来示众，用嬉笑怒骂、冷嘲热讽的语言表示自己对这类丑恶现象的憎恶，以激发人们改良社会的决心和勇气。

《官场现形记》原书署"南亭亭长著"。南亭亭长即李伯元（1867—1906年），名宝嘉，号南亭亭长，江苏武进人。3岁时丧父，由曾做过山东道台的伯父抚养。擅诗文，少年时代高中头名秀才，后几次考举均落榜。1896年到上海办《指南报》，后来又主办《游戏报》《繁华报》。1903年，应商务印书馆之聘，主编《绣像小说》半月刊。陆续写出了《官场现形记》六十回、《文明小史》六十回等书。

《官场现形记》是清末谴责小说中最有代表性的作品，全书共60回，结构安排与《儒林外史》相仿，以人为骨，串联而成。作品借清末官场为表现对象，描述了封建社会崩溃时期的旧官场之种种腐败、黑暗和丑恶的情形。其中多是实有人物，只是改易姓名而已。胡适曾在为此书做的序言中论说过："就大体上说，我们不能不承认这部《官场现形记》里大部分的材料可以代表当时官场的实在情形。那些有名姓可考的，如华中堂之为荣禄，黑大叔之为李莲英，都是历史上的人物，不用说了。那无数无名的小官，从钱典史到黄二麻子，从那做贼的鲁总爷到那把女儿献媚上司的冒得官，也都不能说是完全虚构的人物。"

## （一） 内容简介

李伯元的《官场现形记》是我国第一部在报刊上连载、直击社会黑暗而取得轰动效应的长篇章回小说，也是清末谴责小说的代表作，首开近代小说批判社会现实的风气。全书从中举捐官的下层士子赵温和佐杂小官钱典史写起，串起清政府的州府长吏、省级藩台、钦差大臣以至军机、中堂等形形色色的官僚，揭露他们为升官而不择手段，蒙混倾轧，作者为我们描述了一幅晚清官吏的丑态图。

作者塑造了一群形形色色的官僚形象，他们的官职有高有低，权势有大有小，手段各有不同，但都"见钱眼开，视钱如命"。举人出身的王仁开馆授徒，为了激发学生读书的积极性，他说只有读书才能当官，而这当官的好处则十分诱人："点了翰林，就有官做，做了官，就有钱赚，还要坐堂打人，出起门来，开锣鸣道。"这些是上不得台面的话，而他居然堂而皇之地拿到课堂上宣讲，且振振有词。我们不难想象，在这种思想教育熏陶下的门徒，除了祸国殃民之外，还会有何作为。"读书科举而仕"本是封建社会官之"正途"，但"正途"尚且如此不堪，何况其他。最严重的则是捐官，即用钱来买，按官阶定价，不问买方出身来历，是否有才能，只要肯掏得起银两，即可做官。为铲除太平天国、义和团等起义而出台的另一个为官之道，美其名曰"军功"，即用官位当奖品颁发给打仗立功的人员。而这些有"军功"的人大多是靠着屠杀百姓、镇压起义的刽子手。

他们虽各有特点，手段各不相同，但其本质无不是鱼肉百姓，见钱眼开，视钱如命。一部《官场现形记》正是一幅封建社会的官僚百丑图，曲妍尽态，呼之欲出。

## （二） 一幅清末官吏的丑态图

作为清末最早最有影响的谴责小说，其作品中没有一个中心人物和一个中

心事件，而是由许多相对独立的短篇连缀而成的。作品旨在揭露和谴责晚清社会的政治黑暗和吏治的腐败。书中描写了形形色色的封建官吏，这些人有文官也有武将，职位、品级各不相同，但是，他们都有一个共同的信念，即"千里为官只为财"。为了钱，他们贩卖人口、克扣军饷、滥杀无辜、鱼肉百姓，为达目的不择手段；为了钱，他们不顾礼义廉耻，将人性抛诸脑后，"金钱至上"在他们的身上表现得淋漓尽致。为了保住冒骗来的官职，冒得官逼着17岁的亲生女儿给上司做妾，任人糟蹋；瞿耐庵的老婆为了让丈夫升官发财，竟恬不知耻地拜湍制台十几岁的小姐做"干娘"；浙江署理抚台付理堂，旧衣破帽在身，表面廉洁奉公，实则受贿卖缺，当了一次副钦差，就赚了几十万两银子；胡统领"剿匪"，更是《官场现形记》中描写统治阶级残害百姓最深刻的篇章。原本没有劫匪的严州，只因城里出了两桩盗案，胡统领就虚张声势，率领大队人马前来搜掠抢劫，将村庄洗劫一空，并与地方官勾结，逼迫百姓送万民伞，然后奏凯班师，赚得个"破格保奏"。除此之外，小说还着力描写了这些欺压百姓的官吏在洋人面前奴颜卑膝、妥协投降的丑态等等。

《官场现形记》对晚清的官吏做了比较全面的揭露，表现了作者对现实的批判精神和反对帝国主义侵略的爱国主义意识，同时开拓了中国近代小说的现实主义之风。但是，作者错误地认为只要把坏官变好官，天下就太平了。而他写这部书的目的，也是想让官吏读后"知过必改"。这种不触动封建制度的改良，显然是行不通的。另外，对太平天国革命运动的诬蔑攻击也是这部作品的不足。显然，作者是站在统治阶级的立场上著书立说的。在艺术表现上，作者善于通过一个人或者一件事把生活中的丑恶现象集中起来，运用讽刺和夸张的手法进行渲染，有些细节描写真实生动。但是，由于头绪繁杂，缺乏故事的完整性和人物形象的典型性，所以给人的印象不够深刻。

### （三）一代现实主义风格的开拓

《官场现形记》现实主义风格的一个主要的特点，就是题材选择与组织的实录性。我们常把某些现实主义的态度广泛地反映出一个时代的社会生活面貌的文学作品称为"生活的百科全书""一代诗史""社会风俗史"，那么将《官场现形记》称为晚清官场乃至整个封建社会官场丑行的"百科全书"应是毫无愧色的。

《官场现形记》对于官场的种种龌龊卑鄙、秽恶无耻、昏聩糊涂的丑行恶德的真实记录进行艺术的集中和突显，昭示于读者面前，并从理性的高度予以观照，收到了意想不到的艺术效果。作家以生动的形象表明，上至最高统治者"老佛爷"，下至中枢重臣、封疆大吏、抚道知县，直到典史、师爷等佐杂底层，几乎无官不贪，无吏不污，为读者展示了一幅封建王朝统治分崩离析、病入膏肓的末日图景。

值得注意的是，尽管《官场现形记》的许多材料有所来历，但它毕竟是小说，若仅仅拘泥于书中史料的"索引"，往往导致诸多误解。而且与《儒林外史》不同的是，《儒林外史》是士流中人自讽儒者之奇形怪状，作者身为士人，熟悉内情，因而凡所叙述，"独多而独详"；而李伯元自己并非官场中人，"对于官场的情形也并不很透彻，所以往往有失实的地方"，加之《官场现形记》最初是在《繁华报》上连载发表的，作

者边写边刊，而且不少是急就章，艺术上难免粗糙。作者自己也曾说过："未作《官场现形记》之先，觉胸中有无限蕴藉，可以借此发抒，追一涉笔，又觉描绘世情，不能尽肖，颇自愧阅历未广，倘再阅十年而有所撰述，或可免此弊矣。"（语出《谭瀛室随笔》，见《李伯元研究资料》109 页）。关于这一点，胡适先生的评价还是很公允的："虽然有过分的描写或溢恶的形容，虽然传闻有不实不尽之处，然而就大体上论，我们不能不承认这部《官场现形记》里大部分的材料可以代表当日官场的实在情形。"

《官场现形记》在艺术风格上同时具有讽刺小说和社会批判小说的双重特点，因而在表现手法上，冷峻的再现性描写是《官场现形记》现实主义风格的另一个重要特点。论及《官场现形记》的艺术风格，人们往往以《儒林外史》与之比较。鲁迅先生格外推崇《儒林外史》，他认为："迨吴敬梓《儒林外史》出，乃秉持公心，指摘时弊，其文又感而能谐，婉而多讽，于是说部中乃始有足称讽刺之书。"确实若以"婉而多讽"的标准来衡量，《官场现形记》未可算作成功的讽刺小说，然而以此来衡量其小说艺术上的优劣，似又流于简单化了。

考察艺术上的成败应结合作者欲表现的主题，看其艺术上的表现力是否体现了创作构思。讽刺小说诚如鲁迅先生所指出的，是"贵在旨微而语婉的，假如过甚其辞，就失去了文艺底价值"（《中国小说的历史的变迁》），但显而易见，李伯元的创作本旨并不在此。因为《儒林外史》中的那些人，多数本身就是科举制度的受害者，尚多有可同情之处，而《官场现形记》中这些贪官昏官之可憎在于他们的胡作非为完全是在自己清醒自觉的意识支配之下进行的，是纯粹的误国害人的蛀虫，含蓄的讽刺是否足以揭露其劣行和发抒作者的愤怒之情却是一个明显的问题。我们不能忽视《官场现形记》的巨大社会影响而一味贬低其文学意味，也不必讳言其显然的缺陷而挖空心思地去寻找小说中"笑"的艺术。因为一部成功的小说，其所运用的叙述方式、人物刻画手法以及语言风格必然与其所表现的思想题材相谐和。诚如胡适先生所言："他只做到了'酣畅淋漓'的一步。这书是从头至尾诅咒官场的书。"这里首先牵涉到作者写作此书的态度问题。茂盛的序中称"南亭亭长有东方之谐谑，与淳于之滑稽"，

中国古代小说变迁

但与李伯元交厚者多持异议。其友许伏民认为"南亭盖今之伤心人也，闻其倾吐，无非疚心时事之言，莫由宣泄，不得已著为小说，慷慨激昂，排界一世"。

读者的阅读趣味和接受水平反馈于作者，使小说创作通俗化和商业化，这是近代小说的共同特点。因此，无论从作者的创作动机还是小说读者的结构上来说，都不同于传统的讽刺小说。

鲁迅在《中国小说史略》中说："（谴责小说）揭发伏藏，显其弊恶，而于时政，严加纠弹，或更扩充，并及风俗。虽命意在于匡世，似与谴责小说同伦，而辞气浮露，笔无藏锋，甚且过甚其辞，以合时人嗜好，则其度量吉舒之相去亦远矣，故别谓之谴责小说。"这一批评极有见地，"谴责小说"一词尤其涵盖精当。对于《官场现形记》的讽刺风格，我们姑且称之为"谴责艺术"，因为它有自己的特点。讽刺是对于日常生活中习以为常的可鄙可笑甚至可恶的事用艺术的笔触提炼概括出来，使人们觉得原来以为很正常很高尚的事情居然是毫无意义的。笑是讽刺文学的本质特征，笑的背后是不尽的回味和深深的思索。而谴责是把现实中人人见之欲唾其面的丑恶荒唐的事情形象地展示出来，让人们认识到眼前心事的极端不合理，并产生强烈的愤怒和改变它的愿望和激情。谴责是嬉笑和怒骂的结合，带给读者的常常是面对荒诞事实的痛心和愤怒，而不单单是笑。《官场现形记》中的许多情节的描写是用作者独有的冷峻笔调刻画而出，如史传中的淡淡几笔却寓褒贬于笔锋，如实况的记录电影，使人如在其侧，亲目所睹，亲耳所闻。《官场现形记》揭露了大多数人所未知未详的为官者的隐秘，因而给人的荒诞之感尤胜于笑声。这种荒诞感得之于近于实录的冷酷的真实和完全隐藏着作者冷峻的观察和描绘，纵然从某种纯文学的角度来看缺少回味的余地，但却并不乏感人的力量，足以激起人的慷慨、激愤和对于现状的思索。如第十二回至第十八回写浙江防军统领胡华若征剿严州土匪，为邀功谎报匪情，却纵兵烧杀淫掠良民。当受害乡民

状告作恶兵勇时，首县庄大老爷颠倒黑白，反以诬告之罪胁迫乡民。这一出闹剧，从发兵之初胡统领与僚属内部的尔虞我诈和魏乡绅的敲诈勒索，到最后胡统领浮造报销，冒功领赏，还花一万两银子买来"万民伞"和"德政牌"，而前来为他

们送行的却是披麻戴孝、手执哭丧棒的灾民。作者用工笔白描的手法，完全没有浅薄的笑料，也未尝落一字褒贬。这种冷峻的笔调，已然突破了传统讽刺小说的写法，而带有现代现实主义小说严峻描写的意味。

另一方面，小说中也不乏一些颇富有幽默意味的情节。如自诩读过大半本"泼辣买"，却只会说一句"亦司"洋话的哨官龙占元，洋人无论说什么他都接一句"亦司"（Yes），结果却惹来一顿马棒，被打得头破血流（第三十一回）；又如出使国外的温钦差，穷京官当惯的，太太不肯忘本，到了国外已然自己浆洗衣衫，晾在使馆的绳子上，"裤子也有，短衫也有，袜子也有，裹脚条子也有，还有四四方方的包脚布"，外国人见了不懂，说"中国使馆今天是什么大典？龙旗之外又挂了些长旗子、方旗子，蓝的、白的，形状不一，到底是个什么讲究？"这些诙谐的小品同样包含着巨大的否定力量，也显示了李伯元过人的讽刺才能。

《官场现形记》的人物塑造和小说结构方面是多为人所诟病的。前人对《官场现形记》指摘最多之处莫过于认为"官场伎俩，本小异大同，汇为长编，即千篇一律"（鲁迅《中国小说史略》），以及其"联缀话柄，以成类书"的结构方式。然而细读全书就会发现，《官场现形记》是一部社会问题小说，他的画廊式的人物塑造和链式的章回结构也决定于其再现性的性质。

《官场现形记》的人物塑造是类型化、脸谱化的，确是明显的缺陷，不过同它出现以前的近代小说相比，由于取材多有原型，因而多数人物还是具有一定典型性的。作者始终抓住所有大小官吏追求金钱的共同本质作为贯通全书的主线，同时也并没有全然忘记他们的个性，从而以一系列漫画式的人物形象异常真实、深刻和集中地表现了官场中排挤倾轧的现状，实际上也一定程度地避免了"千人一面"的弊病。如同样是在谈武汉的赃官，但他们贪赃的手法却五花八门。何藩台明目张胆地将各种官缺分等出售，却因分赃不均而胞弟三荷包大打出手（第五回）。相比之下，傅钦差的手段则隐蔽得多。在表面上他"清廉"得出奇，一件布袍子、一双破鞋、一串木头朝珠、一顶发了黄的破帽子，便是他的全部行头。他一接任浙江巡抚，便声称"力祛积弊，冀挽浇风，豁免办差，永除供亿"，在他的言传身教之下，杭州的大小官吏争买旧衣，打扮得"如一群叫花子似的"。但其实他"骨底子也是个见钱眼开的人"，做一次副钦差，就贪了五十万两（第十九回至二十回）。身为高官的华中堂则更为高明，据说他"最恨人家孝敬他钱"，但送他古董顶喜欢。他暗中开了个古董铺，行贿者必须买他的古董他才受贿，一件古董周而复始地不知就为他带来多少银子（第二十五回）。又如那些不学无术的昏官，同样也昏得千奇百怪。"洋务中出色能员"毛纳新深得制台赏识，然而他的洋务本领只有两样：一是能背诵过了时的《江宁条约》；二是会把辫子剪成短发（第三十五回）。南京候补道田小辫子，为显示自己的"才能"，搜肠刮肚地写给制台一个条陈，其中三条却是：一不准士兵吃饱，打仗必然勇敢；二是把士兵的眉毛剃去一条，便于捉拿逃兵；三是给你士兵"一齐画了花脸"，可以吓退洋兵（第三十一回）。这些看似荒唐的人和事，尽管不无夸张和过火的形容，但是这种官僚制度"最腐败、最堕落的时期——捐官最盛行的时期"，的确是"凡神禹所不能铸之于鼎……无不必备"（惜秋生《〈官场现形记〉序》）。

　　面对如此多的人物和纷繁复杂的故事，《官场现形记》承袭了《儒林外史》的小说结构，"头绪既繁，脚色复夥，其记事遂率与一人俱起，亦即与七人俱讫，若断若续"。对于此书的结构上，胡适认为："大概作者当时确曾想用全副气力描写几个小官，后来抵挡不住别的'话柄'的引诱，方才改变方针，变成一部揭露官场的社会风俗史。这是作者的大不幸，也是文学史上的大不幸。倘使作者当日肯根据亲身的观察，或亲属的经验，决计用全力描写佐杂下僚的社会，他的文学成就定会大有可观，中国近代小说史上或许又会增添一部不朽的名著了。可惜他终于有点怕难为情，终不肯抛弃'官场'全部的笼络记载，终不甘用他的天才来作一小部分的具体描写。所以他几回想特别描写佐杂小官，几回都半途收缩回去。"以现在的小说理论来看，他的批评不无道理，然而他的推测未必成立，纵观全书五十五回的内容，李伯元并非将小说创作停留在"联缀话柄，以成类书"的浅薄水平上，作者的创作原旨是整体性的。整部作品在地域上遍涉了当时中国十四个省域中的十一个，所写的官吏囊括了从一品大员到不入流的佐杂小吏

各个品级，文的、武的、正途的、军功的、捐班的、保荐的、假冒的无所不包。显然李伯元是以全面再现清廷官场的整体面貌为己任，有意识地统摄全局的宏大视野来描绘一幅纤毫毕现的晚清官场的百丑长卷。这种创作的思想并非偶然，除去模仿之外，还与当时普遍的文学观念有关。

总之，《官场现形记》在当时的大背景下，以严肃的态度、宏大的构思，和对社会清醒而深刻入骨的观察，诚实地描绘了他所看到的现实社会，塑造了诸多具有一定典型意义的艺术形象；在继承传统讽刺小说叙事方法和表现手段，以诙谐的语言尽情揭露鞭挞罪恶之都的同时，也初步具有了现实主义社会批判文学的冷峻描写，对近代小说现实主义创作风格的发展作出了有益的开拓。

### （四）作品中人名的引申寓意

中国传统的章回小说常利用人名的谐音来揭示人物的性格和命运。晚清李宝嘉的《官场现形记》更是将这一手法运用到了极致。这部小说中谐音的人名有（人名后面括号内的数字指小说的回目）：

施步彤——实不通（1）

胡理——狐狸（2）

王仲荃——望周全（4）

刘瞻光——留沾光

魏翮仁——为骗人（7）

胡鲤图——糊里涂（10）

周应——照应（11）

胡华若——胡划拉（12）

单逢玉——善逢迎

魏竹冈——为竹杠（17）

傅理堂——富里堂（19）

清末四大谴责小说

刁迈朋——刁卖朋（49）

尹子崇——银子虫（52）

梅漾仁——媚洋人

梅蔚——没味

劳祖意——老主意

蒋大化——讲大话（54）

搭拉祥——遏拉样（56）

单舟泉——善周全（57）

赖养仁——赖洋人

窦世豪——都是好

甄守球——真守旧（58）

萧心闲——小心闲

潘士斐——盼是非（59）

这些谐音人名大体可归结为以下五个方面：

一是贪财如命，如史耀全即死要钱，魏竹冈即为竹杠，尹子崇即银子虫。

二是寡廉鲜耻，如魏翩仁即为骗人，王伯高即王八羔，刁迈朋即刁卖朋。

三是颟顸昏庸，如胡鲤图即糊里涂，施步彤即实不通，黄保信即谎报信。

四是猥琐寒酸，这主要是指一些低级官员，如钱琼光即全穷光，申守尧即伸手要。

五是崇洋媚外，如梅漾仁即媚洋人，赖养仁即赖洋人。

从这些被赋予种种贬斥意义的名字可以看出，作者李宝嘉对晚清官场的厌恶失望已经达到了一定的程度。现行的文学史著作都将李宝嘉归入改良主义者的范畴，然而在读过他的《官场现形记》之后，恐怕很少会有人相信这样一个龌龊没落的政权还有什么改良的希望、存在的必要。

中国古代小说变迁

# 二、《二十年目睹之怪现状》

　　《二十年目睹之怪现状》为吴趼人（1866—1910年）著，计108回。小说以大量典故、笑话、传闻、实录以及短篇故事，折射出晚清社会的面貌。官场上的贪污腐败，世面上的人心叵测、世态炎凉、人间冷暖、芸芸众生、千奇百怪，都在他的笔下体现。小说用第一人称的叙事方法，讲述了从父亲去世，杭州奔丧，被伯父骗遗产，到后来出外应世，与朋友合作生意及生意失败，最后还乡。以这一条生活主线，穿插进无数的故事，从而写成一部反映晚清社会风貌的长篇小说，在20世纪的中国文学史上占有一定的地位。

## （一）　内容概述

　　《二十年目睹之怪现状》和《官场现形记》齐名，是晚清著名的谴责小说之一。书中以"九死一生"的经历为线索，叙述了其二十年间在官场、商场、洋场中的所见所闻，为达目的不择手段的官场、金钱至上的商场、乌烟瘴气的洋场种种之弊端，暴露无遗，反映出晚清社会的腐朽黑暗与没落。因涉及范围广，故影响也大。

　　作品开篇写九死一生初入社会见到的便是贼扮官、官做贼的怪事，从而隐括了"官场皆强盗"（初刊本评语）的黑暗现实。贯串全书的反面人物苟才，是小说刻意塑造的清末无耻官僚的典型。他出身捐班，无学无识，只是善于谄媚、行贿、不知廉耻，甚至不惜逼迫自己新寡的儿媳嫁给两江总督做五姨太太，以求能够飞黄腾达。他两次丢官，一次被新任总督参革，一次被朝廷钦差大臣查办，但都用巨额贿赂，东山再起。这说明他是清末整个腐朽官僚机构的产物。

　　相反，书中所写正直的士子官吏则大都无立足之地。如榜下知县陈仲眉虽然颇有才学、精明能干，但不会逢迎，又无钱行贿，结果长期得不到差事，

潦倒一生，最后自缢身死，遗下寡妻幼子。爱民如子的蔡侣笙也最终被革职严追。作者愤慨地说："这个官竟不是人做的！头一件先要学会了卑污苟贱，才可以求得着差使，又要把良心搁在一边，放出那杀人不见血的手段，才能得着钱。"这是对清末官场的本质的揭露。

这些官僚除了贪黩无厌，就是对内凶残、对外怯懦。第五十八、五十九两回描写广东督抚两院，接到洋文电报说，"有人私从香港运了军火过来，要谋为不轨"，未得证实，就抓杀了二十多人。但这些官僚在帝国主义面前却怯懦异常，奴颜婢膝。中法战争时，驭远号兵舰竟自开水门将舰弄沉，乘舢板逃命（第十四回）。中日开战时，叶军门亲笔写信给日军，请求网开一面，情愿献出平壤（第八十三回）。作者爱国主义热情激昂，在作品中不止一次喊出亡国危机："中国不是亡了，便是强起来；不强起来，便亡了。断不会有神没气的，就这样永远存在那里的"（第二十二回）。同时有力地鞭挞自卑媚外的行径，指斥媚外者"羡慕外国人"的"洋行买办"，"甚至于外国人放个屁也是香的"（第二十四回）；抨击会审公堂上的华官"外国人说什么就是什么"，连见了外国人用的华人巡捕"也要带三分惧怕"（第十回）。

作品描写商界生活，有意把"经商"与"做官"对立起来。九死一生坚决不愿进入官场，而走"经商"的道路，认为商场虽也有诸多怪现状，但比官场干净。作者一反封建传统的鄙商态度，表现了作者对腐朽政治的激愤，也反映了思想领域的新变化。

作品生动地揭露了斗方名士、洋场才子的本相。他们或者故作狂态以买名，如李玉轩（第二十二回）；或者胸无点墨而故弄风雅，如洋行买办唐玉生（第三十三、三十五回）；或者有点技艺却大话瞒天，如江雪渔（第三十七回）等。官场、洋场、商场的种种怪现状，集中体现了封建社会的纲常名教、伦理道德在金钱势力的冲击下土崩瓦解。作品对宗族家庭间的骨肉相残、亲朋同事间的尔虞我诈，做了淋漓尽致的描写。九死一生的伯父子仁，不仅欺骗寡婶孤侄，吞没亡弟财产，还与甥女有暧昧关系。"道学先生"符弥轩平素高谈"仁义道德是立身之基础"，却对待抚养他长大成人的老祖父百般虐待（第七十四回）。黎景翼图谋财物，用计逼死胞弟，又将弟妇卖到妓院（第三十二至三十五回）。苟龙光杀死生父苟才，又娶父妾（第一百零一回至一百零五回）。虽然作者站在旧道德立场上，怀着义愤和惋叹心情描写这些怪现状，却也真实地暴露了封建大厦即将倒塌时，人们精神支柱的崩溃。

小说表现了改良社会、重致富强的愿望。但其办法仅仅是"把读书人的路改正"，像外国人那样，"讲究实学"，读有用的书，如《经世文编》《富国策》之类；对付外国也只是"上下齐心协力地认真办起事来，节省了那些不相干的虚糜，认真办起海防、边防"，希望则是寄托在"英年的人，巴巴的学好"（第二十二回），没有触及封建制度的根本问题，甚至以为澄清吏治，改革弊病，在于恢复旧道德，所以是软弱无力的。小说的主要成就在暴露方面。

### （二）小说的叙事艺术

19世纪末20世纪初，是中国传统小说向现代小说转变的过渡时期。晚清小说转变的开始，因为晚清小说已具备了不同于传统小说的因子。小说借"我"的眼和耳朵记载了当时社会出现的种种奇闻怪事，展现出一个纷繁复杂的时代景象。

《二十年目睹之怪现状》在叙事方面的创新，已被历来的研究者所肯定。叙事者，即小说故事的讲述者和观察者。小说中的叙事者通常按照其主要叙事人物分为第一人称的叙事者和第三人称的叙事者。这作为"讲述者"和"观察者"的小说叙事者提出的"声口"和"视角"。对叙事者的研究，无疑是小说叙事学研究的一个重要方面。

《二十年目睹之怪现状》被认为是中国文学史上第一部以第一人称叙事贯穿始终的长篇章回体小说，而小说中最能表现叙事者变化轨迹的莫过于小说第一回的楔子。

在开篇中，作者曾这样写道：

上海地方，为商贾麇集之区，中外杂处，人烟稠密，轮舶往来，百货输转。加以苏扬各地之烟花，亦都图上海富商大贾之多，一时买棹而来，环聚于四马路一带，高张艳帜，炫异争奇。那上等的，自有那一班王孙公子去问津；那下等的，也有那些逐臭之夫，垂涎着要尝鼎一脔。于是乎把六十年前的一片芦苇滩头，变做了中国第一个热闹的所在。唉！繁华到极，便容易沦于虚浮。久而久之，凡在上海来来往往的人，开口便讲应酬，闭口也讲应酬。人生世上，这"应酬"两个字，本来是免不了的；争奈这些人所讲的应酬，与平常的应酬不同。所讲的不是嫖经，便是赌局，花天酒地，闹个不休，车水马龙，日无暇晷。还有那些本是手头空乏的，虽是空着心儿，也要充作大老官模样，

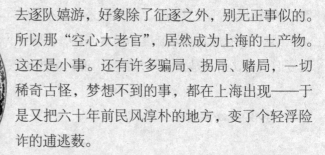

去逐队嬉游，好象除了征逐之外，别无正事似的。所以那"空心大老官"，居然成为上海的土产物。这还是小事。还有许多骗局、拐局、赌局，一切稀奇古怪，梦想不到的事，都在上海出现——于是又把六十年前民风淳朴的地方，变了个轻浮险诈的通逃薮。

交代事件发生的时间、地点、社会背景，是小说的叙事者所应有的基本素质。如果抛开"小说"这一体裁背景，这段文字给我们的感受不过是作者的自白。然而，作为小说，作者毕竟不同于叙事者，这样，这段文字便在揭示事件发生的时间、地点、社会背景之外，又暗示了此时小说叙事者为匿名的全知叙事者。接下来小说写道："这些闲话，也不必提，内中单表一个少年人物。这少年也未详其为何省何府人氏，亦不详其姓名。"则将这一匿名的全知叙事者表现的更为彻底。

通常，在不同的小说中又表现为不同的形式，其中最为常见的是以"说书人"的形象出场，比如清末四大谴责小说中的另一部小说《老残游记》在第一回写道："话说山东登州府东门外有一座大山，名叫蓬莱山……"这里虽说没有直接指明"说书人"，但我们可以从字里行间中体味到"说书人"的存在。又如《红楼梦》第一回中写道："列为看官：你道此书从何而来？说起根由虽近荒唐……"这里的"看官"以及"在下"都是全知叙事者具体化的表现。吴趼人的《二十年目睹之怪现状》开篇虽然仍采用全知叙事者自白的模式，但是他在试图摆脱传统的影子，主要表现在他对"虚拟说书场景"的弃用。这为作者开始庞大的叙事建立了基本的框架，为他的叙事提供了便利。

在小说的楔子里面，还有一位拿到了"九死一生"手稿，对手稿进行评点，将之寄往杂志社的"死里逃生"，他不能算是真正意义上的小说叙事者。死里逃

生是匿名的全知叙事者所讲述的故事中的主角，有着自己独立的生活经历和人生体验。但相对于一个独立的掩藏叙事者，"九死一生"更可以看做是全知叙事者向限知的第一人称叙事者"我"过渡的媒介。

当"九死一生"开始以叙事者出现时，小说的序是表现出与传统的小说不同的特色来。小说这样写道：

我是好好的一个人，生平并未遭过大风波、大险阻，又没有人出十万两银子的赏格来捉我，何以将自己好好的姓名来隐了，另外叫个甚么九死一生呢？只因我出来应世的二十年中，回头想来，所遇见的只有三种东西：第一种是蛇虫鼠蚁；第二种是豺狼虎豹；第三种是魑魅魍魉。二十年之久，在此种过来，未曾被第一种所蚀，未曾被第二种所啖，未曾被第三种所攫，居然被我逗避了过去，还不算是九死一生么？所以我这个名字，也是我自豪的纪念。

小说采用第一人称叙事，但是有两个现象值得我们注意，第一，虽然小说以第一人称"我"作为叙述者。但在很大程度上"我"只是故事的配角，小说主要是通过"我"的眼睛看到的和耳朵听到的来揭露社会的黑暗，并非是通过"我"自身的事情来反映问题。《二十年目睹之怪现状》的主要叙事者是"我"，但是在讲述故事的却并非"我"一人，金子安等都是故事的讲述者。因此，《二十年目睹之怪现状》的叙事者呈现出"狂欢化"色彩。全民性是"狂欢性"特征之一，即大众性、人人参与，充分体现出平等和民主的精神。第二，通过前后文的对照，小说中"我"是从听客逐渐向讲述者转变的，小说内容的这种变化与主人公性格由"不成熟"到"成熟"的转变是亦步亦趋的。

另外，小说的叙事者的不确定性也带来了叙事者的相对性。《二十年目睹之怪现状》可以看做是由一个匿名的全知叙事者讲述的关于"死里逃生"和"九死一生"的故事，"死里逃生"和"九死一生"均是故事中的人物。而后文则更明确表现出"九死一生"是作为故事的讲述者而存在的。但即便"九死一生"——"我"是公认的讲述者，但他的角色仍在旁观者、参与者之间反复的摆动。

## （三）小说的艺术特色

《二十年目睹之怪现状》采用章回小说的结构。

小说共 108 回，从 1903 年开始在《新小说》上连载。从 1903—1905年，先发表 45 回，直到 1910 年，才出齐 8 册，共 108 回。因为是定期连载，所以常常来不及考虑结构，并将许多写实的短篇小说任意地塞进去凑数。从整本小说看，共有约200 个故事穿插其中。这是一部带有自传色彩的长篇小说。它通过主人公"九死一生"从奔父丧开始，至其经商失败为止所耳闻目睹的近 200 个小故事，勾画出中法战争后至 20 世纪初的二十多年间晚清社会出现的种种怪现状，所反映的社会生活范围比《官场现形记》更为广阔，除官场外，还涉及商场、洋场、科场、兼及医卜星相，三教九流，揭露日益殖民地化的中国封建社会的政治状况、道德面貌、社会风尚以及世态人情都颇为深刻，具有较高的认识，可以帮助读者透视晚清社会和封建制度行将灭亡、无可挽救的历史命运。小说采用第一人称的方式叙述故事，结构全篇，使读者感到亲切可信，在中国小说史上开了先河。结构上亦非常巧妙："九死一生"既是全书故事的叙述者，又是全书结构的主干，同时又运用了倒叙、插叙等方法，将它有机结合在一起，使全书繁简适宜，浑然一体。

以叙事为主，或者说完全是叙事，没有任何景色的描写，这可以说是中国古典长篇小说的传统写法。这一点在《二十年目睹之怪现状》中，表现得淋漓尽致。"九死一生"在大江南北往来奔波做生意，经常乘船顺水逆水出行，却没有一次写沿江的景色，如果路途遥远，乘船的时间长，也只用一句"在路几天"来一笔代过。在中国古典长篇小说中，几乎从来不单独对社会环境或自然景观进行孤立的描写，这是与外国小说的一个很大的区别，即使是写景也总要有情，用情写景。所谓"枯藤老树昏鸦，小桥流水人家"就是一个很好的例子。说到情，自然离不开人。大至一个时代，一个社会，小至一景一物，一厅一室，都不能离开人物，这是中国古典长篇小说写环境的最大特色，《二十年目睹之怪现状》也具有同样的特色。

而小说最大的成就在于其用自叙的手法为我们展现了一段晚清封建社会行将瓦解前的社会景象。虽然在小说中有一些叙事上的夸张，在作品中也有夸大事实的现象出现，可以说是作品中的一些瑕疵。但这并不影响小说本身的讽刺效果。鲁迅《中国小说史略》对其评价甚为精当："作者经历较多，故所叙之族类亦较夥，官师士商，皆著于录……惜描写失之张皇，时或伤于溢恶，言违真实，则感人之力顿微，终不过连篇话柄，仅足供闲散者的谈笔之资而已。"小说流畅的文笔、诙谐的语言、离奇的情节，犹如世态人情的万花筒，令人目不暇接。字里行间显露出来的强烈讽刺色彩，对晚清社会的丑恶现象给予了无情的鞭挞。

清末四大谴责小说

# 三、《老残游记》

刘鹗的小说《老残游记》是清末四大谴责小说之一。全书共20回，光绪二十九年（1903年）发表于《绣像小说》半月刊上，到13回因故中止，后重载于《天津日日新闻》，始全。原署鸿都百炼生著。刘鹗本是一位企业家、学问家，并不是职业作家，但其文学家之名却远胜企业家和学问家。这部小说是他晚年所写的带有自传性质的未竟作品。小说以一个摇串铃的江湖医生老残（铁英）为主人公，叙写其在中国北方游历期间的见闻和活动，对清政府的腐朽黑暗、官吏的残暴昏庸、百姓的贫困交迫等等，都有所暴露，尤其着重地对那些名为"清官"，实为酷吏的虐民行为进行了有力抨击，表达了作者对社会、国家危亡现实的强烈忧患意识。

## （一）内容概述

作者在小说的自叙里说："棋局已残，吾人将老，欲不哭泣也得乎？"小说是作者对"棋局已残"的封建末世及人民深重苦难遭遇的哭泣。小说写一个被人称做老残的江湖医生铁英在游历中的见闻和作为。老残是作品中体现作者思想的正面人物。他"摇个串铃"浪迹江湖，以行医糊口，自甘淡泊，不入宦途。但是他关心国家和民族的命运，同情人民群众所遭受的痛苦，是非分明，而且侠胆义肠，尽其所能，解救人民疾苦。随着老残的足迹所至，可以清晰地看到清末山东一带社会生活的面貌。在这块风光如画、景色迷人的土地上，正发生着一系列惊心动魄的事件。封建官吏大逞淫威，肆意虐害百姓，造起一座活地狱。

小说的第一回，就是作者对于当时政治的象征性图解。他把当时腐败的中国比作一艘漂浮在海上行将被风浪所吞没的破旧帆船。船上有几种人：一种是以船主为首的掌舵管帆的人，影射当时上层的封建统治集团。再一种人是乘客中鼓动造反的人，比喻当时的革命派，污蔑他们都是些"只管自己敛钱，叫别人流血"的"英雄"。还有一些肆意搜刮乘客的"下等水手"，则是指那些不顾

中国古代小说变迁

封建王朝大局、恣意为非作恶的统治阶级爪牙。作者对他们也很反感，视为罪人。究竟怎样才能挽救这只行将覆灭的大船呢？作者认为：唯一的办法是给它送去一个"最准的"外国方向盘，即采取一些西方文明而修补残破的国家。

小说中所写的人物和事件有些是确有其人、确有其事的。如玉贤指毓贤，刚弼指刚毅，张宫保（有时写作庄宫保）为张曜，史钧甫为施少卿等，或载其事而更其姓名，又或存姓改名、存名更姓。正如作者所自言："野史者，补正史之缺也。名可托诸子虚，事须征诸实在。"

### （二）小说中的害民现象

清末四大著名谴责小说之一的《老残游记》以摇串铃的江湖医生老残在山东行医的过程为线索，展现了晚清上至封疆大吏下至平民百姓、山林隐士的众生相，写出了"土不制水历年成患、风能鼓浪到处可危"的末世景观。其中，对"清官"害民、"清官"误国现象的深刻揭露，是这部小说的鲜明特色之一。

首先，深刻揭露"清官"害民现象。

中国古代小说的传统模式是忠臣与奸臣、清官与赃官的斗争，由此构成正义与邪恶、光明与黑暗、进步与腐朽的矛盾冲突。清官向来都是以正面形象出现，他们被视为封建政权的脊梁与支柱。对清官的赞赏与期待，始终是中国人传统而牢固的心理定势。《老残游记》的作者刘鹗有意识地突破这一传统模式，对晚清官场的所谓"清官"进行了无情的揭露和批判，触及和鞭挞了晚清社会政治的诸多本质现象。诚如作者在书中所言："历来小说皆揭赃官之恶，有揭清官之恶者，自《老残游记》始。"（第十六回）毫无疑问，小说对形形色色害民误国的"清官"形象入木三分的刻画，对其虚伪嘴脸和罪恶本质的深刻揭露，使作品极具震撼力和吸引力，在中国古代文学史上留下了重要的一页。曹州知府玉贤和齐河县扶台刚弼是小说中重点刻画的两个"清官"形象。玉贤是个不要钱的"清官"，办案十分尽力，手段也十分毒辣。他在衙门口设有十二架站笼，天天不得空，来了新"犯人"，

就把站死的换下来，顶替上去。"未到一年，站笼站死二千多人"，他这样草菅人命是打着治盗的幌子进行的，但实际上被杀害的人中，绝大部分是良民。"听说他随便见着什么人，只要不顺他的眼，他就把他用站笼站死。"（第五回）"玉太尊所办的人，大约十分中有九分半是良民，半分是这些小盗。若论那些大盗，无论头目人物，就是他们的羽翼，也不作兴有一个被玉太尊捉着的。"（第七回）即使玉大人知道某人是冤枉的，也不能放了他，要"斩草除根"，以防他们不甘心，将来误了玉大人的前程。刚弼也是个"清廉得格登登"的"清官"，但他办案全凭主观武断，刚愎自用，自以为是。他在会审贾家十三人命案时，不去深入实际收集证据，仅凭魏家主管托人向他说情行贿为依据，便认定魏家

父女是凶手，并施以酷刑屈打成招。其办案的逻辑十分荒唐："倘若人命不是你谋害的，你家为什么肯拿几千两银子出来打点呢？"（第十六回）作者运用丰富的事实，从各个不同的角度，刻画了玉贤、刚弼这两个不要钱的"清官"丑恶嘴脸，揭露了他们刚愎自用、视民如贼、惨无人道的酷吏本质。

小说中还刻画了另一个"清官"庄宫保。此人虽非酷吏，却是一个教条主义的庸官。他表面上爱才若渴，府衙上人才济济，也一心想干出一番政绩。但却听信观察史钧甫据西汉贾让《治河策》中所提出的废去黄河两岸民埝，退守大堤，不与河争地的主张，人为地造成了几十万百姓家破人亡的惨剧，做了"杀这几十万人的一把大刀"（第十三回）。作者痛斥庄宫保说："然创设此议之人，却也不是坏心，并无一毫为己私见在内，只但会读书，不谙世故，举手动足便错。孟子所以说：'尽信书，则不如无书'。岂但河工为然？天下大事，坏于奸臣者十之三四，坏于不通世故之君子者，倒有十之六七也"（第十三回）。

由此可见，不仅作为酷吏的"清官"能够害民误国，作为庸官的"清官"照样也能害民误国，这是《老残游记》竭力论证的一个观点。

其次，深入剖析"清官"害民现象。

作者在第十六回的自评中说：

"赃官可恨，人人知之；清官尤可恨，人多不知。盖赃官自知有病，不敢公然为非；清官则自以为我不要钱，何所不可，刚愎自用，小则杀人，大则误

国，吾人亲自所睹，不知凡几矣。"

贪官因自知手脚不干净，做贼心虚，所以不敢公然为非作歹；而"清官"的可恶在于，或者自认清廉，觉得自己在道德上无可指责，"我是清官我怕谁"；或者自以为真理在握、道义在肩，所以刚愎自用，固执己见，听不得异见，两袖清风，一意孤行，因此"小则杀人，大则误国"。"清官"之恶还在于，其上级往往被其"两袖清风"的清名和"路不拾遗"的政绩所蒙蔽，而对其残害百姓的暴行劣迹"睁一眼、闭一眼"不予追究，甚至将其苛政当做善政加以褒奖和推广，这又使得他们更加肆无忌惮地胡作非为。所以这样的"清官""官愈大，害愈甚；守一府则一府伤，抚一省则一省残，宰天下则天下死"（第六回）。

"清官"看上去两袖清风，但他们要名，要名的目的是为了个人的升迁。为了博名，他们可以不择手段，这和要钱的本质毫无不同，害民误国的结果亦无二致，甚至有过之而无不及。玉贤所守的曹州府有着所谓"路不拾遗"的美誉，"外面都是好看的"，在省内的名声很好，博得了一个"能臣清吏"的美名。但在"能臣"的背后，是他以民为盗，滥杀无辜，明知自己办错了案子也要坚持到底，甚至杀人灭口，以遮掩自己的罪孽，粉饰自己的政绩，借着"政绩"，挟着"清名"，他就可以步步高升，一路升迁。这比赃官害民更为可恶。

害人误国的"清官"本质上是不要钱的酷吏。千百年来，中国一直是一个有着浓厚清官情结的国度，"包青天""海青天""于青天"等"青天大老爷"是人们心目中救苦救难的"活菩萨"，是饱受欺凌、含冤受屈的贫苦百姓忍辱偷生、寻求保护的精神寄托和最后依靠。作者在小说中石破天惊地提出"清官害民""清官误国"，似乎是对人们传统认识的一大突破和颠覆，但认真研读，不难发现，小说中的"清官"只是一些不要钱的酷吏或庸官，他们和老百姓心目中的清官有着天壤之别。老百姓心

清末四大谴责小说

目中的清官是清正廉洁、大公无私、刚正不阿、爱民如子、救民水火、伸张正义的圣人，是国家的栋梁、百姓的依靠。作者是在通过这部小说揭示这样一个道理：清官都是不贪钱财的，但不贪钱财的未必就是真正的清官，要警惕那些披着"清官"外衣的酷吏、庸官，他们与干夫所指的贪官污吏一样害民误国。

### （三）小说中的音乐魅力

小说中有多处音乐的描写为人们所津津乐道，其中第二回"历山山下古帝遗踪明湖湖边美人绝调"中白妞说书片段更是其中的绝调，历来为人们所喜爱。除了"白妞说书"中精彩奇绝的描写外，其他处笔法奇绝的音乐的描写同样显示出作者刘鹗卓越的艺术手法，他实在可称得上是一个出色的"描音圣手"。

首先，细致描摹了多种乐器迥异有别的旋律。

《老残游记》中第十回"骊龙双珠光照琴瑟犀牛一角声叶箜篌"写的是申子平桃花山听乐，共介绍了琴、瑟、箜篌、角、摇铃、磬等乐器，这些乐器除了琴瑟外，"会弹十几调琴的申子平却并不认得"。然而，演奏者却能将琴瑟之铮锹清逸，箜篌之凄清悲壮，角之呜咽顿挫，磬之铿铿锵锵，铃之参差错落演绎得令人"心身俱忘，如醉如梦"。这些细致真实的描写，说明刘鹗本人是极为熟悉这些乐器的，否则，无法将各种乐器之迥异有别的旋律用文字表达出来。

其次，生动地表现了各种乐器的演奏法。

玛姑弹琴，初起轻挑漫剔，接着吟揉、批拂，极为熟练地掌握琴之节奏，手指之轻重，作者似乎不是在写小说，而是在介绍一部弹琴之指法的指导书。对于黄龙子奏瑟，则以申子平之眼来表现："那知瑟的妙用，也在左手，看他右手发声之后，那左手进退揉颤，其余音也就随着猗猗靡靡，真是闻所未闻"（第十回）。常人并不曾听过的瑟，黄龙子却是行家，是黄龙子在奏瑟，更是作家在表现自己演奏乐器的经历与体验。

再次，写出了乐器和鸣的优美境界。

刘鹗还精心描写了一场山中演奏会，表现出了众乐齐奏、和声共鸣的优美旋律，使得这场山中演奏不啻于一场现代音乐会，令人久久难忘。将玛姑、黄龙子合奏时琴瑟的"绰注相应""此唱彼和，问来答往"的相协而不相同的山中古调演绎得令人"如随长风浮沉于云霞之际"，身心俱醉。刘鹗在自身体验基础上，更是发挥大胆想象，使其音乐描写呈现与众不同的魅力，他是一个音乐家，更是一个语言大师。

第四，用博喻手法赋音乐之形。

刘鹗描摹音乐时大胆联想，独具匠心地运用高明的比喻技巧，使作者对声音的描写，上升到一个崭新的境界。在"白妞说书"片段中，刘鹗用博喻手法赋音乐之形，他不只是从听觉角度来形容和描写音乐，而且还用了感觉、味觉、视觉等来刻画白妞的说书艺术。刘鹗成功地运用了通感的手法，打破了感觉的界限，化听觉为感觉、味觉、视觉，将抽象无形的音乐美表现得生动可感，这是其艺术上的独创。

首先从感觉和味觉角度来写听书的感觉，大胆用了"五脏六腑里，像熨斗熨过，无一处不伏贴；三万六千毛孔，像吃了人参果，无一个毛孔不畅快"的比喻，重在强调听白妞说书时说不出的畅快与舒坦，可是谁也没有过内脏被熨过的经历，很少有人有吃人参果的体验。刘鹗大胆发挥想象力，独具匠心、不落俗套，使用了这么一种超常的艺术比喻，获得极佳的效果，将音乐之美难以言传的感受具体可感地表达出来。

接着，从视觉角度来形容声音。白妞越唱越高，音量渐渐变高的抽象感如何表现？刘鹗用了"像一线钢丝抛入天际"的比喻来描写非常恰当，用钢丝的逐渐升高来喻音量的变化，将音乐的抽象感受变得具体客观。对于声音的回环转折，刘鹗绝妙地运用了登泰山绝顶峰的体验来喻之。泰山峰上有峰，"愈翻愈险，愈险愈奇"，王小玉说书，如登峰"节节高起"，而王小玉说书声音的回环转折是抽象的，泰山峰的奇险却是可视的。这种化听觉为视觉的通感手法是刘鹗擅长的，而且运用得恰到好处。刘鹗赋以无形音乐之具体可感的形态，其想象力之丰富大胆，艺术感觉力具有独到之处。

第五，借音乐表达哲学思想。

刘鹗在《老残游记》中对音乐的描写不仅限于

展示音乐声色之美，还借音乐来表达他的"和而不同"的哲学思想，使其音乐描写更多了一份理性色彩。

刘鹗借音乐传达出的重和去同的思想，集中表现在他在文化价值观方面，主张不同派别、类型、民族之间的思想文化的相互渗透、兼容并包、多样统一。《老残游记》中主要有"白妞说书"及"山中古调"两大部分的音乐描写。前者是民间博采众长的大众化的俗乐，不入士大夫之耳，而后者则为有悠久传统的琴瑟之雅乐。刘鹗同时认可这两种音乐，并且对这两部分音乐的描写都出神入化，显示他兼容并包、融合统一的思想，在他看来音乐重"和"，只有和谐之乐音，而无低劣雅俗之分。刘鹗"君子和而不同"的哲学思想更直接体现在"山中古调"一节，借玛姑等人的演奏委婉地道出他的重和去同的哲学思想。玛姑与黄龙子合奏一曲与世俗之曲迥然不同的"海水天风之曲"，此山中古调令申子平"如醉如梦"，此曲之妙处正如玛姑之语："我们所弹的曲子，一人弹与两人弹迥乎不同。一人弹的名'自成之曲'；两人弹，则为'合成之曲'。所以此宫彼商，彼角此羽，相协而不相同，圣人所谓'君子和而不同'，就是这个道理。"音乐"相协而不相同"，和谐统一是音乐的最美境界，也是宇宙万物生成发展的根本规律。刘鹗是在写音乐，更是借此来表现自己的"和而不同"的哲学思想，使其哲学思想的表达不带上说教的色彩。

### （四）《老残游记》的非谴责因素

鲁迅《中国小说史略》第28篇《清末之谴责小说》论道：

光绪庚子（1900年）后，谴责小说之出特盛。……戊戌变政既不成，越二年即庚子岁而有义和团之变，群乃知政府不足与图治，顿有掊击之意矣。其在小说，则揭发伏藏，显其弊恶，而于时政严加纠弹，或更扩充，并及风俗。虽命意在于匡世，似与讽刺小说同伦，而辞气浮露，笔无藏锋，甚且过甚其辞，以合时人嗜好，则其度量技术之相去亦远矣，故别谓谴责小说。

这就是著名的谴责小说论。它包括特定的发生论、创作论和价值论内涵，以及它们之间的因果关系，贯注着鲁迅一贯的"知人论世"原则、作家人格决定作品特性的观念，是一个逻辑严谨的小说史概念。

鲁迅判定，谴责小说是因庚子事变的刺激而发生的。它是由历史事件、社会心理和作家的创作意图及其因果关系所构成的事实判断。在此基础上，鲁迅进一步判定，它在文学上"辞气浮露，笔无藏锋，甚且过甚其辞"，也即浅露、夸张、不实，缺乏"公心"，也就是"近于谩骂。"谴责小说是与讽刺小说相比较而言的，它"虽命意在于匡世，似与讽刺小说同伦"，其实不是讽刺小说，两者不可混淆。鲁迅是以吴敬梓的《儒林外史》为讽刺小说标本的。

所以，他在《中国小说史略》中梳理出一条从《儒林外史》以来中国小说"堕落"的过程和演变线索，即由《儒林外史》堕落为清末谴责小说，再由清末谴责小说进一步堕落为民初黑幕小说。此前，胡适在《五十年来之中国文学》中曾经论述："南方的讽刺小说都是学《儒林外史》的。"诸如《官场现形记》《文明小史》《二十年目睹之怪现状》等等，都是《儒林外史》式的讽刺小说。"鲁迅显然不同意这个论断，"故别谓之谴责小说"。

对此，胡适首先折服，改变自己先前的见解，而予以响应说："我在《五十年来的中国文学》里，曾说《官场现形记》是一部模仿《儒林外史》的讽刺小说。鲁迅先生在他的《中国小说史略》里另标出'谴责小说'的名目，把《官场现形记》《二十年目睹之怪现状》《老残游记》《孽海花》等书都归入这一类。他这种区别是很有见地的。"

谴责小说概念其实是以李伯元《官场现形记》为典范概括出来，推及一般的。鲁迅论李伯元及其《官场现形记》便说："时正庚子，政令倒行，海内失望，多索祸患之由，责其罪人以自快。"虽然，鲁迅的这些论断其实并不合事实，但在他自己，却是从《官场现形记》概括并经心定义了这个概念。在《中国小说史略》的"清末之谴责小说"篇，鲁迅选定李伯元《官场现形记》、吴趼人《二十年目睹之怪现状》、刘鹗《老残游记》和曾朴《孽海花》为代表作。这已获普遍认同，被习称为"晚清四大小说家"和"晚清四大谴责小说"。

但事实上，鲁迅一面将《老残游记》作为清末谴责小说的代表作之一；另一面，他在具体的论述中，其实并不能将谴责小说概念推广到《老残游记》，也不能用谴责小说的属性

来涵盖它老残游记》二十章，"……其书即借铁英号老残者之游行，而历记其言论闻见。叙景状物，时有可观；作者信仰，并见于内；而攻击官吏之处亦多。其记刚弼误认魏氏父女为谋毙一家十三命重犯，魏氏仆行贿求免，而刚弼即以此证实之。然后，摘引小说第十六回描写刚弼的一节，以显示言而有证。"

在这里，鲁迅对《老残游记》的论述极其简略片面，仅仅是："其书即借铁英号老残者之游行，而历记其言论闻见；叙景状物，时有可观；作者信仰，并见于内；而攻击官吏之处亦多。"然而，"攻击官吏"是通过具体描写实现的，它是否符合谴责小说的属性特征，浅露、夸张、不实呢？

《官场现形记》旨在揭露官场真相。《老残游记》与之不同，虽含有"攻击官吏"的内容，但这不是它的思想主题。鲁迅肯定《老残游记》"作者信仰，并见于内"。《老残游记》具有贯穿始终的统一的思想主题。它所设定的情境、故事无一不与刘鹗的亲身遭际、思想见解以及他所从属的太谷学派的教义直接相关。

鲁迅对《老残游记》的"攻击官吏"之处的论述也很片面，只取其片断中的片断，仅仅是"其记刚弼误认魏氏父女为谋毙一家十三命重犯，魏氏仆行贿求免，而刚弼即以此证实之。"这不能体现刚弼故事和性格的整体及其意义。我们知道，鲁迅所论及的只是《老残游记》初集（第二十回）。它由五个情节单元即短篇故事组成。

刚弼是其中第五个故事"十三人命案"中的一个角色。"十三人命案"发生后，山东巡抚庄宫保派刚弼来主持审判。刚弼是"刚愎自用"性格的典型，他对恶人先告状者，不做任何调查，便刚愎自用，认定其实是冤屈的被告的罪名。并且，他还郑重其事地诬陷老残。因为老残了解到被告沉冤莫辩，写信给庄宫保要求重派真正的清官白子寿来重审此案，所以刚弼便认定他贪图被告的钱财才这么做。白子寿对刚弼说，老残"姓铁名英，号补残，是肝胆男子，学问极其渊博，性情又极其平易，从不肯轻慢人的。老哥连他都当做小人，所以我说未免过分了"。

在这个故事里，与刚弼这种刚愎自用的"清官"不同，白子寿则是受作者推崇的真正的清官。小说对之不但没有"攻击"，反而是赞誉，正如小说中黄人瑞说："这瘟刚是以清廉自命的，白太尊的清廉，恐怕比他还靠得住些。白子寿的人品学问为众所推服，他还不敢藐视，舍此更无能制伏他的人了。"（第十六回）可见，《老残游记》并非一味"攻击官吏"。它对官吏的人格描写自有其选择、分别和标准，也就是有着作者自己的思想见解和价值观的。果然，白子寿便很快查清了案情。他开导刚弼说："清廉人原是最令人佩服的。只有一个脾气不好，他总觉得天下人都是小人，只他一个人是君子。这个念头最害事的，把天下大事不知害了多少!老兄也犯这个毛病，莫怪兄弟直言。"（第十八回）在白子寿的开导和事实面前，刚弼终于"红胀了脸"，认识到自己的错误而悔过，转变了对老残的看法（第十八回）。这里显然寄托了刘鹗的写作意图和现实希望。

可知，鲁迅不但完全无视作为正面人物出现的"清官"白子寿的存在，连对刚弼的转变也舍弃不论，所取者只是刚弼故事的片断，即刚弼的刚愎自用的片断，连体现作者用意而写他终于悔过的一面，也只字不提。因而，将"攻击官吏"一词用于对刚弼的概括，其实也不准确。至少，小说不是"攻击"而是希望刚弼悔过自新。对《老残游记》中勉强可以和谴责小说概念发生关联的"攻击官吏"片断，鲁迅既无从用谴责小说

清末四大谴责小说

191

属性来涵盖，事实上也不存在这种属性，那么，它就算不得谴责小说，不能放在"清末之谴责小说"这个题目下来论述。那么鲁迅为何仍将之置于谴责小说之内呢？这与鲁迅对整个"清末小说"的认识以及《中国小说史略》的体制相关。《老残游记》是清末小说名著，论清末小说而撇开它是不行的。不然，就得在清末小说部分另辟一种类型，来安置《老残游记》。但鲁迅没有这么做。我们知道，《中国小说史略》对清末小说的论述很不全面，对大量的清末小说采取了舍弃不论的办法，而以谴责小说概念来概括清末小说在中国小说演变史中的主要时代特点，这符合《中国小说史略》的"史略"宗旨，也体现了鲁迅史识和小说史观。但事实上，并非所有的清末小说都可以纳入谴责小说之内，《老残游记》就是这样的著作。勉强纳入，在具体论述中即使付出"片面共性"的代价，也仍然不能克服其自相矛盾。

# 四、《孽海花》

　　《孽海花》的作者为曾朴（1872—1935 年）。《孽海花》既是一部谴责小说，又是一部历史小说，同时它还兼顾政治小说的特点。小说以金雯青和傅彩云的故事为主线，生动地描绘了从同治至光绪三十多年间的历史文化的推移和政治社会的变迁，暴露了统治者的腐朽没落，批判了封建的科举制度，讽刺了那些达官名士，真实地反映了他们的精神生活和文化心态；同时也热情地歌颂了冯子材、刘永福等抗战英雄和孙中山等革命人的革命活动，表达了作者反对封建专制，宣扬民族民主革命的爱国救亡思想。在具体写作中，作者采用了近代较流行的块状小说结构与传统的网状小说结构相结合的方式展开情节，波澜起伏，曲折感人，井然有序，始终围绕主线，时放时收，东西交错，给人留下就像一朵珠花的感觉。作者又工于细节描写，词采华美，寥寥数笔，就能使人物的神态毕肖，故鲁迅称赞它"结构工巧，文采斐然"。

## （一）内容简介

　　小说以同治中后期为背景，或隐或现地表现了光绪前中期一系列重大事件的发展历程：从中法战争到中俄领土争端；从甲午海战到台湾军民的反抗侵略；从洋务运动到维新派兴起，以至资产阶级革命领导的广州起义的失败。同时，作者更注重表现诸多政治事件的内在联系及其发展趋势。诚如作者自云："这书写政治，写到清室的亡，全注重德宗和太后的失和，所以写皇家的婚姻史，写鱼阳伯、余敏的买官，东西宫争权的事，都是后来戊戌政变、庚子拳乱的根源。"小说中的光绪皇帝生性懦弱，完全被慈禧太后所挟制，即使册立皇后，亦没有丝毫的决定权。

　　而此时的文人也不仅仅是把目光放在科举为官的道路上。在第二回有关雅聚园的描写之后，金雯青中状元

衣锦还乡在乘轮船途经上海小住数日的时候，有洋务派著名人物冯桂芬来访，见面一番寒暄之后，即以长者口吻勉励雯青说："现在是五洲万国交通时代，从前多少词章考据的学问，是不尽可以用的……我看现在读书，最好能通外国语言文字，晓得他所以富强的缘故，一切声、光、化、电的学问，轮船、枪炮的制造，一件件都要学会它，那才算得个经济……"随后，金雯青又应邀赴一品香会客，席间听薛淑云、王子度等人"议论风生，都是说着西国政治学艺"，不由暗自惭愧，想道："我虽中个状元，自以为名满天下，哪晓得到了此地，听着许多海外学问，真是梦想没有到哩！从今看来，那科名鼎甲是靠不住的，总要学些西法，识些洋务，派入总理衙门当一个差，才能够有出息哩！"

小说写到第二十九回，所反映的时代背景，已是19世纪末期甲午海战之后的情状。北洋水师乃洋务运动的产物，海上一场恶战，竟不抵岛国日本，几至全军覆没。这沉痛的教训给思想文化界以极大的震动，通达之士为之猛醒，他们清醒地意识到：政体不变革，单是办办洋务，终究是难以拯救衰敝的祖国。这种以变革政体为核心内容的维新思想，在甲午海战之后颇为盛行。与此同时，更有一些思想激进的知识分子，他们认为清朝政府已腐败透顶，顽固派势力在朝廷占据绝对优势，以和平的方式去变革政体，只不过是浪漫的幻想，最终难以付诸实践。

总之，循着作者的笔触，不难寻绎出三十年间政治、文化的演变史，从而使小说具有了"历史哲学"的意味和境界。虽然小说中不乏对清廷腐败的揭露和谴责，但是它只是在反映政治文化变迁史过程中的附带而已。因此《孽海花》终究是一部"历史小说"。只有把握了它的这一本质特征，对这部小说的理解才会更加深入。

**（二）小说的主题思想**

首先，小说揭露了封建社会的黑暗和腐朽，表达了强烈的反封建主义的思想。清朝末年，整个封建统治阶级腐朽糜烂不堪，上自皇帝、皇太后，下至封建士大夫，个个腐败已极，无能透顶，它的存在只能阻碍社会历史的发展。封建社会的土崩瓦解，势在必然。鲁迅先生谈及《孽海花》的艺术成就时就指出："并写当时达官名士，亦及淋漓。"的确，小说对"达官名士"的描绘和刻画，真可谓淋漓尽致，入木三分。他们丑恶的嘴脸和卑劣的行径，就如在眼前。达官之中，上至尚书、中堂，下至巡抚督办，虽有顽固派和维新派的不同，主战派和投降派的差别，但在本质上却是一丘之貉。

作者还对封建最高统治者进行了大胆的批判。小说的第一回大胆指斥清代帝王"暴也暴到吕政、奥古士都、成吉思汗、路易十四的地位；昏也昏到隋炀帝、李后主、查理士路易十六的地位"。小说第二十一回揭露了宫廷内部最高统治者帝后之间的争权夺利、勾心斗角，描写了慈禧太后的奢侈荒淫、专横暴虐。在海军覆没、陆军节节败退时，慈禧不得已一度暂停了"万寿点景"，但一听说日本开出条件，便迫不及待地完全按日本帝国主义的要求，派李鸿章"带着割地赔款的权柄"到日本屈膝求和。等到《马关条约》一签定，她马上又大搞起祝寿活动来。小说的有关描写与对慈禧专权祸国罪行的谴责，反映了人民反对封建统治者的愤怒情绪。

其次，小说揭露了帝国主义侵略的野心，表达了强烈的反帝爱国思想。小说控诉了帝国主义对中国的侵略，述说了中国人民反抗帝国主义的入侵、保家卫国的爱国主义思想感情。小说第一回是"一霎狂潮陆沉奴乐岛，三十年影事托写自由花"。记叙了"约莫 19 世纪中段，那奴乐岛忽然四周起了怪风大潮，

那时这岛根岌岌摇动，要被海如卷去的样子"。作者以奴乐岛隐喻中国，把帝国主义列强比作一阵"怪风大潮"，怪风大潮正向奴乐岛迎面扑来，象征了帝国主义对中国的侵略。

再次，小说赞扬民主革命，表达了进步的民主革命思想。小说第一回说：

"天眼愁胡，人心思汉。自由花神，付东风拘管。"在第四回又介绍了反清的秘密会社，标举民族主义，这些都暗示了其种族革命的主张。书中还以歌颂的态度描述了孙中山、陈千秋、史坚如等资产阶级革命家的活动。陈千秋在与资产阶级改良派云仁甫、王子度的辩论中，批判了"缓进主义"，认为"唯有以霹雳手段，警醒两百年迷梦，扫除数千万腥膻，建瓦一呼，百结都解"。小说通过革

命党人杨云衢的演讲，提出要扑灭"专制政府"，"组织我黄帝子孙的共和政府"。小说把资产阶级的革命家作为正面人物加以歌颂，特别是革命党人的领袖孙中山，作者更是充满激情，无比崇敬。

第四，作者主张寻求国家富强之路，体现了作者的爱国思想。小说通过文中人物之口，发表了要探索救国、富国的方法和主张。小说第三回通过冯桂芬之口，认为"现在是五洲万国交通的时代，从前多少辞章考据的学问，是不尽可以用世的。……我看现在读书，最好能通外国语言文字，晓得他所以富强的缘故，一切声光电的学问，轮船枪炮的制造，一件件都要学会他，那才算得个经济"。他认为当今的人才应该是"周知四国，通达时务"的人。

### （三）小说文本的叙事解读

曾朴《孽海花》聚焦的年代，是"中国由旧到新的一个大转关"，"一方面文化的推移，一方面政治的变动，可惊可喜的现象，都在这一时期内飞也似地进行"。故他选择"用主人公做全书的线索""烘托出大事的背景，格局比较的廓大"。《孽海花》一书所欲展现的乃"五洲万国交通时代"的宏阔画卷，因此当时与中国有关联的国家书中几乎都有提及，除去士大夫政论时述中的陈腔滥调，拥有相对完整的想象性时空的就只剩下德国、俄国与日本。

对德、俄两国的记叙是由主人公金雯青的出使路线串联起来的，日本故事则迟至第二十九回才浮现。就篇幅而言，与德、俄两国相关的记叙明显多于日本。第二十六回记金雯青死后，唐卿送其家眷归南，叙述者于该回中间按下主

线改说唐卿在朝廷中与闻韵高的对话，进一步引出皇帝与宝妃的冗长逸闻，接着又回到唐、闻二人论及威毅伯议和遇刺事，这才于第二十八回让叙述者出面，强行扭转话头，"去叙一件很遥远海边山岛里田庄人家的事情"。

尽管在许多细节地方略有革新，但《孽海花》的整体叙事模式仍无法跳脱出传统小说由全知全能叙事人一统天下的局面。因此我们看到，许多与情节发展关联不大且具有相当独立性的逸事传闻，在书中必须依靠叙事人强行介入，才有可能被整合成为全书的一部分。比照三国故事在文本语境中被提及的方式就不难看出，离情节主线相隔最远的日本故事，也拥有最为突兀的引发方式。第九回叙雯青与彩云起程赴德，途遇船主质克、夏雅丽等人，叙述者完全没有直接现身的必要，使一路顺风顺水地转变了时空，大家困卧了数日，无事可说。直到七月十三日，船到热瓦，雯青谢了船主，换了火车，走了五日，始抵德国柏林都城。

俄国故事与日本故事表面上都是完整的逸闻，但前者的主人翁夏雅丽在故事展开之前已有提及，她行刺俄皇之事也在几个主要人物口中反复传递，这些都有助于调动读者的兴味，强化俄国故事本身与主情节的关联。接着，叙事者选择在瓦德西与毕叶两人去裁判所看审的途中插入夏雅丽本事的叙述："不说二人去裁判所看审，如今要把夏雅丽的根源细表一表。"这里叙事者的介入程

清末四大谴责小说

度显然已大于德国故事，但由于前文的铺垫与故事本身的应和关系，使读者不会有突兀之感。本故事同样是叙述一个刺客的生平际遇，但对此行刺威毅伯的日本浪人，前文完全不曾述及，直到第二十七回的最末数行，这个即将占用整个二十八回的异国人才横空出世。

德、俄、日三国故事中，对德国故事的叙述无疑最为可靠，因为它从来没有脱离主线人物的视角；夏雅丽的传奇经历虽然明显属于不可靠叙述的范畴，

但这种不可靠性却会随着叙事的展开而消解于无形。第十六回以夏雅丽生平的详细介绍作为传奇的开端："原来夏雅丽姓游爱珊，俄国闵司克州人，世界有名虚无党女杰海富孟的异母妹。父名司爱生，本犹太种人，移居圣彼得堡，为人鄙吝顽固。发妻欧氏，生海富孟早死，续娶斐氏，生夏雅丽……"

如果说俄国故事是作者用"史传"框架包装出来的"传奇"的话，那日本故事就是彻头彻尾的"传奇"。首先，叙事者以"遥远海边山岛里田庄人家的事情"这些含混无比的方位指示词开篇，本身就旨在唤起读者阅读虚构故事的期待视野，暗示大家应把注意力放在主角兄弟二人的疯狂本性和沉溺于酒色赌技的丑行劣迹之上。故事讲完，叙事者亦没有例行公事般地交代消息来源，或暗示其间的关联，这都使之成为全书关于异国人想象的记述中最缺乏真实依托的部分。其次，故事的前半部分叙弟弟清之介在粗蠢妓女花子的诱惑下失身后顿起杀念，但经激烈的内心争斗，终于在日本武士道理念的支持下醒觉过来。

德国作为金雯青出使的第一站，在书中最受青睐。叙事人始终跟随着主线人物的行动展开叙述，排除了一切道听途说的可能性，因此德国故事有着其他二国无法比拟的直接性与可靠性。第十二回以补叙形式记彩云在德国贵族圈如鱼得水，继而初遇瓦德西，觐见德国女皇，进退往还的间隙，亦不忘借她之眼描摹德都柏林城中缔尔园的旖旎瑰丽及德国皇宫的宏阔雄伟。

曾朴一生虽从未踏足异国土地，但上引其对柏林景观的描写，却并不是纯粹的凌空蹈虚。随着19世纪末幻灯机与电影放映机的传入，原本由书籍或杂志

的插图所垄断的西方图象迅速地被活动的西方影象所取代。1909 年 2 月 5 日《大公报》记载了电影短片对中国观众的影响："第一是开眼界，可以当做游历，看看欧美各国的风土人情，即如那名山胜水、出奇的工程、著名的古迹、冷带热带、各种景致、各种情形，至于那开矿的、耕田的、做工的、卖艺的、赛马的、斗力的，种种事情，真如同身历其境，亲眼得见一样"。毕生研治西学的曾朴在 20 世纪初一定曾看过这些充满魅惑力的西方影象。然而细读这些"征实"的描摹，我们却发现里面大半是些诗词文赋中屡见不鲜的套语的堆砌，看似活色生香，实则空洞无物。

景物描写技巧贫乏远非其一人之欠缺，而可谓晚清小说家的通病。胡适对此即颇有微词："一到了写景的地方，骈文诗词里的许多成语便自然涌上来，挤上来，摆脱也摆脱不开，赶也赶不去。"虽拥有其先辈无法比拟的开阔视野，但晚清小说家们的创作本意在评议政事，或传递新知，而且渊源久远的诗词传统也严重束缚了他们的创造力，放在摹情状物时，他们乐于因循旧规而不事创新。

### （四）小说文本的异域书写

赛金花在晚清可谓名噪一时。而曾朴作《孽海花》，借赛金花与洪钧的风流传奇敷陈晚清 1870 年以来近三十年的历史，成为当时最受欢迎的畅销书，无疑更成就了赛金花的传奇。很显然，如果没有随夫出使欧洲并结交德国元帅瓦德西将军、德国皇后等经历，赛氏至多不过演绎了另一出《海上花列传》。然而，小说中关于这一段海外经历的描写，体现了晚清文人对异域空间的想象，并通过建构"他者"来反观自身的交错互动，促使我们进一步追问其建构想象的方式和历史语境。从这个意义上来说，《孽海花》具有范式的作用。

### 1. 异域的想象性呈现

《孽海花》初稿作于 1904 年，书中浓墨重彩地描写了金雯青出任驻俄、德、荷兰和奥地利特使，携傅彩云出使欧洲的行程和见闻，描述欧洲的社会生活及主人公与当地人的交往。文本的叙事空间跨越了亚洲和欧洲，对日本、德国及俄国给予了想象性呈现。

这次行程的起点是上海。书叙金雯青一行，乘上了萨克森公司的船。德国是出使的第一站，作者着墨最多。叙述者始终追随着主人公的活动行程，因而对德国的政治，贵族的衣着、肖像、社交活动，柏林的街道、建筑、室内陈设等有许多正面描写。第十二回以补叙形式记述了傅彩

云在德国如鱼得水，出入贵族庭园，初遇瓦德西，秘会德国皇后维多利亚第二，觐见德国皇帝飞蝶丽。借着彩云的进退往还，柏林的城市风貌得以一一展现。

彩云刚跨下地，忽觉眼前一片光明，耀耀烁烁，眼睛也睁不开。好容易定眼一认，原来一辆朱轮绣憾的百宝宫车，端端正正的停在一座十色五光的玻璃宫台阶之下。那宫却是轮奂巍峨，矗云干汉。宫外浩荡荡，一片香泥细草的广场，遍围着郁郁苍苍的树木，点缀着几处名家雕石像，放射出万条异彩的喷水池。

无论从物质材料还是空间修辞来说，这种景观都与清王朝一般的都市如此不同。作者有意识地在叙事空间中融入一种欧洲意识，刻意描写那些当时在一般中国人经验常识系统之外的事物和陈设，试图进行一种跨越既成经验的想象。一个完全不同的世界隐约在读者眼前展开，并激发了读者更为肆意的想象。

值得注意的是，作者并没有对异国风情大肆渲染、津津乐道，而是将其自然地融入情节发展之中，种种关于异域的书写借由彩云等人的活动得以呈现。作者改变传统小说的情节动力，放慢叙事速度，把重点放在人物的刻画上。第十一回正叙彩云等候觐见德皇，叙述者却猛然把读者的目光拉回京里，"暂时把他们搁一搁，叙述京里一班王公大人，提倡学界的历史了"。第十二回通过苾如在国内读雯青的来信，以倒叙的方式叙写彩云在德国的社交活动，她与德国

皇后的交往及合影的来历。

接着，故事的场景转到俄国："雯青就带了彩云及参赞翻译等，登火车赴俄。其时天气寒冽，风雪载途，在德界内，尚常见崇楼杰阁，沃野森林，可以赏眺赏眺。到次日，一入俄界，则遍地沙漠，雪厚尺余，如在冰天雪窖中矣。"雯青在圣彼得堡"没事时，便领着次芳等，游游蜡人馆，逛逛万生院，坐瓦泥江冰床，赏阿尔亚园之亭榭，入巴立帅场观剧，看萄蕾塔跳舞；略识兵操，偶来机厂，足备日记材料罢了"。如果说城市建筑、文化与生活设施、语言、着装及饮食，这些都是极浅表的西方文化，那么，作者对于无政府主义、对俄国虚无党人的想象性呈现，对中国政治的批评则堪称石破天惊。"小说正面渲染中国官场的蝇营狗苟、卑琐龌龊，侧面描写虚无党人的光明磊落、甘死如饴，从而使小说形成相互对比、相互映照的两个世界"。

2. 想象的建构

有意思的是，晚清小说家多数和《孽海花》的作者曾朴一样，一生从未踏上过异国的土地。晚清小说的异域书写，在很大程度上可以说是一种自我叙事，它表达的是作家个人的中国都市生活经验及其对西方世界的间接认知，这促使我们关注孕育和催生这一想象的城市空间。此类书写或许无助于我们了解当时西方社会的真实情形，然而，追问其构建想象的方式及历史语境，对于我们反观自身则大有深意，为我们考察转型中的晚清社会生活形态、意识形态和文化形态提供了具有可读性的文本。

近代上海是西方人聚集最多的城市。可以说，近代上海是一个具有显著的跨文化特征的超大城市空间。无论是建筑，还是文化，上海都呈现出了一种奇异的世界主义的城市景观。因此，借镜上海无疑是晚清小说家建构异域想象的最重要途径。《孽海花》中的欧洲，在很大程度上就是对上海城市景观的成功改写。在《孽海花》写作的年代，西洋建筑比比皆是。如有恒洋行设计的味莼园（张园）、总巡捕房，同和洋行设计的老汇丰洋行、有利银

行，德和洋行设计的法租界公董局、工部局市政厅，盛宣怀的欧洲新古典主义建筑风格的私人花园别墅等，它们采用的进口建筑材料、外籍建筑师、原主人的外籍身份，以及整体空间的设计，无不显示出其正宗的欧洲源头。

外国文学的大量输入与译介，也是晚清小说家想象异域的重要媒介。以晚清四大谴责小说的作者为例，都或多或少地受到了西洋文学的影响。曾朴本人通法文，又受到陈季同的指引，熟谙法国文学。李伯元则有跟随西方传教士学习英文的经历。吴趼人的好友周桂笙是晚清最有影响的翻译家之一。刘鹗则"于光绪乙巳年（1905 年）就已在研读林琴南所译《迦因小传》，但从《老残游记》十八回'铁先生风霜访大案，情节之中，就已提到英国侦探小说主角福尔摩斯"。可见，刘鹗接触西洋小说还要更早一点。

3. 背离与依附：在传统与现代性之间

一个具有反讽意味的现象是，上海这个以跨文化特征著称的城市，却孕育出了与清王朝和帝国主义势力相对立的新兴势力，成为新的政治批评意识的摇篮，由清王朝的都市内景转变为政治前沿，由半殖民地转变为朝向帝国主义霸权的锋刃。如果说维新运动的政治中心在北京，那么其作为启蒙思想运动的中心却是在上海。晚清知识分子置身于遍布着经过移植和复制的西方建筑中，置身于充满异国情调的城市空间和华洋杂处的社会环境里，生发了想象异域的冲动和对西方文明的渴望，在意识形态上出现了背离传统的倾向。

通过阅读《孽海花》，我们恰恰见证了身处上海及其他异国风盛行的中国都市中的大批晚清士人的离心化过程。小说不仅通过虚拟的欧洲景观，以想象的方式逾越了地理和民族国家界限，而且在虚拟的异国空间里，多重文化体系与文化判断标准之间相互对抗、彼此影响，激发了个人和群体的离心倾向，不由自主地要疏离、挣脱传统观念、思想、制度的束缚。

由于深受法国文学的影响，曾朴想象异域的方式具有其独特之处。《罗马史演义》《十九世纪演义》《泰西历史演义》《苏格兰独立记》等小说虽演述西

中国古代小说变迁

方历史，然而基本不脱中国传统历史演义小说或者晚清政治小说范畴，以宏大的历史叙事为特征，叙述重大历史事件和重要历史人物；而且主要是为了表达某种历史观念和政治主张，因此缺乏细腻的场景和人物描写。《孽海花》则不同，"在根本的'历史小说'意识上突破了中国传统历史小说或史传文学的窠臼，体现出明显的现代色彩"。

我们注意到，当曾朴采撷西方典范，写作他理解中的历史小说时，他的想象其实仍不脱他所指责的中国叙事模式。捷克汉学家普实克曾经批评说："曾朴把小说人物的个人故事与历史事件结合在一起，这一做法很能说明机械拼合不同性质的材料最后会如何归于失败。"虽然我们很难同意把《孽海花》列为失败之作，然而由于西方叙事技巧和作者海外生活经验的缺失，使其异国书写最终沦为异国景观中的本土书写。书中关于缔尔园、德国皇宫、街道等城市空间的描述，看似活色生香，实则空洞无物。作为柏林标志性建筑之一的缔尔园，书中写道：

原来这座花园，古呢普提坊要算柏林市中第一个名胜之区，周围三四里，门前有一个新立的石柱，高三丈，周十围，顶立飞仙，金身金翅，是法、奥、丹三国战争时获得大炮铸成，号为"得胜铭"。园中马路，四通八达。崇楼杰阁，曲廊洞房，锦簇花团，云谲波诡，琪花瑶草，四时常开，珈馆酒楼，到处可坐。每日里钿车如水，裙屐如云，热闹异常。园中有座三层楼，画栋飞云，雕盘承露，尤为全园之中心点。其最上一层有精舍四五，无不金钰衔壁，明月缀帷，榻护绣褥，地铺锦厨，为贵绅仕女登眺之所，寻常人不能攀跻。

又如第十六回对夏雅丽的生平介绍很明显地采用了传统的史传笔法。在《孽海花》中，中国传统的叙事习惯与西方的叙事技巧相杂糅。"传统"在清末民初之交的曾朴身上，像难以摆脱的宿命如影随形，成为其异域想象的浓重底色，从

而构成了小说中传统与现代错杂的奇观。然而，这未必不是作者为迎合读者阅读习惯所做的自觉选择。

然而当小说家幻想以妥协的方式，即保留旧有的文体、叙事模式和话语系统来表达其社会理想时，却没有意识到这其中蕴涵着的巨大矛盾——形式本身也会成为桎梏，阻碍新思想的表达。其关于异域的想象，最终未能建构起关于未来家国的清晰形象。传统的力量过于强大，晚清士人对西方的接触和接受都是有限度的，对西方文化冲击的回应也是有节制的。现代社会与现代文学都仍在酝酿之中，只有到"五四"新文化运动的启蒙大潮席卷而至，中国的"现代"才真正揭开帷幕。